MARTHA SIMMAT

Nur noch bis morgen

ROMAN

DROEMER

Besuchen Sie uns im Internet:
www.droemer.de

Aus Verantwortung für die Umwelt hat sich die Verlagsgruppe Droemer Knaur zu einer nachhaltigen Buchproduktion verpflichtet. Der bewusste Umgang mit unseren Ressourcen, der Schutz unseres Klimas und der Natur gehören zu unseren obersten Unternehmenszielen. Gemeinsam mit unseren Partnern und Lieferanten setzen wir uns für eine klimaneutrale Buchproduktion ein, die den Erwerb von Klimazertifikaten zur Kompensation des CO_2-Ausstoßes einschließt. Weitere Informationen finden Sie unter: www.klimaneutralerverlag.de

FSC www.fsc.org
MIX
Papier aus verantwortungsvollen Quellen
FSC® C014496

Originalausgabe Juni 2023
Droemer Taschenbuch

Ein Imprint der Verlagsgruppe
Droemer Knaur GmbH & Co. KG, München

Dieses Werk wurde vermittelt durch die
Verlagsagentur Lianne Kolf, 80798 München.
Redaktion: Antje Steinhäuser
Covergestaltung: Sabine Schröder
Coverabbildung: Collage unter Verwendung von Motiven von Ruth Botzenhardt / plainpicture.com und Olga S L / Shutterstock.com
Satz: Adobe InDesign im Verlag
Druck und Bindung: GGP Media GmbH, Pößneck
ISBN 978-3-426-30913-1

2 4 5 3 1

DROEMER

Über die Autorin:
Martha Simmat steht für bewegende Romane, die das Leben verändern können. Die zertifizierte Lebensberaterin möchte mit ihren Geschichten über Liebe, Schmerz, Freiheit und Lebenssinn dazu inspirieren, ein erfülltes Leben zu führen. Mit ihrem Mann und ihren Kindern lebt sie einen Steinwurf von der Nordsee entfernt.

Für meine Schwester und alle Menschen,
die einen Neubeginn wagen.

Kapitel 1

EIN WIEDERSEHEN

Samstag

Noch ein Drink, dann ist Schluss. Das leere Glas in Evas Hand verschwimmt für wenige Sekunden, als hätte sich Nebel auf ihre Netzhaut gelegt. Sie kneift die Augen zusammen. Konzentriert sich. Das Glas wird wieder scharf, und gleichzeitig nimmt sie die Lounge-Musik, die Stimmen und den Geruch des Lachses auf Weißbrotscheiben intensiver wahr.

Sie muss sich einfach nur von ein paar Leuten sehen lassen, schnell ihre Rede halten und kann dann wieder gehen.

Die Müdigkeit drückt auf ihre Lider. Am liebsten würde sie sich ungesehen in den Nebenraum der ehrwürdigen Aula zurückziehen, wo früher die Kostüme und Kulissen der Theater-AG aufbewahrt wurden. Aus den Klamotten würde sich ein provisorisches Bett bauen lassen.

»Eva?« Die Stimme eines Engels reißt sie aus ihren Gedanken.

Eva atmet tief ein und aus, schwankt und hält sich an einem neuen Sektglas fest, das ein Abiturient ihr anbietet. Sehnsüchtig sieht sie ihm nach. Was für ein Luxus, wenn die ganzen Desillusionierungen noch vor einem liegen und man glaubt, dass nach der Schule das echte Leben beginnt.

Mit dem »echten Leben« meint man Freiheit und Selbstbestimmung. Aber das echte Leben bringt nichts als Leid. Kurz überlegt sie, ob sie den jungen Kerl anhalten und ihm sagen sollte, dass das Gras auf der anderen Seite des Schulabschlusses ziemlich bitter schmeckt, aber dann lässt sie es. Er wird ohnehin früh genug enttäuscht werden.

Mit zwei Gläsern in der Hand dreht sie sich in die Richtung, aus der der Engel gesprochen hat. Sie muss sich konzentrieren, um Frankas Konturen klar zu erkennen, obwohl das nicht nötig wäre: Franka erkennt man überall. Ist sie überhaupt älter geworden? Sie sieht kaum anders aus als bei der Abiturfeier vor fünfundzwanzig Jahren. Groß gewachsen, schlank wie ein Weidenzweig mit einem schmalen Gesicht, das von blonden Locken eingerahmt wird, die auf ihren Schultern wippen. Ihre Wimpern waren schon immer zu lang, zu schwarz und zu dicht. Ihre sorgsam manikürten Fingernägel sind farblich auf ihr samtgrünes Kleid abgestimmt.

Eva kommt sich vor wie ein Kieselstein neben einem Diamanten. Hastig trinkt sie einen großen Schluck. Der Sekt kitzelt am Gaumen, prickelt im Hals und hält im Magen Einzug, wo er mit diversen Kanapees und seinen fünf Vorgängern das Jubiläum feiern kann. »Franka! Das ist ja Jahre her!« Sie umarmt ihre ehemals beste Freundin, weil es seltsam wäre, es nicht zu tun. Dabei weiß sie nicht einmal, ob sie noch den gleichen Nachnamen hat, wo sie wohnt oder was überhaupt aus der ambitionierten Sportfanatikerin geworden ist.

Frankas Locken verdecken Evas Gesicht, als sie sie an sich drückt, um ihr Wiedersehensfreude vorzuspielen. Die Haare riechen nach Schaumfestiger und Haarspray. Eva rümpft die Nase und reibt den Geruch weg.

Franka grinst wie eine Lottogewinnerin. »Du siehst noch genauso aus wie früher«, sagt sie und meint wohl, dass ihre Haare stumpf sind und sie ihre fünf Wohlstandskilos noch nicht losgeworden ist. »Ich habe gehört, dass du gleich die Rede hältst.«

Eva nickt. »Muss man wohl als Jahrgangssprecherin. Ich trinke mir schon Mut an.« Triumphierend hebt sie beide Gläser in die Luft und erwartet, dass Franka ebenfalls lacht, aber mehr als ein mitleidiges Lächeln erwidert sie nicht. In ihrer Hand ruht ein Wasserglas.

Eva trinkt halb aus. Herzukommen war die schlechteste Idee seit der Aktion mit der Dauerwelle Mitte der Neunziger.

Oder seit ihrer Hochzeit. Sie korrigiert sich. *Das* war mit Abstand die schlechteste Idee ihres Lebens gewesen.

»Was machst du so?«, fragt Eva. »Bist du verheiratet? Hast du Kinder?«

»Verheiratet.« Franka trinkt und lächelt dann so breit, dass Eva sich nicht sicher ist, wie ehrlich das Lächeln gemeint ist. »Wir haben gerade unseren zwanzigsten Hochzeitstag gefeiert. Richtig groß, mit der ganzen Familie, unter freiem Himmel. Basti hat um Mitternacht sogar ein Feuerwerk gezündet, wie zu unserer Hochzeit damals. Das fand ich echt süß.«

»Das klingt aber schön«, meint Eva halb neidisch und halb freudig und denkt an ihre eigenen Hochzeitstage. Letztes Jahr, zum gläsernen Hochzeitstag nach fünfzehn Jahren, hat sie den Mut gefasst und Andreas verlassen. »Bist du die ganze Zeit hier gewesen?«

»Gott bewahre!« Franka lacht auf, als sei das ein lächerlicher Gedanke. »Wir haben in München gewohnt und sind erst letztes Jahr wieder hergekommen. Basti liebt das Meer. Aber wie geht es dir? Wohnst du hier?«

Eva leert ihr Glas. Ihre Zunge ist pelzig, das Sektprickeln nur ein fernes Echo. Ihr Kopf fühlt sich an, als sei er zur Hälfte mit Watte und zur anderen Hälfte mit Alkohol gefüllt, und sie fragt sich, ob die Watte den Alkohol aufsaugt und, wenn ja, wie sich das dann anfühlt. Irgendwie sehr matschig vermutlich. Es kostet sie ihre ganze Kraft, gerade zu stehen,

Franka direkt anzusehen und die Worte geordnet aus ihrem Mund zu entlassen. »Ja, ich wohne hier mit meiner Tochter. Sie ist fünfzehn – fast sechzehn – und geht hier zur Schule. Ich habe eine eigene Praxis für Anti-Ehe-Beratungen.«

»Für was?«, fragt Franka irritiert.

Sicheres Terrain. Eva lächelt nachsichtig. »Zu mir kommen Menschen – meistens sind es Frauen –, die sich von ihrem Partner trennen möchten und dabei mentale Unterstützung wollen, um alles in geordneten Verhältnissen über die Bühne zu bringen. Eine Trennungsbegleitung, wenn du so willst.«

Frankas skeptischer Blick spricht Bände. »Ist das ein richtiger Beruf?«

Evas Lächeln schrumpft. »Natürlich. Nach meiner Scheidung habe ich eine Umschulung gemacht und mir den Traum einer eigenen Praxis erfüllt. Was arbeitest du?« Es würde sie nicht wundern, wenn sie sich einen Mann geangelt hätte, der ihr ermöglichte, sich zu Hause auszuleben, ohne dass sie arbeiten musste.

Franka streicht sich eine Strähne hinter das Ohr, sodass es ein klein bisschen absteht. »Ich bin Maklerin für Luxusimmobilien. Ich hatte in den letzten Jahren immer so viel zu tun, dass wir beschlossen haben, es erst einmal ruhiger angehen zu lassen. Mein Arzt meinte, ich sei sonst Burn-out-gefährdet.« Ihr Lachen klingt, als sei sie stolz auf diese Einschätzung.

Evas Magen zieht sich zusammen, und zwar nicht nur wegen des Alkohols und der Lachshäppchen. Das ist zu viel des Guten. Sie hatte sich vorgenommen, heute keine Vergleiche anzustellen und den Abend einfach zu überleben, aber Franka hat es schon immer verstanden, ihre Pläne zu vernichten. Nicht nur, dass sie verdammt gut aussieht, sie scheint auch ansonsten genau das Leben zu führen, an das Eva nicht einmal in ihren kühnsten Träumen zu denken wagt. Sie sollte ihre Gläser loswerden, zum Ausgang wanken und sich ein Taxi rufen, ehe sie in Selbstmitleid versinkt.

Dr. Clausen, der aktuelle Schulleiter, watschelt auf sie zu. Er ist untersetzt, trägt eine Brille aus den Achtzigern, und das Deckenlicht spiegelt sich auf seiner Halbglatze. »Frau Lange-Albrecht? Es wäre Zeit für die Rede.«

Eva lächelt Franka zu. »Entschuldige mich bitte.«

Auf dem Weg zur Bühne tauscht sie ihre Gläser gegen einen Wodka.

Kapitel 2

ES IST NICHT ALLES GOLD, WAS GLÄNZT

Sonntag

Früher hat Eva geglaubt, mit der Zeit werde man trinkfester. So etwas wie einen Kater würde es nur bei jungen Leuten geben. Wie sehr sie sich geirrt hat.

Ihr Kopf pulsiert. Und ihr ist schlecht. Im Gästezimmer – ihrem alten Kinderzimmer – ist es viel zu hell. Wie kann es überhaupt schon morgen sein, wo sie sich doch vor wenigen Minuten erst hingelegt hat? Sie nimmt das dicke Daunenkissen mit dem aufgedruckten Pferdekopf, das sie als Kind geliebt hat, und vergräbt ihren Kopf darunter. Trotzdem dringt die Welt an ihr Ohr. Auf dem Flur hört sie Stimmen. Ihre unbarmherzige Mutter hat noch nie Rücksicht auf sie genommen, wenn sie alkoholisiert im Bett gelegen hat. Der Fernseher scheint zu laufen, das Telefon klingelt, und dann läutet es auch noch an der Tür.

Zu viel Leben für einen Sonntagmorgen.

Sie hätte viel lieber bei sich zu Hause geschlafen, aber die Schule liegt nur ein paar Autominuten von hier entfernt. Ihre Mutter hat ihr im Vorfeld ein schlechtes Gewissen gemacht, weil sie ohnehin selten zu ihr kommt.

Als ob ihr Evas Anwesenheit tatsächlich wichtig wäre.

Sie seufzt.

Ungefragt drängen sich Bilder des Vorabends auf. Sie hat schon lange keinen Filmriss mehr gehabt, aber jetzt stellt Eva fest, dass sie sich nur an Bruchstücke erinnert. Zum Glück ist

Emilia bei ihrem Vater und muss dieses Elend nicht mitansehen. Wie durch einen Schleier sieht sie die Aula des Gymnasiums vor sich, in der sie vor fünfundzwanzig Jahren mit wild pochendem Herzen die Urkunde für ihre Hochschulreife in Empfang genommen hat, in der festen (aber falschen) Überzeugung, damit nun auch eine gewisse menschliche Reife zu besitzen.

Gestern sind sogar diejenigen gekommen, die den jährlichen Treffen sonst fernbleiben. Es gab Sekt, Fingerfood und noch mehr Sekt.

Prompt meldet sich ihr Kopf wieder mit einer Welle drückender Schmerzen. Sie greift neben sich und bekommt eine Wasserflasche zu packen.

Was das betrifft, ist auf ihre Mutter Verlass. Auch eine Schüssel steht provisorisch daneben. Schließlich kann man nicht riskieren, dass das betrunkene Kind den Teppich vollkotzt.

Mit zusammengekniffenen Augen setzt sie sich mit der Schwerfälligkeit eines Walrosses auf, die Decke weiterhin wärmend über ihren Beinen, schraubt den Verschluss ab und trinkt.

Sie schüttelt sich. Mineralwasser, bah. Die Luftblasen kribbeln auf ihrer Zunge. Sie zerdrückt sie am Gaumen und spült den faden Schlafgeschmack hinunter.

Es klopft, und eine Sekunde später, noch ehe Eva begriffen hat, dass da jemand zu ihr will, steht ihre Mutter im Zimmer.

Obwohl sie schon viele Töchter in ihrer Praxis bei der Bewältigung und der Reparierung ihrer Beziehungen zu Müttern und Schwiegermüttern beraten hat, ist ihr das bei ihrer eigenen Mutter nie gelungen.

Margret Kohlmann ist zäh wie zu lange gegrilltes Schweinefleisch. An ihr ist alles praktisch: Die grauen Haare trägt sie als Bürstenschnitt, sodass sie morgens nach zweimaligem Kämmen fertig ist. Schminke besitzt sie nicht, selbst die teure Tagescreme, die Eva ihr letztes Jahr zu ihrem sechsundsechzigsten Geburtstag geschenkt hat, steht seitdem ungeöffnet herum. Ihr Gesicht hat deutliche Falten. Augenbrauen sucht man vergeblich, nur ein paar dunkelblonde Härchen haben sich zu einer kleinen Kohorte zusammengefunden. Jahrzehntelanger Zahnarztverzicht hat letztlich zu einem frühen dritten Gebiss geführt, was Eva eine ständige Mahnung ist. Alles an ihrer Mutter erinnert sie an einen Felsenpinguin: der Gang, die Frisur, die geröteten Augen und der stets etwas abfällige Blick.

Sie trägt eine zu weite geblümte Bluse und eine zu enge graue Stoffhose, dazu blaue Schlappen.

»Besuch für dich«, sagt sie tonlos, dreht sich um und geht. Eva kann genau sehen, wo die Naht ihres Schlüpfers verläuft.

Dir auch einen guten Morgen. Sie kennt das Gebaren aus ihrer Jugendzeit. Der stumme Vorwurf ihrer Mutter, dass sie das Frühstück verpasst hat und warum sie nicht öfter zu Besuch kommt. Liebesentzug als Erpressung.

»Kann man etwas entziehen, das man gar nicht hat?«, murmelt sie verschlafen und schüttelt den Kopf.

Eva realisiert, was ihre Mutter gesagt hat. Sie erwartet keinen Besuch. Sie schlägt die kuschelige Decke zurück und bekommt eine Gänsehaut. Anscheinend war sie zu müde gewesen, um sich in ihren Schlafanzug zu zwängen, aber nur mit einer Unterhose und ihrem Unterhemd bekleidet, ist es für Oktober definitiv zu kalt. Dennoch schwingt sie die Beine über die Bettkante und spürt den flauschigen roten Teppich unter ihren Füßen. Dann steht sie auf.

Und sieht Franka ins Gesicht.

Wie aus dem Nichts steht sie im Türrahmen. Eine Erscheinung wie eine Sirene. Ihre Haare hat sie heute zu einem Dutt gebunden, wobei unzählige krause Härchen sich gegen das Flurlicht abheben und sie wie einen Heiligenschein umgeben. Sie trägt kaum Make-up, sieht aber ausgeschlafen und gesund aus. Vielleicht sollte sie es auch einmal mit Wasser statt Sekt versuchen. Eva kennt sich mit Mode nicht besonders gut aus, doch sie könnte wetten, dass der altrosafarbene Blazer von Chanel ist.

»Oh, entschuldige ...« Franka macht einen Schritt zurück. »Ich wusste nicht, dass du noch nicht fertig bist.« Sie zeigt mit dem Finger in Richtung Haustür. »Deine Mutter ...«

Eva seufzt. Sie will selbstbewusst mit der Situation umgehen, und Franka hat sie schon oft in Unterwäsche gesehen, aber das ist über fünfundzwanzig Jahre her. Damals war ihre Haut noch straffer, der Bauch ohne verblasste Schwangerschaftsstreifen, und ihre Beine haben keine deutlich sichtbaren Dellen gehabt.

Franka kommt ihr erneut zuvor. »Ich warte im Wohnzimmer«, sagt sie. Ihr scheint die Situation ebenso unangenehm zu sein.

»Schon gut.« In gespielter Lässigkeit geht Eva zur Zimmertür, nimmt sich einen Bademantel in der Farbe von Karamell von einem Haken und zieht ihn sich über die Schultern. Sie ahnt, dass ihre Haare in alle Richtungen abstehen und ihre Mascara dunkle Schatten unter den Augen verursacht, aber sie wird so tun, als sei das völlig okay und kein Grund, sich zu schämen.

Es ist nur ein Problem, wenn du ein Problem daraus machst, erinnert sie sich an ein Mantra, das sie ihren Kundinnen und Kunden regelmäßig beibringt. »Komm, wir holen uns einen Kaffee, und dann kannst du mir sagen, was gestern eigentlich passiert ist und was du möchtest. Vielleicht sind auch noch Brötchen da.« Sie steckt das Handy in die Tasche des Bademantels und folgt Franka.

Der Kaffee tut richtig gut. Franka sitzt ihr gegenüber auf der uralten Couch aus den Neunzigern, die schwarz und violett gemustert ist. Sie starrt auf die Tasse in ihren Händen, als würde sie dort eine Antwort auf eine stumme Frage finden. In der Küche nebenan hantiert ihre Mutter hinter verschlossenen Türen.

Bei Sonnenlicht und mit Abstand betrachtet, wirkt ihre alte Freundin bedrückt. Eva versucht es mit Small Talk. »Bitte sag mir, dass ich mich gestern nicht total blamiert habe.«

Nun grinst Franka und sieht ihr ins Gesicht. Ihre Schneidezähne sind noch immer etwas zu groß, ihr Mund ist breiter als bei anderen Menschen, aber sie hat dieses Leuchten von innen, diese Ausstrahlung, die sofort Sympathie auslöst. »Fändest du es peinlich, wenn du auf der Bühne Macarena getanzt hättest?«

»Ja.«

»Und wenn du in deiner Rede davon berichtet hättest, wie schwer man es ab vierzig hat, noch attraktiv für seinen Partner zu sein?«

Eva spürt ihre Gesichtszüge entgleiten. »Hab ich nicht …«

Franka lacht. »Nein, *du* hast gesagt, dass es für *Frauen* ab *dreißig* bergab geht mit ihrer Attraktivität und dass wir alle nicht mehr so frisch aussehen wie zu Abizeiten.«

Franka gluckst. Die Erinnerung scheint sie zu erheitern, aber Eva sinkt in sich zusammen. »Und dann hast du ein flammendes Plädoyer für das Leben in der zweiten Hälfte gehalten, das nicht nur mich beeindruckt hat.« Sie wird ernster. »Das war echt toll. Du hast gesagt, dass wir jederzeit die

Möglichkeit zur Veränderung haben und uns nicht damit abfinden sollen, in der Vergangenheit falsche Entscheidungen getroffen zu haben, sondern alles dafür tun müssen, um heute das Leben zu führen, das wir uns wünschen.«

»Das hab ich gesagt?« Das klingt nicht nach dem, was sie vorbereitet hatte, aber die Aussage gefällt ihr.

Franka nickt und trinkt einen Schluck. »Es war klasse. Gut, dann hast du uns aufgefordert, Macarena zu tanzen, was außer dir aber niemand getan hat, und Dr. Clausen hat dich sanft von der Bühne geschoben, aber bis dahin war es sehr beeindruckend. Ich habe dich dann später nach Hause gefahren, weil du unbedingt in ein Taxi steigen wolltest, das gar keins war. Könnte sein, dass der Typ, den du bedrängt hast, Angst vor dir hat. Sollte also eine Anzeige kommen, weißt du Bescheid.«

Evas Haut juckt, und ihr wird in dem Bademantel plötzlich viel zu heiß. »Zum nächsten Elternsprechtag werde ich mich definitiv verkleiden müssen. Wie peinlich. Ich hoffe, das hat niemand aufgenommen.«

»Ich fand es total mutig.« Franka zögert, sieht ihr in die Augen, dann zur geschlossenen Wohnzimmertür, als hätte sie Angst, Evas Mutter könne jede Sekunde hereinplatzen. Eine durchaus berechtigte Befürchtung. »Ich war in meinem Leben bisher nie wirklich mutig.«

Eva lehnt sich auf ihrem Sessel zurück. Endlich rückt Franka mit dem wahren Grund heraus, warum sie sie aus dem Bett geholt hat. Ihr fallen mehrere Dinge ein, die Franka Lügen strafen würden, aber sie hat gelernt zu schweigen und wartet ab. Die Taktik wird belohnt.

»Du hast mir gestern erzählt, dass du eine Anti-Ehe-Beraterin bist«, fährt Franka fort. »Und dass du Menschen hilfst, die sich trennen wollen.«

Eva nickt. »Ja, eine Art Trennungsbegleitung. Ich hätte mir so etwas damals gewünscht, als ich meinen Mann verlassen habe, deshalb habe ich umgeschult und meine Praxis eröffnet.« Sie verschweigt an dieser Stelle, wie schleppend das Geschäft läuft.

»Ich glaube, ich bräuchte deine Hilfe.« Franka wiegt die Tasse in den Händen und beobachtet den kreisenden Kaffee. »Ich denke schon lange darüber nach, ob ich mich besser trennen sollte.«

Verwundert starrt sie ihre alte Freundin an. »Das kommt jetzt überraschend.«

Franka lächelt schüchtern. Aus der starken Frau vom Vorabend ist ein Mauerblümchen geworden. »Woher wusstest du, dass es richtig war?«

Fast hätte Eva aufgelacht. Nur mit Mühe unterdrückt sie den Impuls. »Andreas ist einer, der denkt, die ganze Welt sei da, um ihm zu gehorchen. Ich habe ihn kennengelernt, als ich gerade von meinem damaligen Freund verlassen worden war, und auf mich wirkte er wie der Ritter in der weißen Rüstung, der alle Probleme einfach aus dem Weg räumen kann. Ich war achtundzwanzig und wollte Kinder haben, er war vierunddreißig und wollte eine Frau. Wir haben an meinem neunundzwanzigsten Geburtstag geheiratet, und ein halbes Jahr später war Emilia da.«

Auch heute, gut sechzehn Jahre später, füllt sich Evas Herz mit einer Flutwelle reiner Liebe, wenn sie an die ersten Momente mit ihrer Tochter denkt. »Leider hatte ich unterschätzt, was es heißt, mit jemandem zusammenzuleben, der alles und jeden in seinem Umfeld kontrollieren will. Ich mache es kurz: Er hat mein Leben zerstört. Ich konnte irgendwann nicht mehr. Letztes Jahr waren wir fünfzehn Jahre verheiratet, und ich hatte eine solche Krise an dem Tag. Mir wurde klar, dass ich wegmuss, wenn ich einen Funken meiner Würde behalten will. Noch am selben Abend habe ich die Koffer gepackt und bin mit Emilia ausgezogen.« Sie verschweigt vorsorglich, dass sie Andreas bis heute nicht wirklich losgeworden ist und jedes Mal zu zittern anfängt, wenn sie seinen Namen auf ihrem Display liest.

Franka wirkt beeindruckt. »Du warst schon immer stark.«

Eva lacht höhnisch auf. »Ist klar.« Franka ist stets diejenige gewesen, die klare Ziele gesetzt und verfolgt hat und die bei Problemen nach Lösungen und nicht nach Ausreden gesucht hat.

»Wirklich! Es gehört viel Mut dazu, sein Leben so zu verändern. Bist du aktuell vergeben?«

»Bloß nicht.« Eva stellt ihre Tasse auf dem weißen Holztisch ab, der mit einer altmodischen Häkeldecke geschmückt ist. »Derzeit habe ich ganz andere Baustellen, da muss ich mir nicht noch eine Beziehung ans Bein binden. Aber was ist denn bei dir? Wie lange bist du schon verheiratet?«

»Ich habe Basti an der Uni in München wiedergetroffen. Er dümpelte im fünften Semester herum, hatte mehrfach das Fach gewechselt und hat getan und gelassen, was er wollte. Das fand ich toll. Ein Jahr nach unserem ersten Kuss haben wir geheiratet. Es hat sich einfach richtig angefühlt. Ich habe ziemlich schnell das Studium beendet und bin in einem größeren Maklerbüro eingestiegen.«

»Und dein Mann?«, fragt Eva.

Franka schweigt ein paar Sekunden lang. »Weißt du, Basti ist ein Visionär. Er hat immer große Ziele, will die Welt sehen, den Frieden in den Nahen Osten bringen und ein Mittel gegen Aids entwickeln. Nach dem Studium hatte er so viele verrückte Träume, dass er letztlich gar nichts gemacht hat. Er hangelt sich von einer Stelle zur nächsten. Du kennst doch den Spruch *Träume nicht dein Leben, sondern lebe deinen Traum*. Das ist er.«

»Verstehe.«

»Vielleicht wäre es gut gewesen, wenn wir Kinder bekommen hätten, aber er ist unfruchtbar. Das hat ihn schwer getroffen. Er wäre ein großartiger Vater gewesen. Und ehrlich gesagt bin ich auch traurig darüber.«

»Tut mir leid, dass ihr das erleben musstet.« Eva denkt an Emilias erste Schritte auf dem Laminatboden vor dem Ehebett. An ihr zusammengekniffenes Gesicht beim ersten Brei. An die kleinen Ärmchen, die sich mit aller Kraft an ihren Hals klammerten, als sie sie zum ersten Mal zum Kindergarten gebracht hat. An Emilias Nervosität vor dem ersten Schultag und daran, dass Eva eine ganze Packung Taschentücher vollgeheult hat, weil ihre Kleine plötzlich groß geworden war.

Franka redet weiter. »Wir sind im Grunde ein gut eingespieltes Team.«

»Warum denkst du dann an eine Trennung?«

Sie seufzt. »Wir hatten letztes Jahr Porzellanhochzeit. Zwanzig Jahre. Ich habe dir gestern schon kurz davon erzählt. Es gab eine relativ große Feier, unsere Freunde aus München waren da und natürlich die ganzen Verwandten. Wir haben getanzt, und Basti hat um Mitternacht ein Feuerwerk gezündet. Es war echt romantisch.«

Dunkel erinnert sich Eva an die Geschichte. Ihr Handy vibriert rhythmisch in ihrer Bademanteltasche, aber sie lässt es klingeln.

»Trotzdem fühlte ich mich den ganzen Abend über leer. Ich stand mit meinem Champagner an einem Stehtisch, habe die Gäste beobachtet, Bastian betrachtet und gemerkt: Wir sind wirklich gute Freunde.« Frankas Miene, die bisher neutral war, verdunkelt sich. Eva bemerkt es zuerst an ihrem Blick, der von gleichgültig zu verzweifelt wechselt. Ihre Augenbrauen ziehen sich plötzlich zusammen, ihr Mund zittert. Eva sucht das Zimmer mit den Augen nach Taschentüchern ab, findet aber nichts. Franka wischt sich mit einer Hand über das Gesicht. »Entschuldige«, flüstert sie.

»Entschuldige dich niemals für deine Gefühle.« Eva greift testweise in die Taschen des Bademantels und zieht eine Packung Papiertaschentücher hervor. »Bitte.«

Franka tupft sich Augen und Nase trocken. »Es ist nur so ... also ...« Sie schnieft. »Mir ist einfach in dem Moment klar geworden, dass ich Bastian als wirklich, wirklich guten Freund ansehe. Meinen allerbesten Freund. Aber ich liebe ihn nicht mehr. Und er hat sich in dem vergangenen Jahr so verändert, Eva. Ich meine, er war schon immer irgendwie anders, aber mittlerweile passen wir nicht mehr zueinander.« Sie drückt sich das Taschentuch auf die Augen. »Jeder lebt seinen eigenen Alltag, und wir nehmen uns kaum Zeit, etwas gemeinsam zu machen. Ich habe das Gefühl, dass unsere Liebe durch die ganzen Verpflichtungen meinerseits, durch meine Arbeit und durch den Alltag irgendwie erstickt worden ist.«

Eva wartet ein paar Augenblicke ab, bis Franka sich wieder fängt. »Bevor wir weitersprechen, muss ich eine Sache klarstellen: Als eine alte Freundin von dir fühle ich mich nicht gut dabei, dich von professioneller Seite aus zu beraten. Ich möchte Privates und Berufliches nicht vermischen.«

Franka steht die Enttäuschung ins Gesicht geschrieben.

»Aber«, schiebt Eva schnell nach, »als Freundin höre ich dir natürlich zu.«

Mit ihrem Handrücken wischt Franka sich die Tränen von den Wangen. »Eine Freundin wäre jetzt super.«

»Gut. Also, du sagst, du liebst Basti nicht mehr. Möchtest du ihn denn wieder lieben?«

Franka zuckt mit den Schultern. Sie verstaut das Taschentuch in ihrer Jeanstasche. »Kann man das einfach entscheiden?«

»Nehmen wir mal an, dass es geht.«

Franka sieht Eva an, als hätte sie ihr die Frage nach dem Sinn des Lebens gestellt. »Ich weiß nicht ... also ...« Sie denkt nach. »Es wäre toll, wenn alles wieder wie früher wäre. Ja, schon. Ich denke, dann wäre ich glücklich.«

»Schreib doch mal alles auf, was du dir in einem idealen Leben wünschen würdest. Ob mit Bastian oder ohne ihn, mit dem gleichen Job oder einem anderen, hier am Ort oder wieder in München – fantasiere über dein Traumleben, ohne Rücksicht auf die Machbarkeit. Finde heraus, was du eigentlich wirklich willst. Okay?«

Sie nickt. »Klingt gut. Und es gibt keine Chance, dass ich dich buchen kann?«

Einen Moment lang ringt Eva mit sich. Die finanzielle Lage der Praxis erlaubt ihr nicht, wählerisch zu sein. Andererseits ist sie als alte Bekannte keine ideale Ansprechpartnerin. »Ich denke darüber nach.«

In Frankas Augen leuchtet Hoffnung auf.

Kapitel 3

MITTAGSTISCH

Sonntag

Ist sie weg?«, fragt ihre Mutter, als sie etwas später den Kopf zur Küchentür herausstreckt.

»Ja, gerade gegangen.«

»Hat auch ordentlich zugelegt. So wie du.« Margret scannt Evas Körper wie ein Laser.

Aus der Küche dringt der leckere Geruch angebratener Zwiebeln ins Wohnzimmer. »Was kochst du?«

»Zwiebel-Klöße-Suppe.«

»Brauchst du Hilfe?«

Margret betrachtet ihre Tochter einen Moment lang, als wolle sie abwägen, ob Eva schon groß genug ist, um in der Küche zu helfen. »Du kannst die Teller hinstellen.« Sie dreht sich um, öffnet die Geschirrschublade und drückt Eva einen Stapel Porzellan in die Hand. »Aber nicht fallen lassen.«

Gehorsam deckt Eva den Tisch und beantwortet die neugierigen Fragen über alte Schulkameraden und Freundinnen, die ihre Mutter stellt, obwohl sie sich nur an wenige Dinge erinnert.

»Wie läuft deine Praxis?«, fragt sie beim Essen. Ein Tropfen Suppe läuft an ihrem Mundwinkel herunter.

»Nicht gut«, gibt Eva zu. »Ich habe zu wenig Kundschaft.«

Missbilligend schnauft Margret. »Ich wusste gleich, dass das schiefgehen würde.«

»Woher willst du das gewusst haben?«

»Ist doch immer so. Frauen, die in den Wechseljahren lebensverändernde Entscheidungen treffen, ticken nicht ganz richtig.«

»Ich bin noch nicht in den Wechseljahren«, meint Eva, obwohl sie in letzter Zeit öfter mit Hitzeattacken zu kämpfen hatte.

»Und du hattest es so gut mit Andreas«, fährt ihre Mutter fort. »Was er euch alles ermöglicht hat!«

»Das tröstet nicht darüber hinweg, wie er mit mir umgegangen ist. Andreas ist nur sein eigenes Wohl wichtig. Wünschst du dir das für deine Tochter und deine Enkelin?«

Margret schüttelt den Kopf. »Also auf mich hat er immer einen sehr feinen und guten Eindruck gemacht.« Sie wartet ein paar Sekunden ab. »Wenn du so große Geldprobleme hast, musst du vielleicht etwas verkaufen.«

»Was denn?«

Margret pustet auf ihren Löffel und schlürft dann die Suppe. »Vatis Uhr vielleicht.«

Evas Magen wird hart. Vor ihrer Hochzeit hat Margret Eva das größte Geschenk gemacht, das es je in ihrem Leben gegeben hat: eine achtzehnkarätige Armbanduhr, die Evas Vater der Geschichte nach bei einem dubiosen Wetteinsatz gewonnen hat. Viel weiß Eva nicht über die Ehe ihrer Eltern, aber es scheint, als hätten sie ein paar Abenteuer erlebt. Da das Leben mit Andreas nie vor finanziellen Herausforderungen stand, hat Eva auch nie nach dem Wert der Uhr gefragt. »Was ist die denn wert?«

Margret überlegt. »Genau kann ich es nicht sagen, aber dein Vater hat damals unseren Commodore als Einsatz gegeben, der hat ein halbes Jahresgehalt gekostet. Ich schätze mal, dass es heute schon einige Tausend Euro sind. Gib sie doch mal zum Juwelier, der weiß das bestimmt.«

»Hm.« Eva isst zwei Löffel Suppe und ringt mit sich, ob sie ihrer Mutter die Wahrheit sagen soll: dass die Uhr noch immer in Andreas' Tresor liegt, gut verschlossen und sicher verwahrt. Er wird einen Teufel tun, sie ihr zu geben, und sie ärgert sich schwarz, dass sie bei ihrer Flucht nicht daran gedacht hat, sie mitzunehmen.

Margret ist mit den Gedanken ebenfalls bei Andreas. »Von einem Mann wie Andreas hätte ich geträumt. Ich musste ackern wie ein Gaul, um uns über die Runden zu bringen, als Vati den Unfall hatte. Mein ganzes Leben habe ich nur damit verbracht, dafür zu sorgen, dass es dir gut geht, und was ist der Dank? Ich muss dich beknien, mich mal zu besuchen, und erfahre rein gar nichts über dein Leben, geschweige denn über meine Enkelin.« Beleidigt zieht sie die Mundwinkel nach unten.

Eva dachte, dass ihre Mutter sich fünfunddreißig Jahre nach dem Unfall mit der Situation arrangiert hätte. Seit sie zehn ist, kennt sie ihren Vater nur als Pflegefall, nachdem er von einem Bus angefahren worden war. Seit ein paar Jahren fährt sie jeden Tag ins Pflegeheim zu ihm. Mittlerweile schafft sie es körperlich nicht mehr, ihn selbst zu versorgen.

Eva zwingt sich, ihrer Mutter in die Augen zu sehen. »Tut mir leid, wenn du das Gefühl hast, ausgeschlossen zu werden. Das ist nicht meine Absicht.«

»Ich habe alles gegeben, was ich zu geben hatte«, erwidert ihre Mutter. »Und es kommt nichts zurück. Du weißt ja selbst, wie undankbar der Job als Mutter ist.«

Eva kaut auf einem Einwurf herum, schluckt ihn dann aber herunter. Bittere Galle steigt in ihr auf. Eine Umarmung hätte oft gereicht. Ein »Wie geht es dir?« nach der Trennung oder ein »Ich bin stolz auf dich« gelegentlich. Mehr erwartet sie nicht, aber solche Sätze, die Eva wie selbstverständlich zu ihrer Tochter sagt, wird sie von Margret nicht zu hören bekommen.

Ein paar Bissen lang schweigen sie sich an, bis ihre Mutter das Thema wechselt und sich über ihre Nachbarn auslässt. Eva hört geduldig zu, stellt die richtigen Nachfragen und will gerade anmerken, dass es kein Problem für ihre Mutter sein sollte, wenn die Gardine der Nachbarin von gegenüber schief hängt, da vibriert ihr Handy wieder. Suchend lässt Eva ihren Blick durch das Esszimmer gleiten und entdeckt es auf der Fensterbank.

»Eva, wir essen.«

»Könnte wichtig sein.« Sie greift nach dem Telefon, aber der Anruf ist ihr entgangen. Auf dem Handy stehen drei Anrufe in Abwesenheit von ihrem Ex-Mann. Der Knoten in ihrem Magen zieht sich weiter zu, während sie zurückruft. Sie flattert innerlich, als würde ein Schwarm Motten verrücktspielen.

»Na, erreicht man dich auch mal?«, fragt Andreas in gewohnt bissiger Stimmung.

Eva setzt sich wieder auf ihren Stuhl und lehnt sich zurück. »Du hast angerufen?« Sie hasst es, dass ihre Stimme so mädchenhaft piepsig klingt, wenn sie mit ihm spricht.

»Hol Emmi um sechs ab.«

»Warum? Ist etwas passiert?«

»Nein, nichts ist passiert. Aber sie hat schon dreimal versucht, dich anzurufen.«

Seltsam, von ihr war keine Benachrichtigung auf dem Display. Eva sieht auf die Armbanduhr. Es ist schon drei. Eigentlich hätte sie die verbleibenden Stunden gerne für sich genutzt. Sie schließt die Augen, um die vorwurfsvollen Blicke ihrer Mutter nicht sehen zu müssen. Ihr Körper fühlt sich an wie nach einer Brandrodung. Hier und da rauchen die Reste verkohlter Wurzeln, zentimeterdick mit Asche überzogen. Totes Land, wo nichts mehr wachsen kann. Sie merkt, dass alles zu viel wird. Der Job und der damit verbundene Druck. Der ständige Konflikt mit Andreas und das Geld, das sie ihm schuldet. Ihre Mutter, die sie nie zufriedenstellen kann. An ihr brachliegendes Liebesleben will sie gar nicht denken. Das letzte Mal, als sie wirklich Ruhe für sich hatte, war im Sommer vor zwei Jahren kurz nach der Blinddarm-OP. Wie schön wäre es, wenn sie zu Hause einfach mal ein Bad hätte nehmen können, ohne von irgendwelchen Handys oder Menschen unterbrochen zu werden. »Natürlich kann sie auch früher kommen«, sagt Eva und öffnet ihre Augen. »Dann essen wir zusammen Abendbrot.«

»Mel und ich sind um sechs beim Italiener, also sei rechtzeitig da.«

Seine Tochter in eines der Sternerestaurants mitzunehmen, in denen er ständiger Gast ist, kommt ihm augenscheinlich nicht in den Sinn. Eva schüttelt den Kopf, verkneift sich aber eine Bemerkung. Sie hat keine Energie für diese Diskussion. »Klar, kein Problem. Ich bin dann um sechs da.«

»Wann krieg ich mein Geld?« Sein Ton ist emotionslos, als sei es keine große Sache.

»Ich arbeite daran.«

Er lacht. »Als ob du jemals so viel verdienen könntest mit dem Scheiß, den du machst. Ich glaube, so langsam sollte ich einen Vollstrecker einsetzen.«

»Andreas, bitte.« Eva zwingt sich, nicht ins Betteln zu verfallen. »Du kriegst dein Geld.«

»Na schön. Ich will mal nicht so sein. Wir sehen uns später.« Er legt auf.

In wenigen Worten erklärt sie ihrer Mutter die Situation, ohne das Geld zu erwähnen. »Warum holst du sie nicht gleich ab und gibst mir die Chance, sie auch mal wieder zu sehen?«, fragt sie und legt den Löffel an den Rand des leeren Tellers.

Evas Zwiebel-Klöße-Suppe ist mittlerweile kalt. »Andreas hat ein Recht darauf, den ganzen Tag mit ihr zu verbringen.« Die Worte kommen ihr nur schwer über die Lippen, denn sie weiß genau, dass Emilia Andreas eigentlich egal ist. »Wir können bestimmt in den Herbstferien herkommen. Vielleicht möchte Emilia hier ja sogar übernachten.«

»Das wäre toll. Ich habe sie immer so gern um mich.«

Ein Stich durch die Lunge ins Herz nimmt Eva ein paar Sekunden lang die Luft. Sie wird doch wohl nicht eifersüchtig auf ihre Tochter werden?

Nein. Tief in ihrem Inneren kennt sie die Antwort. Sie buhlt mit Emilia nicht um Margrets Zuneigung.

Emilia kann nichts dafür, dass ihre Oma eine so lieblose Mutter ist.

* * *

Um Viertel nach sieben sitzen Mutter und Tochter auf der Couch. Die Reste der Tiefkühlpizza liegen auf den Tellern. Sonntags sehen sie beim Essen fern. Um Emilia Zugriff auf Tausende Sendungen und Filme zu ermöglichen und damit sie in der Schule einen Grund weniger hat, um zur Außenseiterin zu werden, verzichtet Eva seit einiger Zeit auf ihren geliebten Zumba-Kurs. So lässt sich der Streamingdienst bezahlen.

Emilia hat sich an ihre Schulter gekuschelt. Beide lieben die Momente inniger Nähe, die immer seltener sind, je älter sie werden. Ein schwer zu definierender Schmerz reißt an ihrer Seele. Der Körperkontakt mit Emilia ist der einzige, den

Eva sich derzeit gönnt. Ihren Ausflug in die Dating-Welt hat sie nach ein paar Fehlversuchen frustriert aufgegeben.

Ihr fällt etwas ein. »Wir sollten deinen Geburtstag planen.«

»Ich habe nichts zu feiern.«

Als Eva sich aufsetzt, rutscht der Kopf ihrer Tochter von ihrer Schulter.

»Ey …«

»Du wirst sechzehn, das ist doch ein Grund zum Feiern!«

Emilia zuckt die Schultern. »Erstens wüsste ich gar nicht, wen ich einladen soll, und zweitens haben wir doch eh kein Geld dafür.«

Es macht sie unbeschreiblich traurig, zu sehen, wie bewusst dieses Mädchen alles um sich herum wahrnimmt. »Aber Papa unterstützt uns doch.« Die verdammte Zwickmühle der letzten Jahre engt sie ein. Schon vor ihrer Trennung war sie von Andreas abhängig – erst emotional, dann finanziell. Mit der Trennung hat sich nicht so viel verändert, wie sie gedacht hatte. Die Schulden, die sie bei Andreas hat, erdrücken sie fast, aber normalerweise ist er großzügig, wenn es darum geht, sich die Zuneigung seiner Tochter zu erkaufen.

Emilia spielt mit einer Ecke des grauen Sofakissens. »Ach, nicht nötig.«

»Hey.« Eva nimmt ihre Hand und blickt ihr fest in die Augen. »Sagst du mir, was los ist?«

Es dauert ein paar Sekunden, bis Emilia den Mut findet. »Ich will lieber keine Party als eine langweilige Party. Die anderen aus meiner Klasse feiern ihren Sechzehnten richtig groß. Wir können das nicht.«

»Ach, mein Schatz …« Eva nimmt ihre Tochter fest in den Arm und kämpft gegen die Tränen an. »Möglicherweise kannst du bei Papa feiern. Wenn du Melody sagst, was du dir wünschst, wird sie dich sicherlich unterstützen. Und wir machen hier dann nur den Verwandtenbesuch.« Ein unsichtbares Gewicht zieht sie nach unten. Der sechzehnte Geburtstag ist ein Meilenstein im Leben junger Menschen. Wie gerne würde sie ihn hier bei sich ausrichten, aber Emmi hat recht: Sie können es sich nicht leisten.

Emilia wischt sich über ihre Augen und sieht sie mit seltsamem Blick an, traurig und skeptisch. »Meinst du wirklich?«

»Wirklich. Lass uns doch direkt in drei Wochen deinen Geburtstag mit den Verwandten feiern, das passt eh ganz gut am Samstag. Und Samstag drauf, also in vier Wochen, kannst du bei Papa deine Freundinnen einladen. Soll ich ihn fragen?« Vor jedem Gespräch graut es ihr. Sie versucht, die Enge in ihrem Hals durch einen tiefen Atemzug zu weiten, was aber nicht funktioniert.

»Ich weiß nicht …« Einen Moment lang scheint Emilia sich gefreut zu haben, aber jetzt versickert ihr schwaches Lächeln. »Da wäre noch etwas.«

»Spuck's aus.«

»Mein Handy ist kaputt.«

Ein hässliches Monster in ihr legt sich in Lauerstellung. »Wie ist das denn passiert?« Sie bemüht sich, ihre Stimme neutral klingen zu lassen, aber es fällt ihr schwer.

»Ist mir ins Klo gefallen«, gibt ihre Tochter kleinlaut zu. »Ich hatte es in der Arschtasche …«

»Gesäßtasche.«

»… und dann – platsch. Scheiße.«

»Eine durchaus treffende Beschreibung.« In ihrem rechten Ohr beginnt es zu piepen. Nicht mehr lange, und sie wird die altbekannten Spannungskopfschmerzen bekommen. »Wie hast du mich denn angerufen?«

»Papas Handy. Er hat meins eingesackt, damit ich lerne, ordentlich mit meinen Sachen umzugehen.«

Mit aufsteigender Verzweiflung stützt Eva ihr Gesicht in die Hände. »Wo soll ich denn jetzt ein neues Handy herkriegen?«

»Weiß nicht«, flüstert Emilia mit tränenerstickter Stimme.

»Was sagt Papa denn dazu?«

»Er meinte, ich sei selbst schuld, ich wäre unfähig, man könne mir eh nicht vertrauen, und ich solle ihn nie wieder um etwas bitten. Ich würde ihn immer nur enttäuschen.«

Emilia hat die Arme um ihren schmalen Körper geschlungen und fällt schluchzend in sich zusammen. Sofort flutet Liebe Evas Herz.

»Hey, schon gut. Komm her.« Sie umarmt ihre Tochter, die sie daraufhin umklammert, als sei sie ein Rettungsanker im Tränenmeer. Die Tropfen sickern durch die einzige Seidenbluse, die Eva besitzt, und die sie heute nur ausgesucht hat, damit ihre Mutter keinen Kommentar über ihre Kleidung loslässt. Wenigstens das hat funktioniert. »Du bist die wundervollste junge Frau, die ich kenne. Jedem kann das Handy ins Klo fallen, das ist kein Drama, okay? Wenn er meint, enttäuscht zu sein, dann ist das sein Problem und nicht deins. Hast du das verstanden? Du bist nicht für seine Gefühle verantwortlich. Es ist allein sein Problem.«

»Ich will da am liebsten nie wieder hin.«

»Ich verstehe, dass du dich verletzt fühlst und nicht mehr zu ihm willst. Lass uns ein paar Tage abwarten und dann noch mal überlegen, wie es weitergeht, okay?« Es ist ein ewiger Balanceakt, Emilias Willen zu berücksichtigen, das gesetzlich geforderte Umgangsrecht von Andreas dennoch zu wahren und sich lieber die Zunge abzubeißen, als Andreas vor ihrer Tochter schlechtzumachen. Am Anfang der Trennung hat sie diesen Fehler begangen, und Andreas hat natürlich davon erfahren und ihr gedroht, das Jugendamt wegen Manipulation einzuschalten, damit ihr das Aufenthaltsbestimmungsrecht entzogen wird. Seither bemüht sie sich um Neutralität und hofft mit jeder Faser ihres Körpers, dass Emilia selbst erkennt, wie ihr Vater tickt.

Wie zwei lose Kopfhörerkabel, die zu lange unbeobachtet in einer Handtasche umhergetragen wurden, liegen Eva und Emilia ineinander verknotet auf dem weichen Polster. Egal, wie oft Eva ihrem Ex sagt, dass er sensibel mit Emilia umgehen soll, weil sie in einer zerbrechlichen Phase ihrer Identitätsfindung ist – er benimmt sich wie eine Abrissbirne. Dieser Mann denkt bei »Empathie« an eine ansteckende Seuche.

Irgendwann durchbricht ihre Tochter die Ruhe. »Warum passiert so etwas eigentlich immer uns?« Sie setzt sich auf und glättet ihre abstehenden Haare mit beiden Händen.

Eva reibt sich eine Wimper aus dem Auge. »Was?«

»Wir haben immer Pech. Je mehr ich mich anstrenge, desto mieser geht es mir. Und bei dir ist es auch nicht anders. Du arbeitest wie eine Irre, und trotzdem sind wir arm.«

»Tja«, überlegt Eva und ringt mit sich, wie viel eine Fünfzehnjährige über das Schlechte in der Welt erfahren sollte. »Man kann die Umstände eben nicht ändern. Wir haben wenig Geld, weil wir eine schöne Wohnung haben wollen. Wir haben ein Auto, du brauchst regelmäßig neue Klamotten und willst auf Klassenfahrt fahren. Manchmal wirfst du Handys in die Toilette. Das kostet alles Geld. Das Leben ist leider teuer, daran lässt sich nichts ändern.« Und sie hat mehrere Tausend Euro Schulden bei ihrem Ex, der die Situation ausnutzt. Das bindet sie ihrer Tochter allerdings nicht auf die Nase.

»Die Mädchen aus meiner Klasse lachen schon jetzt über meine Klamotten. Vielleicht feiere ich doch nicht.«

Das tut weh. Eva stellt sich vor, wie ihre Tochter im Klassenraum sitzt und wie hinter ihr getuschelt wird, weil sie Oberteile aus dem Supermarkt trägt. So oft hat Emilia versucht, ihren Vater zu einer Shoppingtour zu überreden, aber seit sie in die Pubertät gekommen ist, hat er das Interesse an ihr fast verloren. Lieber schenkt er ihr ein Kuscheltier, als dass sie sich Klamotten aussuchen darf, die ihre zart beginnenden Kurven betonen.

»Papa hat gesagt, dass ich dick werde.«

Das darf doch wohl nicht wahr sein.

Der Schmerz in Emilias Stimme zerreißt etwas in Evas Brustkorb. Es ist eine Sache, dass Andreas sie auf ganzer Linie desillusioniert hat, aber eine andere, wenn er seine Tochter fertigmacht. Dieser unfähige, grobe, ignorante und egozentrische Bastard! »Du bist definitiv nicht dick, sondern wunderschön. Wegen des Geldes überlegen wir uns was. Und wenn alle Stricke reißen, kannst du auch einen Ferienjob annehmen und dir das Geld verdienen.«

Emilia stöhnt auf, als hätte man ihr lebenslange Hausaufgaben erteilt. »Ich will einfach Geld haben und tun und lassen können, was ich will!«

Eva lacht auf, obwohl sie am liebsten weinen würde. »Ich auch! So läuft das Leben aber leider nicht. Wir müssen mit dem klarkommen, was wir haben. Und ich glaube, wir haben noch eine Tüte Chips.« Breit lächelnd streichelt sie über Emmis Knie und steht auf. Eine tiefe Traurigkeit wabert durch ihren Brustkorb und legt sich auf das lauernde Biest. Wenn sie bei Andreas geblieben wäre, hätte diese Unterhaltung nie stattgefunden. Sie hätten Emilia ein angenehmes Leben bereitet, ihr den Reitunterricht ermöglicht, den sie sich so sehr wünscht, und sie regelmäßig ins Kino gehen lassen können. Ein neues Handy wäre kein Thema gewesen.

Doch um welchen Preis?

Sie öffnet die Verpackung und atmet genüsslich den Duft von Glutamat und Fett ein. »Wenn nichts mehr hilft, hilft eine Tüte Chips«, sagt sie.

Oder eine Flasche Wein.

Kapitel 4

LETZTE MAHNUNG

Montag

Eva rennt. Der stechende Schmerz in ihren Flanken wird bei jedem Atemzug schlimmer, aber sie hat keine Wahl. Wer – oder was – auch immer hinter ihr her ist: Gleich packt er sie.

»Mama!« Die Stimme kommt aus dem Nichts. Eva blickt nach oben und zur Seite. Um sie herum ist nur Nebel. Hinter ihr streckt ein schwarzer Schatten seine Pranke aus und rüttelt an ihr.

»Wir kommen zu spät! Aufwachen! Ich schreib gleich Mathe!«

Der Nebel lichtet sich langsam. Wie eine Wasserleiche steigt Eva aus dem Schlafsee auf.

Das Leben, in dem sie erwacht, ist grell. Mit einem Stöhnen reißt Eva sich ihre Decke über den Kopf. Vielleicht ist die Flasche Wein am Vorabend doch keine gute Idee gewesen. »Wie spät?«, fragt sie mürrisch.

»Zehn nach acht«, dringt es gedämpft durch den Stoff, aber dieser kleine Satz wirkt wie ein doppelter Espresso.

Binnen einer halben Sekunde sitzt Eva und starrt ihre Tochter an, die mit einer Zahnbürste im Mund gleichzeitig ihre Haare kämmen und sich einen Schuh anziehen will.

»Scheiße!«

»Sag ich doch«, antwortet Emilia. Ihr Blick fällt auf die leere Weinflasche und das Glas, in dem noch eine kleine Pfütze rote Flüssigkeit zu sehen ist. Dann verschwindet sie aus dem Wohnzimmer, wo Eva am Vorabend die Couch zu ihrem Bett umgebaut hat. Ein Kolibri auf Ecstasy wäre in den nachfolgenden Minuten nicht schneller gewesen. In Windeseile springt Eva in ihre Jeans, zieht wahllos den obersten Pullover vom Kleiderstapel, kämmt sich und wirft ihre Schminke und Zahnbürste in ihre Handtasche. »Fertig? Und los.«

Zwar schaffen sie es nicht rechtzeitig zum Klingeln der ersten Stunde auf den Schulhof, aber Eva beglückwünscht sich dennoch, dass sie nur wenige Minuten verspätet sind. Emmi knallt die Autotür zu und rennt davon. Evas »Viel Erfolg bei Mathe!« bleibt im Wagen stecken. Emilia ist unheimlich gut in Mathe, das wird sie schon schaffen.

Zum ersten Mal seit dem Aufwachen atmet Eva tief ein und wieder aus. Die Hektik flirrt fast greifbar im Auto. Hinter ihr hupt jemand. »Ja, ja«, grummelt Eva, setzt den Blinker und fährt in Richtung Praxis.

Wie ein schlafender Riese steht die alte Stadtvilla in einer Reihe mit weiteren Jugendstilhäusern in einer Seitenstraße. Kaum jemand fährt durch Zufall hier vorbei; man muss sein Ziel kennen, um hier zu landen. Die Tür knarrt beim Öffnen. Evas Assistent Markus, der ein paar Stunden pro Woche hinter dem gebraucht gekauften Empfangstresen sitzt und ihr den Rücken freihält, hebt den Kopf. Sein Lächeln erwärmt ihr Herz. »Guten Morgen!«

»Der Morgen war leider ganz und gar nicht gut.« Sie kneift die Lippen zusammen.

Markus' Blick wird mitfühlend. »Dein erster Termin ist in einer halben Stunde. Leider auch der einzige heute.«

Es kommt Eva vor, als seien seine Gedanken auf laut gestellt; als könne sie die Vorwürfe und Ängste hören, die durch seinen Kopf ziehen. Sie fragt sich nicht zum ersten Mal, ob sie nicht einfach die ganze Arbeit von Markus übernehmen sollte, aber am Anfang ihrer Selbstständigkeit hatte sie so viel mit dem Papierkram zu tun gehabt, dass es sinnvoll erschien, einen Mitarbeiter zu haben. Wenigstens in Teilzeit.

»Ich mache dir mal einen Kaffee«, schlägt er vor.

Sie nickt. »Danke.« Der Griff um ihre Tasche wird fester. Das Kunstleder bohrt sich in ihre Hand. *Es tut mir leid, dass ich keine Kundschaft finde,* denkt sie und geht zunächst in das winzig kleine Badezimmer, wo sie sich schminkt und ihre Zähne putzt. Die Lebensgeister kehren langsam zurück. Ein missmutiges Spiegelbild blickt sie an. Was für ein Tag. Seufzend verlässt sie das Bad und geht in ihren Lieblingsraum.

Die bodentiefen Fenster lassen zu jeder Tageszeit Licht ins Büro und reihen sich mit den weißen Holzrahmen fast nahtlos in die Wände ein. Der Boden aus Eichenholz bietet einen ansehnlichen Kontrast. Ihren Schreibtisch hat sie durch Zufall in der Kleinanzeiger-App gefunden und gleich abgeholt. Er passt perfekt zum Holz der Fenster und gibt ihr mehr Platz, als sie jemals brauchen wird.

Sie hatte so ein Glück, dass ausgerechnet ihr Onkel ihr nach der Trennung das Erdgeschoss zur Miete angeboten hat. Obwohl sie mit Bauchschmerzen zugesagt hat, bereut sie es nicht.

Das erfüllende Gefühl wird getrübt, als Evas Blick auf den Poststapel fällt. Sie lässt die Tasche zu Boden sinken, setzt sich in den ergonomischen Schreibtischstuhl und bemerkt, dass sie die Luft angehalten hat. Mit einem Seufzen atmet sie aus, den Blick auf die Briefe geheftet, als könne sie sie durch bloße Willenskraft auflösen. »Letzte Mahnung« sieht sie unheilvoll in einem der Adressfenster stehen. Beherzt rafft sie den Stapel zusammen, öffnet die oberste Schublade des

Schreibtisches und wirft alles hinein. Mit Schwung schließt sie all die Damoklesschwerter und mit ihnen ihre Angst weg. Automatisch wandert ihre linke Hand zur anderen Schublade und holt eine Packung belgische Pralinen hervor. Sie betrachtet die in Muschelform gegossene Schokolade, wählt eine Meeresschnecke und steckt sie sich genüsslich zwischen die Lippen. Der Zucker explodiert auf ihrer Zunge, und sie fühlt sich sofort besser. Als Markus kurz darauf einen frischen Milchkaffee bringt, ist die Welt wieder in Ordnung. Seine Augen huschen über die nun leere Schreibtischplatte, und er hebt eine Braue, sagt aber nichts, sondern verlässt wortlos das Büro.

Als sie gerade den ersten Schluck nehmen will, klingelt das Telefon. Es ist Markus. »Ich habe deinen Onkel dran.«

Ihr Magen ist im freien Fall. Sie verbrennt sich die Zunge und stöhnt auf. »Bitte nicht.«

»Ich kann ihn abwimmeln.«

»Nee, nicht schon wieder, sonst steht er nachher persönlich in der Tür. Gib mir fünf Sekunden und stell ihn durch. Oder besser zehn.« Eva stützt ihren Kopf auf ihrem Handballen ab und versucht erfolglos, die aufkeimende Panik in ihrem Inneren zu zähmen. Sie zählt bis fünf und hört ein leises Klicken in der Leitung. »Guten Morgen, Onkel Wolfgang.«

»Evi, ich bin jetzt wirklich am Ende meiner Geduld«, entgegnet eine tiefe Stimme. »Ich habe seit Juli keine Miete von dir gesehen. So gern ich dich habe, aber das geht nicht. Ich habe dir die Praxis nicht besorgt, damit ich meinem Geld hinterherrennen muss.«

»Ich verstehe gut, dass du wütend bist, aber …«

»Ich möchte deine Ausreden nicht mehr hören«, unterbricht er sie harsch. »Nächste Woche zahlst du den Rückstand, oder ich kündige den Mietvertrag, habe ich mich klar ausgedrückt?«

Evas Magen hat sich in einen Felsblock verwandelt. Selbst der feine Schokoladengeschmack auf ihrer Zunge hilft nicht gegen die Übelkeit, die unvermittelt bis in ihre Speiseröhre aufsteigt. Mache nie Geschäfte mit deiner Familie. »Okay«, sagt sie und legt auf, ehe ihre Stimme versagt. Das Geräusch des aufknallenden Hörers hallt im Raum wider. Es klingt wie eine herabsausende Guillotine. *Rumms.* Ihr Kopf rollt über die Dielen.

Diese Praxis ist alles, wofür sie die letzten Jahre gearbeitet hat. Wofür sie Schulden bei Andreas hat. Wofür ihr Herz schlägt. Seit dem Gründungstag letztes Jahr hat sie weder Urlaub genommen noch Hilfesuchende abgewiesen. In unzähligen Stunden hat sie sich die Nöte ihrer Mitmenschen angehört, hat ihnen Ratschläge erteilt und geholfen, den Pfad in ein neues Leben zu betreten – sie hatte so gehofft, dass sich herumspricht, wie hilfreich ihre Arbeit ist, aber es kommen zu wenige Menschen, um die Kosten zu decken. Möglicherweise hätte sie doch Psychotherapie studieren sollen, um mehr Anerkennung zu erhalten.

Auch in dieser Hinsicht bestätigt es sich wieder: Wenn man selbst Hilfe braucht, ist niemand für einen da. Vielleicht hatte ihre Mutter recht, und es ist falsch gewesen, Andreas zu verlassen. Vielleicht sollte sie ihn auf die Uhr ansprechen und das Erinnerungsstück zu Geld machen.

Die Gedanken an Onkel Wolfgangs grimmig verzogenen Mund vermischen sich mit anderen Erinnerungen. Sie hat das Gefühl, Zigarettenqualm zu riechen, und schnaubt.

Ihr Handy vibriert. Eine ihr unbekannte Nummer hat ihr geschrieben.

Guten Morgen! Danke noch mal für deine Zeit gestern, das hat so gutgetan! Ich war die halbe Nacht wach, um mein ideales Leben aufzuschreiben, wie du es vorgeschlagen hast. Wahnsinn, was dabei alles herausgekommen ist! Kannst du nicht doch eine Ausnahme machen und mir helfen? Bitte! Geld ist kein Problem! Franka.

Eva legt das Handy zur Seite, isst ein weiteres Stück belgische Schokolade und denkt nach. War es ein Fehler, ihr zu sagen, dass sie sich jederzeit bei ihr melden kann? Es ist toll, Franka wiedergesehen zu haben, aber sie fühlt sich dennoch wieder wie damals, als sie immer wieder versucht hat, mit ihr mitzuhalten.

Sie überfliegt die Nachricht erneut.

Geld ist kein Problem. Das kann nur eine Person sagen, die sich nie gefragt hat, wie sie während der letzten Woche des Monats ihr Kind verpflegen soll. Es gibt im Leben diejenigen, die vom Glück geküsst sind, und die, an denen das Pech klebt. Überflüssig zu erwähnen, dass Eva zur zweiten Gruppe gehört.

Markus steckt den Kopf zur Tür herein. »Dein Kunde ist schon da. Soll ich ihn reinschicken?«

Sie schließt Frankas Nachricht und nickt. »Auf geht's.«

Kapitel 5

DIE ABSAGE

Montag

Eine Stunde lang hat Eva ihrem Klienten zugehört, bohrende Fragen gestellt und herausgefunden, dass die Beziehung, in der er sich befindet, noch eine Chance auf Heilung hätte. »Wissen Sie«, sagt sie, als sie ihn zur Zimmertür begleitet, »um eine Ehe zu retten, braucht es manchmal sogar nur eine Person.«

Der Mann betrachtet sie einige Sekunden lang wie ein exotisches Zootier. »Darüber können wir dann nächstes Mal sprechen.«

»Gern.« Sie setzt ihr geschäftsmäßiges Lächeln auf – eine Mischung aus Mitgefühl und Freundlichkeit – und schließt die Tür hinter sich. Zurück am Schreibtisch fällt ihr die Nachricht ein, die Franka ihr geschrieben hat.

Geld ist kein Problem. Der Satz stößt ihr sauer auf wie ein Vorbote schlimmer Magenschmerzen. Sie tippt eine Antwort.

Hallo Franka! Es wäre toll, dich bei der Entwicklung und deinen Fragen zu begleiten, aber aus professioneller Sicht rate ich nach wie vor davon ab. Privates und Berufliches sollte man trennen. Ich kann dir gerne eine Kollegin oder einen Kollegen empfehlen. Vielleicht trinken wir einfach mal so einen Kaffee? Liebe Grüße von Eva.

Sie liest die Nachricht vor dem Absenden mehrfach durch. Klingt sie zu nüchtern, zu geschäftsmäßig? Franka soll sie nicht für unfreundlich halten, aber zu überschwänglich soll sie auch nicht sein. Vielleicht sollte sie sie lieber anrufen und es persönlich erklären. Andererseits könnte das den Eindruck erwecken, dass Eva zur Gattung der Klammeraffen gehört, wenn sie nicht in der Lage ist, eine einfache Handynachricht mit Text zu beantworten.

Warum ist das Leben immer so kompliziert?

Sie löscht ihren Text und schreibt stattdessen: »Wollen wir das bei einem Kaffee besprechen?« Ohne den Satz zu zerdenken, schickt sie ihn ab. Die Antwort kommt postwendend.

Sehr gerne! Ich könnte heute Mittag (im Cucina *gibt es einen tollen Mittagstisch) oder morgen Abend.*

Eva bestätigt das gemeinsame Mittagessen um zwölf Uhr. Es ist lange her, dass sie mit einem erwachsenen Menschen eine Mahlzeit eingenommen hat. Sie vermisst ihre beste Freundin Manuela, die mittlerweile der Liebe wegen nach Hessen gezogen ist. Mit ihr hat sie sich oft über das Leben ausgelassen.

Hinter ihrem Bauchnabel hüpft etwas und dreht sich im Kreis wie ein spielender Welpe.

»Ach ja«, sagt sie zu ihrem Handy, »ich hatte schon ganz vergessen, wie sich Freude anfühlt.«

Sie sucht im Internet nach dem *Cucina.* Es ist ein italienisches Restaurant, das nur zwei Querstraßen von ihrer Wohnung entfernt liegt, und doch hat sie es nie wahrgenommen. Mit Andreas hat sie eher gehobene Häuser besucht, in denen die Portionen klein und die Preise groß waren. Dieses Speiselokal scheint sich an eine jüngere Kundschaft zu richten. Sie liest sich die Karte durch, studiert die Bilder der Internetseite und erfährt, dass man sein Essen an einer Theke bestellt und dann ein handtellergroßes Gerät bekommt, das man mit an seinen Platz nimmt. Wenn es piept und blinkt, ist das Essen fertig zur Abholung. Was sich die Leute einfallen lassen!

Eva sinniert darüber, wie es gewesen wäre, wenn Franka nach dem Abi zu Hause und sie in Kontakt geblieben wären. Ist sie noch die Freundin, mit der sie früher die Nächte durchgequatscht hat? Der sie alles sagen konnte, bei der sie sich aber trotz der Vertrautheit immer wie eine Bratsche neben der ersten Geige gefühlt hat? Sie fragt sich, was das Leben aus ihnen gemacht hat in den vergangenen zwei Jahrzehnten.

Nach einer Viertelstunde steckt Markus seinen Kopf zur Tür herein. »Noch einen Kaffee?«

»Gern.«

»Danach bin ich beim Arzt.«

Ihr fällt wieder ein, dass Markus ihr letzte Woche von der Krebsvorsorge erzählt hat. »Alles klar. Du kannst dann freimachen, wenn du willst. Ist ja nicht viel los.«

Markus presst die Lippen zu einer geraden Linie. »Gut.« Dann kommt er ins Büro, nimmt Evas Tasse und geht wieder.

Sie seufzt. In der gemeinsamen Anfangszeit haben sie zusammen gelacht und Späße gemacht. Wie sich die Zeiten ändern, wenn ein Unternehmen sich nicht ausreichend trägt und das Geld an jeder Ecke fehlt.

Um zehn nach zwölf sieht Eva zum fünften Mal auf ihr Handy. Sie kontrolliert, ob sie mit Franka wirklich zwölf Uhr vereinbart hat, und hält dann erneut nach ihr Ausschau. Immer wieder laufen Menschen an ihr vorbei, um im *Cucina* zu essen, oder kommen mit gesättigten Bäuchen heraus und gehen ihrer Wege. Sie fühlt sich wie eine Veganerin in einer Metzgerei: völlig fehl am Platz. Diese Leute hier sind nicht nur im Schnitt zehn bis zwanzig Jahre jünger, sondern scheinen das Leben auch viel leichter zu nehmen. Sie lachen miteinander, quasseln, als gäbe es ein Mindestmaß an zu verbrauchenden Wörtern innerhalb einer Minute, und haken sich bei ihrer Begleitung unter.

Endlich vibriert das Handy in Evas Hand und erlöst sie von ihren quälenden Gedanken. Franka hat eine neue Nachricht geschickt.

Muss leider absagen. Mein Mann spielt verrückt. Melde mich später.

Eva starrt auf das Display. Wieso sollte ihr Mann wegen eines gemeinsamen Mittagessens durchdrehen? War Franka unvorsichtig genug, um zu sagen, dass sie zu einer Anti-Ehe-Beratung geht? Etwas formiert sich in ihr, das sich wie ein Orkan anfühlt. Es vibriert, wirbelt durch ihren Bauch und wird fester. Eva blinzelt, reckt das Kinn und geht mit strammen Schritten zurück zum Parkplatz, wo der Motor ihres alten Toyota leise Knackgeräusche von sich gibt, als wäre er während der kurzen Fahrt hierher heißgelaufen.

Erst im Auto lässt sie zu, dass eine Träne über ihre Wange rollen darf. Vor lauter Wut auf sich, weil sie eine schlichte Absage einer alten, entfernten Freundin so mitnimmt, weint sie bitterlich.

Es ist immer das Gleiche: Kaum ergibt sich in ihrem Leben eine positive Wendung, passiert irgendetwas Unvorhergesehenes, das alles wieder kaputt macht. Sie kann ihrem Glück nie trauen.

Nach der ersten Trauerwelle klatscht sie sich sanft mit den Händen ins Gesicht. Sie sollte sich zusammenreißen und nicht wie ein kleines Mädchen heulen. Die Stimme ihrer

Mutter ist ihr deutlich im Ohr: »Bist du ein Mädchen oder eine Memme?«

»Okay«, sagt Eva dann zu ihrem Lenkrad. »Dann eben nicht.« Sie macht eine unauffällige Atemübung, tippt auf ein paar Akupressurpunkte und beruhigt sich langsam. Vielleicht ist es sogar besser, wenn sie nicht so viel Zeit verliert. Sie wird die zwei Querstraßen nach Hause fahren, dort etwas essen und dann den Rest des Tages damit verbringen, herauszufinden, wie man Kundschaft gewinnt.

Evas Handy klingelt, als sie den Parkplatz gerade verlassen hat. Der Himmel ist tiefgrau und so trist wie ihr Leben. Sogar die Sonne hat sich das Elend nicht weiter ansehen wollen und ist hinter einer dichten Wolkenmauer verschwunden.

Sie bedient einen Knopf am Lenkrad und nimmt das Gespräch an. »Eva Lange-Albrecht, psychologische Beratung und Trennungsbegleitung.« Ihre Stimme klingt dünn.

»Sie dürfen nicht mit meiner Frau sprechen«, poltert eine unbekannte Männerstimme.

»Wer spricht denn da bitte?«, fragt sie in betont höflichem Tonfall nach.

Der Mann schnaubt. »Franka Schneiders Ehemann.«

Sie ärgert sich, dass Franka ihm augenscheinlich von dem Gespräch erzählt hat; damit verschärft sie die Schwierigkeiten. »Hören Sie, ich bin gerade im Auto, wollen wir nicht später in Ruhe sprechen, und Sie sagen mir, was Sie zu sagen haben?« Bei einer Trennung kann es helfen, mit beiden Partnern unabhängig voneinander zu sprechen.

Doch davon will Herr Schneider nichts wissen. »Wo sind Sie?«

Sie fühlt sich wie als Teenager, wenn sie zu spät nach Hause gekommen ist. »Ich wüsste nicht, was Sie das angeht.«

»Ich stehe vor Ihrer Haustür.«

Kapitel 6

VIER-KÄSE-PIZZA

Montag

Der Schock saugt ihr einen Moment lang sämtlichen Sauerstoff aus den Lungen. »Wie bitte?«

Schneiders Stimme hört sich an, als würde er lächeln. »Keine Angst, ich bin kein Stalker. Ich bin einfach nur gut im Recherchieren.«

»Woher haben Sie meine Nummer?« Ihr Hals wird enger.

»Aus Frankas Handy.«

»Sind Sie beim BND?«

»Als ob ich Ihnen das sagen würde. Sie wohnen doch in der Herbert-Meinen-Straße, richtig?«

Sie atmet erleichtert aus. Ihr Herzschlag beruhigt sich etwas. »Netter Versuch.«

»Ach, kommen Sie schon. Sie haben selbst gesagt, dass wir reden sollten. Ich habe ein wirklich wichtiges Anliegen und einen guten Grund, warum Sie nicht mit ihr sprechen dürfen.«

»Sie können in die Praxis kommen. Machen Sie einen Termin.«

»Statt eines Termins mache ich Ihnen einen Vorschlag. Meine Frau sagte, Sie wollten sich zum Essen treffen, bevor unser Streit eskaliert ist. Sie werden also Hunger haben. Ich bringe Ihnen etwas zu essen mit, Sie hören mir zu, und dann sind Sie mich für immer los und lassen uns in Ruhe.«

Die ganze Situation behagt Eva ganz und gar nicht. Sie

möchte weder mit einem verrückten Ehemann in ihrer Wohnung alleine sein noch Geheimnisse vor Franka haben. »Weiß Franka, dass Sie mich aufgespürt haben?«

»Nein. Hören Sie.« Seine Stimme klingt so sanft wie eine schnurrende Katze, als hätte sie einen Kippschalter, den er umgelegt hat. »Franka und ich haben Probleme, ja. Wir brauchen aber keine Trennung und schon gar keine Person, die dabei auch noch behilflich sein will. Ich kann Ihnen alles erklären, aber nicht am Telefon. Bitte. Es ist sehr, sehr wichtig. Lebenswichtig. Bitte.«

Eva weiß, dass es falsch ist. Sie sollte zuerst mit ihrer Freundin sprechen und dann entscheiden. Ihr Magen grummelt, das Gewittergeschwür wirbelt umher, und ihre Gedanken gleichen einem Nebelfeld. Vor fünfundzwanzig Jahren hätte sich die Frage nicht gestellt: Freundinnen gingen immer vor Männern. Heute ist die Welt nicht mehr so schwarz-weiß; sie ist nicht mehr so naiv zu glauben, dass es richtige Entscheidungen gäbe. Einerseits wäre es großartig, die alte Freundschaft zu Franka wieder aufzubauen, und ein Treffen mit ihrem Ehemann wäre denkbar kontraproduktiv. Andererseits hat sie längst keine enge Beziehung mehr zu ihr, und es ist eher ein moralisches Problem, sich mit dem Mann ihrer Freundin zu treffen. Wer weiß, ob er nicht tatsächlich triftige Gründe gegen eine Trennung hat? Und irgendetwas kommt ihr an ihm vertraut vor. In vollem Bewusstsein gibt sie ihrer Neugierde nach. Es geht hier immerhin um Frankas Mann und nicht um einen Serienkiller.

Hoffentlich.

»Ich nehme eine Pizza Quattro Formaggi.« Sie gibt ihm die Adresse durch und legt auf. Der Sturm in ihrem Inneren steht still.

Eine Minute später hat Eva ihr Auto geparkt und ist durch die Tiefgarage ins Hochhaus gelangt. Sie schließt geräuschvoll die Tür auf, hängt den Schlüssel an das dafür vorgesehene Brett und streift sich die Schuhe ab. Glücklicherweise gehört sie zu den Menschen, die erst einmal alles aufräumen, wenn sie sich gestresst fühlen. Nach den Sorgen der letzten Monate sieht die Wohnung aus wie ein Projekt von »Schöner Wohnen« – wenn man die Tür zu Emilias Zimmer fest verschließt und keinen Blick hinein riskiert. Eva kann sich nicht daran erinnern, mit fünfzehn tagelang ihre Unterwäsche auf dem Boden liegen gelassen zu haben oder dass sich in ihrem Zimmer mehrere Teller mit Essensresten auf dem Schreibtisch gestapelt hätten. Sie bildet sich schon ein, dass immer, wenn sie das Zimmer betritt, irgendetwas schnell davonzuhuschen scheint.

Vieles sieht noch immer provisorisch aus. Der Eckschrank, in dem Wintermäntel, Schuhputzzeug, Scheuermilch, alte Lappen, Klopapier und ein Bügeleisen stehen, stammt von der Diakonie. Alle Fußböden sind vom Vormieter übernommen, lediglich neue Wandfarbe konnte Eva sich leisten: Buchseiten-Creme im Wohnzimmer, Quietschgrün bei Emilia und der Rest in nichtssagendem Weiß. In Emilias Zimmer steht ein neues Bett – die einzige Neuanschaffung aus eigener Tasche. Schreibtisch und Schrank konnte sie aus dem Haus mitnehmen, und Andreas hat überraschenderweise einen neuen Computer springen lassen, den Eva manchmal benutzt, wenn Emilia nicht da ist. Ihre eigene alte Gurke ist so unendlich langsam, dass man eine komplette Kanne Kaffee kochen kann, ehe sich eine Webseite öffnet.

Evas Freundin Manuela hat ihr eine Schlafcouch organisiert. Die war ursprünglich als Übergangslösung gedacht, bis sie genug Geld verdienen würde, um eine Wohnung mit drei

Zimmern zu bezahlen, aber der Plan ist bisher nicht aufgegangen.

Eva sammelt einen Pullover ein, den Emilia auf einem Stuhl am Esstisch hat liegen lassen, und prüft für den Fall der Fälle, ob das Toilettenpapier ausreicht. Nichts ist schrecklicher, als auf einer fremden Toilette nach Nachschub zu suchen, der in ihrem Fall auch noch im Eckschrank im Flur ist. Dann füllt sie den Wasserkocher und schaltet ihn ein. Ein letzter Blick in den Zweimeterspiegel im Flur offenbart ihr, was sie befürchtet hat: Sie sieht aus, wie sich Britney Spears gefühlt haben muss, ehe sie sich eine Glatze rasiert hat. Notdürftig wischt sie sich die Mascarareste unter den Augen weg und kämmt ihre kurzen Haare mit gekrümmten Fingern.

Als das Wasser kocht, gießt sie sich einen Pfefferminztee auf. Sie ringt mit sich, ob sie Franka doch anrufen und ihr Bescheid sagen soll, aber andererseits ist sie neugierig und möchte Herrn Schneider auch die Chance geben, zu sagen, was er zu sagen hat. Ihr Magen grummelt vernehmlich.

»Jetzt reg dich ab«, murmelt sie und macht einen letzten Kontrollgang. Alles perfekt. Sie setzt sich auf das Sofa und greift nach einem der beiden Bücher, die auf der Ablage unter der Couch liegen. Um sich zu beruhigen, liest sie in ihrem Krimi weiter, aber sie nimmt keines der Wörter tatsächlich auf. Bei jedem Geräusch hebt sie den Kopf und lauscht. Es vergehen zehn Minuten. Fünfzehn. Hatte er nicht gesagt, dass er gleich da wäre?

Im selben Moment klingelt es.

Mit klopfendem Herzen legt Eva das Buch zurück und geht in den Flur. Ihre Finger beben, als sie den Knopf der Gegensprechanlage drückt. »Ja?«

»Vier-Käse-Pizza für Frau Lange-Albrecht.«

Sie erkennt seine Stimme und lässt Herrn Schneider ins Haus. In einer halben Minute wird er da sein.

Eva knackt mit den Fingern, steckt ihre Hände dann in die Gesäßtaschen der Jeans und nimmt sie gleich wieder heraus.

Und wenn er doch ein Serienkiller ist? Was, wenn das alles eine Finte war und gleich ein Psychopath mit einem Schlachtermesser vor ihr steht, um sie in ihrer Wohnung qualvoll zu töten?

Sie sollte definitiv weniger Krimis lesen.

Von einem leisen Rauschen begleitet, öffnen sich die Türen des Fahrstuhls. Ein Mann mit etwa handflächenlangen Haaren, die leger nach hinten gekämmt sind, einem angedeuteten Dreitagebart und verschmitzt blitzenden Augen tritt in ihr Sichtfeld. Seinem Aussehen nach wird er um die fünfzig sein. Er balanciert zwei dampfende Pizzakartons vom *Cucina* in der Hand und sieht sich suchend um. Als er sie entdeckt, lächelt er. »Hallihallo.«

So begrüßt einen doch niemand, der einen Mord im Sinn hat, oder? Eva entspannt sich.

Er überragt sie um einen halben Kopf, was bei ihrer Größe kaum überrascht. Ein blauer Tuchschal windet sich um seinen Hals wie ein Python. Die Lederjacke wirkt verwegen, ebenso die Motorradstiefel. Diese Details registriert Eva jedoch nur am Rande.

Es sind seine wachen Augen in Kombination mit dem Lächeln, die sie gefangen nehmen.

Der kleine Welpe jubiliert in ihrem Bauch. Er tobt, dreht sich und springt, sodass Eva unwillkürlich selbst lächeln muss. Sie hat schon seit Monaten keinen Mann mehr anziehend gefunden, aber dieser Herr Schneider hat etwas Besonderes an sich. Unter seiner Jacke scheint sich ein gut gebauter Körper zu befinden, den sie zu gerne erkunden würde. Sie stellt sich vor, wie sie mit ihren Fingern über sein Gesicht streicht, und ruft sich innerlich zur Ruhe, doch ihr Körper wehrt sich.

Franka hat mehr Glück, als ihr bewusst sein wird. Für einen solchen Mann würde Eva alles tun. Seit Jahren hat sie nicht mehr so auf einen Mann reagiert.

Sie räuspert sich und nimmt ihm mit schweißnassen Händen die Pizzen ab. »Das ging schnell. Kommen Sie herein.«

Mit geübter Geste zieht er sich den Schal vom Hals und hängt ihn zusammen mit seiner Jacke an den Kleiderbügel, den Eva ihm reicht. »Ja, war nicht viel los.« Sie fragt sich, ob er zu den Männern gehört, denen man jedes Wort aus dem Mund ziehen muss, oder ob er von sich sagt, was ihm auf dem Herzen liegt. Er steckt die Hände unschlüssig in die Hosentaschen und sieht genauso nervös aus, wie sie sich fühlt.

»Kommen Sie mit.« Eva zeigt auf die Wohnzimmertür und überlegt angestrengt, warum ihr sein Gesicht so bekannt vorkommt. Sie nehmen am Esstisch Platz, wo bereits zwei Teller stehen. Irgendwie hat sie geahnt, dass er sie nicht alleine würde essen lassen.

Einen Moment lang hat sie vor Augen, wie sie ihn mit der Pizza füttert, wie sie beide dabei lachen und sie ihm einen Krümel von der Lippe küsst. Ihr wird heiß. *Meine Güte, Eva, jetzt reicht es aber.* Das muss die verdammte Hormonumstellung der Wechseljahre sein.

Wie eine Hyäne auf Futtersuche lässt er sie nicht aus den Augen. Etwas Geheimnisvolles umgibt ihn, als wäre er eine Schatzkarte, die darauf wartet, für ein Abenteuer gepackt und gelesen zu werden. »Was auch immer Franka erzählt hat, es ist nicht die Wahrheit.«

»Sie sind direkt, das mag ich.« Eva denkt nach. Kann er ein Nachbar gewesen sein? Franka hat nicht erzählt, ob ihr Mann aus München stammt, möglicherweise kommt er auch von hier. Hat er in der Bäckerei gearbeitet, in der sie sich früher morgens auf dem Weg ein belegtes Brötchen gegönnt hat, wenn sie Emilia bei der Schule abgeliefert hatte?

Oder war er ein Kollege von Andreas? Aber das passt nicht zu dem Berufsbild, von dem Franka gesprochen hat.

Er kommt ihr irgendwie bekannt vor. Aber es will ihr einfach nicht einfallen.

Sebastian redet unterdessen weiter. »Franka ist eine wundervolle Frau, aber ja, wir hatten in den letzten Monaten immer mehr Konflikte, und ja, in den letzten zwanzig Jahren war ich vielleicht nicht der beste Ehemann, den man sich wünschen kann, aber eine Trennung ist gerade wirklich nicht der richtige Weg …«

»Herr Schneider«, unterbricht Eva ihn. »Ich möchte mit Ihnen nicht darüber sprechen, was Inhalt der Unterhaltung mit Franka war, das verstehen Sie sicherlich. Was genau wollen Sie mir sagen? Sie wirken aufgebracht.«

Er presst die Lippen wieder aufeinander und verschränkt die Arme. Eva kennt diese Abwehrhaltung. Er ringt mit sich, was oder wie viel er ihr anvertrauen kann. Sie baut eine Brücke. »Alles, was Sie und ich besprechen, bleibt in diesem Raum.«

Der Kampf in seinem Inneren wäre selbst für Amateure sichtbar. »Ich wollte Ihnen die Wahrheit sagen, aber ich glaube, ich kann das nicht.«

»Okay«, meint Eva freundlich und deutet auf die Pizza vor ihm. »Wir müssen nicht darüber reden. Essen wir, die Pizza wird kalt.«

Er sinkt etwas in sich zusammen, als hätte ihn der Mut verlassen. Langsam folgt er ihrer Einladung. Dann legt sich ein spitzbübisches Lächeln auf seine Lippen. »Wir kennen uns.«

»Ich überlege schon die ganze Zeit, woher.«

Ihre Unwissenheit enthemmt ihn. Jetzt strahlt er wieder diese Abenteuerlust aus, die sie auf der Stelle einfängt wie ein Fischernetz. Er ist einer dieser Menschen, bei denen die Sonne aufgeht, wenn sie den Raum betreten. »Na, von früher! Gymnasium Berliner Straße. Ich habe ein paar Jahre vor euch Abi gemacht.«

Die Erkenntnis zuckt blitzartig durch ihren Körper.

»Basti« ist Sebastian.

Sebastian Schneider.

Der Sebastian Schneider!

»Der Turner?«, fragt sie, doch sie hat ihn längst erkannt. Wie hatte sie so blind sein können? Nächtelang hat sie sein Foto aus der Abizeitschrift angehimmelt. Da war sie fünfzehn oder sechzehn gewesen. Franka und sie haben ihn und seine Freunde mit gehörigem Respekt und Abstand aus der Ferne bejubelt und bewundert. Um ehrlich zu sein, hat sie sich oft vorgestellt, wie sich seine Lippen auf ihren anfühlen würden.

Sie starrt auf seinen Mund. Die Frage stellt sie sich noch immer.

Er nickt. »Der Turner. Ich muss zugeben, dass ich mich nicht wirklich an dich erinnere, ich weiß nur, dass du mit Franka befreundet warst. Hast du nicht auch im Schulchor gesungen? Ich hoffe, es ist okay, wenn wir zum Du wechseln.«

Dass er sich daran erinnert, bringt sie zum Grinsen. Ihr Herz fällt in einen Dauerlauf. »Natürlich! Das waren die besten Stunden der Woche für uns. Alle Mädchen waren ganz schön verschossen in dich.«

»Ach ja?« Er lacht auf, was so herzerwärmend ehrlich klingt, dass sie ihm am liebsten um den Hals fallen würde. »Du auch?«

Eva fühlt, dass sie leuchtend rot anläuft. »Kein Kommentar.«

Nun kichert er wie ein kleiner Junge, und ihr Herz bebt.

Im Gegensatz zu ihm erinnert sie sich an jede Sekunde. »Du hast immer in der ersten Tenorreihe gesessen, direkt hinter dem Sopran.« Wie oft hat sie dagestanden und ihn hinter sich singen gehört. Die Erinnerung treibt ihren Körper weiter an. Dem Welpen in ihrem Bauch wird noch übel werden, wenn er nicht aufhört, sich zu drehen und Schmetterlinge zu jagen.

Sie hatte schon seit sechzehn Jahren keine Schmetterlinge mehr im Bauch.

»Und du hast mir beim Abschlusskonzert deine Noten gegeben und alles auswendig gesungen.«

Sie lacht. »Das weißt du noch?«

»So etwas vergisst man doch nicht. Tut mir leid, dass ich die Noten dann mitgenommen habe.«

»Ich habe mich nicht getraut, dich danach noch mal anzusprechen.«

Sebastian schneidet seine Pizza in mehrere Teile. »Es sind ein paar Jahre seither vergangen. Ich hoffe, ich bin jetzt nicht mehr so beängstigend.«

Gegen ihren Willen flammt die längst verschüttete Glut in ihrem Magen weiter auf. »Ein bisschen noch.« Am liebsten würde sie aufstehen und sich ablenken. Ordnung schaffen, die Spülmaschine ausräumen, Tee aufsetzen, irgendetwas, damit sie den Impuls unterdrücken kann, nach seinen Händen zu greifen. Hastig imitiert sie ihn und bereitet ihr Essen vor.

»Du bist aber auch mutiger geworden. Einfach so fremden Männern deine Privatadresse verraten. Früher warst du ziemlich schüchtern.«

»Die einen nennen es Mut, die anderen Naivität.« Sie

nimmt einen Bissen. Die köstliche Soße verteilt sich in ihrem Mund, und der Käse ist so fließend und heiß wie Kerzenwachs, schmeckt aber entscheidend besser. »Jetzt mal Butter bei die Fische. Was wolltest du mir sagen, Sebastian?«

Das Lächeln trübt ein. »Okay, Klartext. Franka benimmt sich seit eurer Abifeier total komisch. Erst habe ich es auf den Alkohol geschoben, aber dann hat sie erzählt, dass sie gestern nach dir gesehen hat und dass du von deiner Arbeit als Trennungsberaterin berichtet hast.«

Hoffentlich hat sie in ihrer Erzählung nichts von Evas Bühnenperformance erwähnt. Beim Gedanken daran schießt ihr noch mehr Blut in die Wangen. Ist in diesem Raum plötzlich der Sommer ausgebrochen? Sie hat das starke Bedürfnis, sich ihren Pullover vom Leib zu reißen. Um sich zu beruhigen, atmet sie tief in ihr Zwerchfell, wie es die spindeldürre YouTube-Yogalehrerin vorgemacht hat. Unter dem Tisch drückt sie sich in alter Routine auf einen Akupressurpunkt an ihrer Hand.

»Ehrlich gesagt, bin ich total sauer auf Franka und wollte nicht, dass sie sich heute wieder mit dir trifft, damit ihr zwei einen Plan schmieden könnt, wie unsere Ehe möglichst schnell beendet werden kann. Ich möchte diese Ehe retten, wenn es da etwas zu retten gibt, und ich habe wichtige Gründe, über die ich aber nicht sprechen will.«

»Ich verspreche dir, dass es nicht meine Absicht ist, eine Trennung herbeizuführen oder mich in eure Ehe einzumischen. Wir haben nur geredet, mehr nicht. Weiß Franka denn von diesen Gründen? Habt ihr offen über eure Ehe gesprochen?«

Einen Moment lang sieht es so aus, als wäre etwas in ihm geschrumpft, und er sackt wieder ein Stück in sich zusammen. »Ich kann es ihr nicht sagen. Bist du verheiratet?«

Okay, Themenwechsel. Er lenkt von sich ab. Sie schüttelt den Kopf. »Nicht mehr.«

Wissendes Nicken. »Wenn du fast ein Vierteljahrhundert lang dein Leben aneinander anpasst, reibst du dich ab. Wo es vorher mal Ecken und Kanten gab, ist alles glatt und formlos. Du weißt, wie dein Partner in allen Lebenslagen aussieht: krank, gesund, im Urlaub, mit morgendlichem Mundgeruch oder nachts um drei nach einer durchzechten Feier. Du weißt, was der andere frühstückt, wie er seine Eier mag und worauf er allergisch ist oder welche Stellung er beim Sex bevorzugt.«

Eva zuckt innerlich zusammen. Bilder der beiden tauchen in ihr auf, die sie nicht sehen will.

»Du erkennst jede neue Falte und jeden Leberfleck, du kannst den Menschen lesen wie ein abgegriffenes Buch, dessen Geschichte du mitsprechen kannst.«

Für sie klingt das ideal. Die Vorstellung, einander in der Tiefe, mit allen Facetten zu kennen, beruhigt sie. »Wie fühlt sich das für dich an?«, fragt Eva, und Sebastian lacht plötzlich auf.

»Okay, okay, jetzt bist du ganz die Therapeutin, wie?« Er wartet ein paar Sekunden lang ab. Eva sieht ihn erwartungsvoll an. »Gut, also: Ich finde es schrecklich. Das darf man wahrscheinlich nicht laut aussprechen, aber es langweilt mich zu Tode.«

»Du würdest eure Ehe also als langweilig bezeichnen?« Ein Hoffnungsschimmer leuchtet am Horizont der Einsamkeit auf.

»Langweilig, öde, uninteressant, eingeschlafen … nenn es, wie du willst. Aber deswegen trennt man sich nicht, oder? Außerdem … wie gesagt.« Er setzt zweimal zu einem Satz an, bricht aber wieder ab.

Die Titelmelodie von *Batman* unterbricht ihn. »Sorry.« Eva steht auf und geht in die Küche, wo das Handy neben der Tasse liegt, deren Beutel viel zu lange gezogen hat. Es ist Franka. Ihr Magen sackt ein paar Zentimeter ab. »Deine Frau!«, ruft sie in Sebastians Richtung.

»Lass es klingeln.«

»Das kann ich nicht machen, sie ist meine Freundin.«

»Ich bin nicht da.«

Mit Bauchgrummeln nimmt Eva das Gespräch entgegen. »Hey, wie ist die Lage?«

»Oh, Eva, es tut mir so leid, dass ich dich versetzt habe.« Franka klingt reumütig. »Es ist einfach so blöd gelaufen. Ich kam nach Hause, Basti fragte, warum ich schon da sei, und ich erzählte ihm, dass wir uns treffen wollen. Irgendwie kam eines zum anderen, und wir haben mal wieder gestritten wie die Rohrspatzen. Das passiert in letzter Zeit oft. Früher sind wir nie aneinandergeraten. Dann ist er wutentbrannt abgehauen, und die Zeit war so knapp, dass ich dann wieder zur Arbeit musste. Vielleicht klappt es nächste Woche besser.«

»Bestimmt.«

»Ich muss Basti anrufen und mich entschuldigen. Lass uns die Tage noch mal telefonieren.«

»Gerne.« Mit Wackersteinen im Bauch legt sie auf. »Sie wird dich gleich anrufen, um sich zu entschuldigen.«

Sebastian erhebt sich. Die Stuhlbeine gleiten über das Laminat, bis sie vom Wohnzimmerteppich gestoppt werden. »Dann ist es wohl besser, wenn ich jetzt gehe.«

»Meinetwegen kannst du gern noch deine Pizza essen. Telefonieren kannst du auch im Flur.«

Er schüttelt den Kopf. »Danke, aber ich habe gar keinen Appetit. Das ganze Thema schlägt mir auf den Magen.«

Evas Herz schnauft. Es fühlt sich an, als wöge es zehn Kilogramm. »Wenn ich dir einen Rat geben darf: Weihe Franka in deine Gründe ein, falls sie sie nicht kennt. Das ist in fast allen Fällen die beste Lösung.«

Sebastian schüttelt den Kopf. »Das geht nicht.«

Gemeinsam gehen sie zurück zur Wohnungstür. Sie öffnet ihm, während er seine Jacke anzieht.

Als er an ihr vorbeigeht, saugt sie seinen Duft in sich auf.

»Es war echt schön, dich wiedergesehen zu haben«, sagt er. Er breitet die Arme einladend aus, und sie lässt sich hineinfallen.

Ineinander verschlungen stimmen sich ihre Herzrhythmen aufeinander ein. Alles in ihr drängt sich noch dichter an ihn. Es ist zu intim, aber es fühlt sich richtig an.

Einen Wimpernschlag lang ist ihr Leben wieder mit Freude gefüllt.

Dann lösen sie sich voneinander. Unsicher streicht Sebastian sich durch die Haare. »Also dann ...« Er hebt die Hand und winkt.

»Mach es gut«, sagt Eva.

Nachdem sie die Tür geschlossen hat, sinkt sie zu Boden. Ihr Herz rast.

Kein gutes Zeichen.

Kapitel 7

EIN ALTER FREUND

Montag

Die Pizza ist mittlerweile lauwarm, schmeckt aber überraschend gut. Emilia schreibt ihr vom Handy ihrer besten Freundin Annalena aus eine Nachricht, dass sie nach der Schule mit zu ihr geht, worüber Eva erleichterter ist, als sie sein sollte. Sofort meldet sich ihr schlechtes Gewissen.

Darf sie sich darüber freuen, ihre Tochter mal nicht zu sehen?

Das Treffen mit Sebastian hat sie durcheinandergebracht. Schon als Franka seinen Namen erwähnt hat, hätte es bei ihr klingeln müssen, aber wer kann ahnen, dass sich gerade diese beiden in einer weit entfernten Stadt wie München wiedertreffen? Und nicht nur ein Paar werden, sondern tatsächlich heiraten? Auf der anderen Seite wundert es Eva kein bisschen, dass gerade Franka sich den Typen gekrallt hat, in den Eva verliebt war. Das Leben hat schon immer falsch gespielt und ihr die Asse zugeschoben.

Mit kreisenden Gedanken vertilgt Eva die Pizza, räumt alles auf und verstaut Sebastians Portion im Kühlschrank. Vielleicht hat Emilia später darauf Appetit. Eigentlich müsste sie zurück in die Praxis und irgendwie dafür sorgen, dass sie mehr Kundschaft anwirbt, aber ihre Motivation kriecht auf dem Boden und versteckt sich unter dem Teppich. Sie muss etwas tun, um die ganzen Probleme zu vergessen.

Ihr Blick gleitet zum Weinregal.

Ein Glas ist kein Glas.

»Nein, nein, nein«, sagt sie dann laut und hört sich an wie ihre Mutter. »Schluss damit. Es ist gerade mal früher Nachmittag.« Doch die Weinflasche lässt nicht locker und präsentiert sich im besten Licht. *Sieh mich an,* scheint sie zu sagen, *ich mache, dass du dich besser fühlst!*

»Lass das.« Sie funkelt das Regal samt Inhalt an und beschließt, etwas zu tun, das nicht nur ihr hilft.

Der Supermarkt war wenig besucht, sodass Eva recht schnell die Einkäufe auf ihrer Liste erledigen konnte. Nun parkt sie ihren Toyota mit gemischten Gefühlen am Straßenrand des altbekannten Wendehammers.

Ihr Haus starrt sie aus toten Augen an.

Sein Haus, korrigiert sie ihre Gedanken.

Das glänzende rote Auto vor der Haustür ist neu. Zweisitzer-Caprio. Eva schüttelt den Kopf. Und wo sitzt Emilia, wenn sie bei Andreas und seiner neuen großen Liebe ist? Zum zweiten Mal an diesem Tag flammt Wut in Evas Magengegend auf. Ihr Ex hat ihr hoch und heilig versprochen, Emilia auf Händen zu tragen.

Und sie war so dumm, ihm wieder eine Lüge zu glauben.

Mit Wehmut betrachtet sie die Wohnzimmerfenster. Seine neue Freundin sitzt im gemachten Nest. Auf dem Sofa, das Eva ausgesucht hat. Es würde sie nicht wundern, wenn Andreas seit ihrem Auszug kaum etwas verändert hat und die Neue sogar in ihrem alten Ehebett schläft.

Ein heftiger Stich geht ihr direkt in den Brustkorb. Sie will nicht an die schmerzhafte Zeit denken. Die Erfahrung mit Andreas hat sie eine Gewissheit gelehrt: Eva wird nie wieder jemanden so tief in ihr Herz und Leben lassen.

Gerade, als sie die Einkaufstüten auf den Arm genommen und ihren Wagen abgeschlossen hat, geht die Haustür auf.

Da ist sie. *Melody*. Allein über ihren Namen könnte sie sich stundenlang auslassen (was sie bereits mehrfach bei Manuela getan hat). Soweit sie weiß, ist Melody ein Import aus der Schweiz und hat selbst eine Stange Geld als Rückgrat mitgebracht. Möglicherweise hat sie sich den roten BMW sogar selbst gekauft. Ihre schwarzen Haare sind zurückgebunden, und der lange Zopf wippt im Rhythmus ihrer trippelnden Schritte. Sie wirkt kaum geschminkt, lediglich die akkurat gezupften Augenbrauen sind konturiert und die nachtschwarzen Turmalinaugen mit dunklem Lidschatten umrandet. Eine deutsche Meghan Markle.

Einen Moment lang wünscht sich Eva, dass Melody zwanzig Jahre alt wäre. Dann würde es ihr leichter fallen, sie als Lückenbüßerin zu sehen; als Geschmacksverirrung eines alternden Schürzenjägers. Aber Melody ist in ihrem Alter, was sich wie ein echter Ersatz anfühlt. Es sollte ihr egal sein, denn sie will ihren Ex-Mann um keinen Preis der Welt zurück, aber eine kleine Stimme in ihrem Kopf wünscht ihm lebenslange Einsamkeit und keine wunderschöne Frau, die auch noch nett ist.

Als hätte sie ihre Gedanken gehört, hebt Melody den Kopf und erblickt Eva. Sie lächelt und winkt. »Hey!«

Eva ringt sich zu einem freundlichen Gruß durch. »Hi.« Sie deutet auf das Nachbarhaus. »Ich wollte Willi nur ein paar Sachen bringen.«

Melody ist am Sportwagen angekommen, der sich automatisch mit einem leisen Piepton entriegelt. »Echt toll, dass du das machst. Ich liebe Willi. Grüß ihn von mir, okay?«

Nein, das wird sie nicht tun. »Natürlich. Mach's gut!«

Melody strahlt, als hätte sie soeben ein überdimensioniertes Geschenk erhalten. »Bis bald mal!«

Nicht, wenn ich es verhindern kann. Eva lächelt, bis Melody ins Auto gestiegen ist und mit schnurrendem Motor davonbraust. Mit dem leiser werdenden Geräusch versiegt auch die Hoffnung, dass sie irgendwann entspannt mit der Situation als Patchworkfamilie umgehen kann.

Mit schweren Gedanken und ebensolchen Einkaufstaschen beladen, klingelt sie bei Haus Nummer 38.

Es dauert eine volle Minute, bis die Tür geöffnet wird. In der Zeit sieht sich Eva im Wendehammer um. Hinter den Gardinen vom Haus gegenüber winkt ihre neugierige Nachbarin Nadine. Eva nickt ihr zu.

Der Schlüssel wird in der Haustür umgedreht, und Willi erscheint. Er braucht ein paar Sekunden, um sie zu erkennen, aber dann zieht er freudig überrascht die Augenbrauen hoch und macht einen weiteren Schritt auf sie zu. »Eva! Wie schön! Komm rein!« Mit mechanischen Bewegungen dreht er seinen gichtgeplagten Körper um die eigene Achse und schlurft voran in den dunklen Flur hinein. Der Geruch nach Staub und zu lange getragener Kleidung dringt ihr in die Nase. Sie schnaubt.

Eva geht zuerst in die braun gekachelte Küche, die seit den Siebzigern kein optisches Update bekommen hat. Mit routinierten Handgriffen verstaut sie die mitgebrachten Einkäufe im Kühlschrank und in den Hängeschränken. Willi lässt ihr seit Jahren freie Hand. Sie sortiert die Kühlwaren nach Ablaufdatum und kontrolliert das Pillendöschen, das direkt zwischen Kaffeemaschine und Spüle liegt. Die Auswahl der an der Wandleiste aufgereihten Medikamente macht jede Apotheke neidisch.

Anschließend geht sie zurück in den Flur, greift den Schlüsselbund, der in der Tür steckt, und holt die Post. Sie sortiert sie nach Werbung und persönlichen Briefen und geht dann ins Wohnzimmer. Es hat einen hellen Teppich, auf dem noch immer zu sehen ist, wo früher einmal die Orgel gestanden hat. Elisabeth ist zwar keine gute, aber dafür eine leidenschaftliche Spielerin gewesen. Am runden Esstisch mit sechs Stühlen hat schon lange niemand gegessen, und er dient mittlerweile eher als Ablagefläche, die innerhalb von fünf Minuten alles anzuziehen scheint, was sich bewegen lässt.

Willi sitzt im Fernsehsessel. Obwohl Eva das Gerät nicht laufen gehört hat, als sie eingetreten ist, ist sie sich sicher, dass er bis vor wenigen Minuten seine Langeweile damit überwunden hat. Mit Elisabeths Körper wurde alles begraben, was ihm im Leben Spaß bereitet hat, und seither vergeht kein Tag, an dem er sich nicht wünscht, die Zeit zurückdrehen zu können.

»Du siehst müde aus«, kommentiert er mit väterlicher Strenge. »Viel Arbeit?«

Sie schüttelt den Kopf. »Im Gegenteil. Es läuft gerade leider gar nichts in meinem Leben.« *Wie immer,* schiebt sie gedanklich nach. »Aber du siehst gut aus heute. Wie geht es dir?«

Er zieht die Mundwinkel nach oben, wodurch sein runzliges Gesicht noch faltiger wird. Auch wenn sein Körper schwächer wird und er gegen diverse Krankheiten kämpft – seine Augen sind stets hellwach und mit Neugierde gefüllt. »Es ist ein schöner Tag, um am Leben zu bleiben.« Er macht eine kurze Pause und fragt dann: »Was haben wir?«

Eva geht die Briefe mit ihm durch. Da seine Augen kaum noch die winzigen Buchstaben erkennen können, lässt er sich die Inhalte der Schreiben von ihr vorlesen.

Sie blättert die Briefe durch. Ein Umschlag mit Umweltpapier erregt ihre Aufmerksamkeit. Das Wappen von Niedersachsen prangt auf der Vorderseite. »Das hier vielleicht.«

»Mach es auf.«

Es kommt ein Brief des Finanzamts zum Vorschein. Sie überfliegt den Inhalt. »Willi, du hast deine Steuernachforderung nicht bezahlt.«

Er sieht sie mit aufkeimender Wut an. Obwohl seine Hände ruhig auf den Armlehnen des Sessels ruhen, bemerkt sie seine Anspannung. »Weißt du, was die von mir verlangen? Nachzahlen soll ich! Ich! Das musste ich noch nie!«

»Hast du keinen Widerspruch eingelegt?«

»Nein.«

»Hast du dir mal angesehen, warum sie das so berechnet haben?«

»Nein.«

»Hast du dich anwaltlich beraten lassen?«

Er schnauft. »Mit solchen Halsabschneidern spreche ich nicht.«

»Warum hast du mir nichts gesagt? Warum sehe ich das jetzt erst? Was hast du denn mit dem Bescheid gemacht?«

Er schaut nach rechts zum Kamin.

»Ach, Willi.« Sie schüttelt den Kopf. »Ich bin doch immer für dich da. Ich kenne Leute.« Sie denkt an ihren Scheidungsanwalt. Bestimmt kennt er Menschen, die helfen können.

»Du tust schon so viel für mich, da wollte ich dich nicht auch noch damit belasten. Es ist sowieso zu viel Arbeit, die du mit mir hast.«

»Du könntest mir nie zu viel werden. Ich ...«

»Ich weiß.« Er hebt beschwichtigend seine Hand. »Du tust es gern, und ich bin dir unendlich dankbar. Elisabeth war es, und ich bin es auch. Du hast uns durch sehr schwierige Zeiten begleitet und bist sogar jetzt noch für mich da. Es gibt nicht viele Menschen, die nach ihrer Scheidung eine solche Verpflichtung weiterhin ausführen.«

»Das ist wirklich keine Verpflichtung, sondern eine Herzensangelegenheit. Und wenn ich dir mit Behördenkram helfen kann, dann mache ich das sehr gerne. Außerdem ist es ja nicht so, dass du mir nichts zurückgibst.«

»Wie gerne würde ich dir mehr geben.«

»Unsinn.« Eva nimmt Willis Hand. Die Haut ist ledrig. Einen kurzen Moment lang stellt sich Eva vor, wie viele Sommer dieses Organ schon erlebt hat. Wie viele kalte Winter, in denen Unaussprechliches geschehen ist. Wie viele zarte Streicheleinheiten es genossen und unter wie vielen Schlägen es gelitten hat. Die Haut vergisst nie, sagt man. Wenn sie sprechen könnte, hätte sie so manches zu erzählen.

Willis Augen sind wässrig. Das ist häufig der Fall, aber dieses Mal sind es Tränen der Rührung.

»Bevor ich auch noch zu heulen anfange, lass uns diesen Brief aus der Welt schaffen.« Eva wischt sich über die Augen. »Ich werde mich darum kümmern. Warum kochst du uns nicht einen Kaffee?«

»So ist das also.« Willi lacht auf. »Da schifft man jahrelang um die Welt, und am Ende muss man Kaffee kochen. Als Nächstes verdonnerst du mich noch zum Kartoffelschälen.«

»Abtreten, Herr Kapitän.«

Seit Manuela nach Süddeutschland gezogen ist, ist Willi als einziger Verbündeter geblieben. Ihm kann sie sagen, an welchen Schwierigkeiten sie zu zerbrechen droht. Für sie ist er der Großvater, den sie sich als Kind gewünscht hat. Sie denkt an ihre Mutter. Im Grunde ist es kaum verwunderlich, dass sie so verbittert ist. Mutters Eltern sind nicht gerade zimperlich mit ihr umgegangen, was nicht zuletzt daran gelegen haben wird, dass sie selbst mitten im Krieg geboren worden sind. An Willi sind die Kriegsjahre auch nicht spurlos vorübergegangen. Er erzählt oft, wie er mit sieben Jahren bei Kriegsende geglaubt hatte, dass alles besser würde, und wie ihn der anschließende Wiederaufbau und Hunger geplagt haben. Aber seinen Lebensmut hat er nie verloren. *Man muss lernen, mit den Schatten zu leben,* pflegt er immer zu sagen. *Sonst wird man irgendwann selbst einer.*

Sie kann das nicht. Wenn es nach ihr geht, gibt es immer nur Sonne.

Eva hört die Kaffeemaschine in der Küche blubbern. Sie sucht im Handy nach der Nummer ihres Anwalts und ruft ihn an. Er verspricht, sich wegen Willis Fall umzuhören.

Willi stellt eine volle Thermoskanne auf den Esstisch und holt im Schneckentempo zwei Tassen aus der Kirschholzvitrine. Eva unterdrückt den Impuls, ihm die Arbeit abzunehmen. Es ist wichtig, dass der alte Mann so viel wie möglich selbstständig macht. Das sagt sie auch seiner Pflegerin ständig, die ihn immer wieder behandelt, als wäre er ein Säugling.

»Denk an deinen Diabetes«, sagt Eva, als Willi drei Löffel Zucker in seine Tasse häuft.

Er sieht sie verschmitzt an. »Du meinst, damit ich noch lange lebe?«

Sie findet das nicht komisch. »Ja«, sagt sie ernst. »Genau das meine ich.«

»Jedes Leben ist irgendwann vorbei, da muss man die Zeit doch genießen. Ich bin fünfundachtzig. Etwas Zucker darf sein.«

»Ich will nicht noch mehr Abschiede.«

Er zuckt mit den Achseln, als sprächen sie darüber, was es morgen zum Essen geben solle. »Daran wirst du dich gewöhnen müssen. Ich habe schon so viele Abschiede in meinem Leben hinter mich gebracht. Es ist niemals leicht, wenn man zurückbleibt.«

Schweigend rührt Eva in ihrer Tasse.

»Wenn ich mal sterbe, verstreu mich einfach im Meer.«

»Themenwechsel, bitte.« Sie will nicht über solche Dinge sprechen. Eva denkt an Elisabeth. Die Beerdigung vor zwei Jahren war so traurig, dass ihr jetzt noch die Tränen kommen. Es ist schade, dass den beiden nie Kinder vergönnt waren. »Und du weißt genau, dass ich dann nicht anwesend sein kann.«

»Ach, das bisschen Seekrankheit, ich bitte dich.«

Eva presst die Lippen zusammen. »Willi, ich kann schon froh sein, wenn mir beim Schwimmen nicht schlecht wird. Eine Seebestattung kommt nicht infrage.«

»Wie geht es Emilia?«, fragt Willi milde lächelnd. »Ich habe sie gestern bei Andreas und *Melodie* gesehen.«

Eva grinst innerlich, weil er ihren Namen deutsch ausspricht.

»Ist sie glücklich?«

Nun lacht Eva tatsächlich auf, allerdings mit einer gehörigen Portion Sarkasmus. »Wie glücklich kann man mit fünfzehn schon sein? Es gibt solche Tage und solche. Manchmal ist sie so gut drauf, dass ich den Verdacht habe, sie steht unter Drogen. An anderen Tagen saugt sie das ganze Leid der Welt in sich auf. Ich glaube, es fällt ihr schwer, ihren Platz im Leben zu finden. Sie weiß nicht genau, wer sie eigentlich ist und wer sie sein will.«

»Weißt du es denn?«

Die Frage irritiert sie. Redet er von Emilia oder von ihr?

»Emilia ist einer der besten Menschen, die es auf diesem Planeten gibt«, sagt sie schließlich. »Sie ist fleißig, ehrlich, hilfsbereit, unglaublich lieb und setzt sich für Gerechtigkeit ein. Allein die Vorstellung, dass sie jemals etwas Negatives erleben muss, ist für mich kaum erträglich.« Gerade deshalb geht es ihr so nah, wenn sie mitansehen muss, wie Andreas seine Tochter immer wieder verletzt, ohne dass er es merkt.

Unzählige Male hat sie es ihm erklärt, aber er versteht es einfach nicht.

Willi nickt. »Emilia ist ein Goldstück.«

»Ja, das ist sie.«

»So wie ihre Mutter.«

»Flirtest du mit mir?«

Willi zwinkert ihr zu. Er hat den Charme von Jack Nicholson. Verschmitzt, mit einem schelmischen Lächeln im Gesicht und den immer gleichen Sprüchen auf den Lippen. »Wie ich schon sagte: Ein bisschen Spaß muss im Leben doch sein.«

Eva seufzt. »Mein Leben ist nicht gerade spaßig.«

Das Leichte in seinem Blick weicht Sorge. »Ich kenne dich nun schon seit über fünfzehn Jahren. Es mag Selbstüberschätzung sein, aber ich glaube, dass es kaum jemanden gibt, der dich so gut kennt wie ich. Du bist wie eine Enkeltochter für mich.«

Sie nickt.

»Es geht dir nicht gut. Was ist los?«

Eva schweigt. Sie trinkt ihren Kaffee und lauscht dem Geräusch des Löffels, der in Willis Tasse Kreise zieht. Es vergehen zwei stille Minuten, ehe sie sich zu einer Antwort durchringen kann. »Das Leben ist nun einmal voller Herausforderungen.« Sie spricht so leise, dass Willi Mühe haben wird, sie zu verstehen. »Ich versuche ja schon, in allem das Positive zu sehen, aber was ist bitte gut daran, dass ich Geldsorgen habe? Dass ich allein bin? Dass meine Mutter mich nicht wirklich liebt, mein Vater ein Pflegefall ist, mein Ex-Mann ein Tyrann ist und meine ehemals beste Freundin den Mann abbekommen hat, den ich mir erträumt hätte?« Ihr schießen Tränen in die Augen, die sie einfach laufen lässt. »Ich fühle mich einfach unendlich allein und vom Leben ungerecht behandelt.« Bei Willi fühlt sie sich sicher genug, um schwach und ehrlich zu sein.

»Ich weiß nicht, wie du mittlerweile zur Bibel stehst«, antwortet er. »Aber mich tröstet, der Gedanke, dass du niemals mehr ertragen musst, als du ertragen kannst. In einem Psalm heißt es: *Die mit Tränen säen, werden mit Freuden ernten.* Wir sind zu viel mehr in der Lage, als wir glauben.«

»Zu mehr Leiden?«

»Zu mehr Stärke.«

Kapitel 8

DER SAUNABESUCH

Montag

Zwei Stunden später prasselt heißes Wasser auf Evas Gesicht. Sie versucht, ihre Sorgen abzuwaschen.

Ihr Handy klingelt.

Ob es Sebastian ist?

Schnell stellt sie das Wasser ab und springt aus der Dusche. Eine Wasserlache bildet sich zwischen ihren Füßen.

»Hallo?« Die nassen Haare kleben an ihrem Kopf. Es ist furchtbar kalt. Freudig hebt der Welpe in ihrem Bauch den Kopf.

»Hallo, Eva! Hier ist Franka. Ich hoffe, ich störe dich nicht.«

Der Welpe rollt sich zusammen. »Nein, gar nicht. Was kann ich für dich tun?«

»Tut mir echt leid mit heute Mittag.«

»Schon gut.«

»Ich hab gleich Feierabend und hatte überlegt, noch in die Sauna zu gehen. Montags ist doch immer der lange Wellnessabend im Schwimmbad. Hast du nicht Lust mitzukommen? Als Freundin, meine ich. Es wäre toll, hier wieder richtig Fuß zu fassen. Seit wir wieder hier sind, bin ich nonstop am Arbeiten und habe irgendwie noch keinen Anschluss gefunden.«

Eva lässt sich die Frage bewusst durch den Kopf gehen. Hat sie Lust, Franka ihren unperfekten Körper zu präsentieren? Die hängenden Arme, den schlafen Bauch, ihre unausstehlichen Füße? Einen Kampf gegen Franka gewinnt man nicht, erst recht nicht, wenn man ein Kind geboren hat.

»Ich weiß nicht.«

»Bitte! Machst du Sport? Wir können vorher joggen gehen oder was auch immer du machst. Ich habe seit Monaten nicht trainiert.«

Eva lacht höhnisch auf. »Du glaubst, ich würde Sport treiben? Das ist nett, danke.« Sie hatte seit *Jahren* nichts Derartiges gemacht.

»Tust du nicht? Du siehst fantastisch aus!«

»Ich wette, das sagst du nur, damit ich mitkomme.« Eva schaut an sich herab und inspiziert ihren Körper. Eigentlich ist sie zufrieden. Eine Sekunde lang stellt sie sich vor, wie es wäre, wenn Sebastians Finger ihre Haut streicheln würden. Doch den Gedanken verbietet sie sich. Was ist in sie gefahren, sich eine Berührung von dem Mann zu wünschen, mit dessen Frau sie gerade telefoniert?

Die Einsamkeit scheint sie völlig den Verstand verlieren zu lassen. Nicht nur, dass es rein von ihrem Berufsethos her schon eine unmögliche Vorstellung ist – der Mann einer Freundin ist tabu.

Auch, wenn man mit der Freundin fünfundzwanzig Jahre lang keinen Kontakt hatte?, fragt ihr vernebeltes Spiegelbild.

»Ich sage alles, was du willst, damit du mitkommst«, antwortet Franka. »Gib dir einen Ruck.«

Vielleicht kann sie mehr über Sebastian in Erfahrung bringen, wenn sie sich mit seiner Frau trifft. Sie kann ihr alle schmutzigen Details über ihn erzählen und ihn damit so unattraktiv wie möglich für Eva werden lassen. Sicherlich hat sie gute Gründe für den Trennungsgedanken, mehr, als dass es langweilig geworden ist. »Ach, na gut. Aber bitte ohne Sporteinheit, das überlebe ich nicht.«

Franka klingt euphorisch und verspricht, dass es ein toller Abend wird. »Passt es schon in einer halben Stunde? Dann komme ich direkt dorthin.«

Eva bestätigt den Termin und beendet das Gespräch. Dann wäscht sie sich in der Dusche das Shampoo aus den Haaren. Wieder schweifen ihre Gedanken ab und reisen zu Sebastian, wie die ganze Zeit seit ihrem Wiedersehen. Das Faszinierendste an ihm sind seine Augen. Dieser Blick unter seinen verdammten gesenkten Lidern, ein bisschen verwegen, irgendwie wissend, haben ihr schon damals schlaflose Nächte bereitet.

Wie er sie bei ihrer Verabschiedung angesehen hat. Als sei sie etwas ganz Besonderes.

Sie massiert ihre Kopfhaut. Das heiße Wasser hüllt sie ein wie in eine warme Kuscheldecke. Die Duschkabine ist ihr Kokon, der sie vor der lauten, hektischen Außenwelt beschützt. Ihre Hände folgen den Millionen Tropfen, gleiten an ihrem Hals entlang, ihren Schultern, bleiben auf ihren Brüsten liegen.

Sie stellt sich vor, es wären seine Hände. Dieses Mal genießt sie den Gedanken.

Seine Finger, die langsam ihre Brustwarzen umkreisen.

Sein Mund, der sich sanft von ihren Brüsten nach unten bewegt.

Abrupt hält sie inne und reißt die Augen auf. Wasser läuft ihr in die Augen. Sie drückt ihre Handballen auf ihr Gesicht und schüttelt über sich den Kopf. »Hör mit dem Unsinn auf«, murmelt sie im Tonfall ihrer Mutter.

»Ich mach doch gar nichts«, protestiert Emilia, und Eva fährt zusammen. Ihr Herz droht aus ihrem Körper zu springen.

»Emilia!«

»Was denn?«

»Du hast mich zu Tode erschreckt! Ich dachte, du bist bei Annalena.«

Eva hört die Toilettenspülung. »War ich auch.« Der Wasserhahn rauscht. »Ich hab doch eben Hallo gesagt.« Es klingt wie ein Vorwurf.

Ohne Sebastian eines weiteren Gedankens zu würdigen, seift Eva sich ein, duscht sich ab, gönnt sich eine Ganzkörperrasur und öffnet die Tür, obwohl sie noch gar nicht dazu bereit ist. Sie hebt ihr Handtuch auf und trocknet sich ab. Emilia ist verschwunden.

Ich darf nicht mehr an ihn denken.

Hoffentlich wird Franka ihr gehörig die Lust auf Sebastian versalzen.

Eva cremt sich ein und föhnt ihre Haare. Sie zieht sich an und findet Emilia im Wohnzimmer.

Ihre Tochter sitzt mit einer Tüte Chips in der Hand auf dem Sofa, das später Evas Schlafstätte sein wird.

»Es ist sechs Uhr, und du futterst Chips?«

»Gehst du weg?«, fragt ihre Tochter, ohne den Blick von der Serie abzuwenden, die über den Bildschirm an der Wand flimmert.

»Ich treffe mich mit Franka, meiner alten Schulfreundin.«

Nun sieht Emilia sie an. »Du hast Freunde?«

»Danke auch.«

»Sorry.«

Eva setzt sich neben sie. Irgendetwas stimmt nicht. »Ist alles okay?«

»Ach, es geht so. Das Leben halt.«

»Soll ich hierbleiben?« Sicherlich hätte Franka Verständnis dafür, wenn Eva ihr absagt, um ihrer Tochter eine Schulter zum Ausweinen anzubieten.

Doch Emilia schüttelt den Kopf. »Ist wirklich nicht so schlimm. Ich schau ein bisschen weiter und muss dann für morgen noch lernen.«

»Das packst du schon. Englisch kannst du ja. Im Kühlschrank ist Pizza.« Sie klingt souveräner, als sie sich fühlt. Nur mit Mühe kann sie der Versuchung widerstehen, weiter nachzufragen.

»Cool. Dann viel Spaß mit deiner Freundin.«

»Und dir beim Lernen.«

»Ha, ha.«

Eine gute Dreiviertelstunde später erlebt Evas Körper ein Déjà-vu, mit dem Unterschied, dass es nicht das Wasser der Duschbrause ist, das an ihrem Körper herunterläuft, sondern ihr eigener Schweiß. Die Hitze um sie herum ist die Hölle. Jeder Atemzug fühlt sich an, als würde sie innerlich verbrennen.

Franka scheint ihr nahender Tod nichts auszumachen. Sie sitzt, eingewickelt in ein weißes Handtuch, ebenfalls auf der mittleren Bank und hat die Augen genießerisch geschlossen. Ihr Gesicht ist bei Weitem nicht so rot, wie sich Evas anfühlt. Der ältere Herr, der bereits vor ihnen in der Kabine saß, erhebt sich und verlässt behäbig den Holzraum. Eva würde gerne den Blick von seinem faltigen Hintern abwenden, aber das ist unmöglich. Wenigstens war er so rücksichtsvoll und hat sich sein zweites Handtuch über den Schoß gelegt, als er neben ihnen gesessen hat.

»Darf ich dich mal was ganz Blödes fragen?« Endlich beginnt Franka ein Gespräch.

»Klar.« Eva versucht, sich eine klatschnasse Strähne aus der Stirn zu pusten, und bereut es sofort. Ihr ist, als hätte sie sich einen Föhn ins Gesicht gehalten, aber sie tut, als sei nichts gewesen.

Franka setzt sich aufrechter hin. Wie erwartet, ist ihr Körper tadellos. Natürlich ist auch sie keine zwanzig mehr, aber Eva sieht gleich, dass Franka dem Sport nie abgeschworen hat. Sie lehnt sich nach vorne, sodass ihre Hände fast Evas Knie berühren. »Warum bist du geschieden? Ich weiß, ich hab dich schon gefragt, aber mir ist einfach nicht klar, woran ich erkenne, dass es richtig ist.«

Sie zuckt mit den Schultern. »Wie gesagt, mein Ex ist ein Kontrollfreak. Das Leben drehte sich ausschließlich um ihn, und das wurde mit der Zeit immer anstrengender.«

»Ja, aber …« Franka scheint nach den passenden Worten zu ringen. »… woher wusstest du, dass eine Trennung das Richtige war? Dass es dir danach besser gehen würde?«

»Ich weiß nicht, ob ich es so erklären kann, dass man es auch versteht«, gibt Eva zu. »Vielleicht muss ich etwas ausholen. Als ich Andreas geheiratet habe, steckte ich gedanklich noch immer tief in meinem Liebeskummer. In meinen Augen war er der rettende Anker, an den ich meine gesamte Existenz hängen konnte. Andreas ist ein Koloss. Meine Mutter hat immer gemeint, dass er zum Wachwerden erst mal einen Lkw durch die Stadt zieht, als Warm-up, sozusagen. Er könnte einen hungrigen Löwen einschüchtern. Ich habe mich immer beschützt gefühlt, und er hat seine Aufgabe, sich um uns zu kümmern, ernst genommen. Zwar aus egoistischen Gründen, aber trotzdem. Doch das Zusammenleben war jeden Tag eine Herausforderung.«

»Warum?«

Eva wartet eine Hitzewelle in ihrem Körper ab. Sie atmet die brennende Luft ein und kontrolliert wieder aus. »Andreas' Lebensaufgabe ist es, sich seine Großartigkeit bestätigen zu lassen. Er denkt, dass er seinen Mitmenschen überlegen ist. Mir natürlich, aber auch seinem Chef, seinen Nachbarn,

Freunden, allen. Damals wusste ich es nicht besser, aber heute weiß ich, dass er in Wahrheit ein verkümmerter kleiner Wurm ist, der geliebt werden will, weil er sich selbst nicht lieben kann.«

»Da spricht die Psychologin.«

Eva schüttelt den Kopf. »Ich bin keine studierte Psychologin. Andreas' glänzende Rüstung vom Anfang ist schnell gerostet. Die ersten Monate waren noch okay, weil ich jemanden gesucht habe, zu dem ich aufblicken und der mich beschützen konnte, und er jemanden haben wollte, der ihn bewunderte.« In der Rückschau ist das alles so klar, aber jahrelang hat Eva sich gefragt, wo eigentlich das Problem in ihrer Ehe lag.

»Also eine passende Kombination.«

»Ja, passend für ihn. Ich war dermaßen verblendet, dass ich dachte, es würde immer so weitergehen. Du glaubst nicht, was für Liebesbekundungen er mir gegenüber vorgebracht hat. Aber mit Emilias Geburt ein halbes Jahr nach der Hochzeit ging es bergab mit unserer Ehe.« Eva lässt ihren Blick zu Franka gleiten, starrt dann aber auf ihre Hände. Ihre schweißnassen Daumen kreisen umeinander. Eigentlich hatte sie Franka ausquetschen wollen, nicht umgekehrt. »Auf einmal gab es eine Person in meinem Leben, an die Andreas niemals heranreichen konnte. Meine überschwängliche Liebe für Emilia war ihm ein Dorn im Auge – ich denke, weil er sich noch weniger geliebt vorkam als ohnehin schon. Außerdem gab es nun viele Dinge, die außerhalb seiner Kontrolle lagen, wie beispielsweise irgendwelche Babykurse, die ich besucht habe. Er war ständig nur arbeiten und ging uns aus dem Weg. Nach außen hin präsentierte er Emilia wie seine Trophäe, aber in Wahrheit hatte und hat er null Interesse an ihr. Das ist übrigens heute noch so. Anfangs dachte ich immer, dass sich das mit der Zeit einrenken würde. Dass er sie genauso lieben muss wie ich.« Sie seufzt. »Aber je länger ich die Misere mit ansah, desto schlimmer schien es zu werden. Wir lebten uns nicht einfach nur auseinander: Wir vertrieben uns. Jede Unterhaltung endete in einem Vorwurf, bis wir uns nur noch anschwiegen oder beleidigten. Ich bin fast gestorben in dem Wahnsinn. Ich habe mich nie schwächer und ungeliebter gefühlt als damals.« Sie verschweigt, dass sie zu dieser Zeit angefangen hat, immer häufiger einen Schlaftrunk einzunehmen, um im Dämmerzustand die tausend Stimmen ihres Kopfes nicht mehr hören zu müssen. »Und meine Mutter war dabei auch nicht gerade hilfreich. Sie vergöttert Andreas.«

»Wow«, sagt Franka leise. »Das tut mir so leid zu hören. Deine Mutter war schon immer etwas seltsam in ihrem Geschmack. Sorry.«

»Es stimmt ja. Nach wie vor ist das alles nicht sehr leicht. Und bei dir?« Eva traut sich, Franka direkt anzusehen. Ihr Herz klopft. »Warum denkst du über eine Trennung nach?« Hoffentlich verrät ihr Tonfall nicht, wie neugierig sie ist.

Franka setzt sich auf die höchste Bank, auf der es am heißesten ist. Sie muss lebensmüde sein.

Eva ist erschöpft. Vor ihren Augen beginnt die Welt zu flimmern. Sie reibt sich mit den viel zu heißen Händen über das Gesicht.

Frankas Körper glänzt wie in einer Werbung für Massageöl. Sie blickt zu der kleinen Sanduhr, die neben der Temperaturanzeige hängt. Es sind zehn Minuten vergangen, die Eva wie zehn Stunden vorkommen.

Wäre sie allein, würde sie die Sauna jetzt verlassen, aber das kann sie nicht machen, wo Franka gerade über Sebastian sprechen will. »Also, warum denkst du an eine Trennung?«, wiederholt Eva erneut. Sie kommt sich etwas forsch vor. Welche Gründe sollte es geben, dass jemand einen Mann wie Sebastian verlassen will?

»Basti ist ein Traummann«, beginnt Franka ihre Erklärung. »In unseren wilden Zwanzigern hätte ich mir kein besseres Leben wünschen können. Wir sind durch die Welt getrampt, haben Berge bestiegen und Meere bezwungen. Ich sehe zwar auf einem Surfbrett so elegant aus wie eine Nacktschnecke auf einem Streichholz, aber wir haben das Leben in vollen Zügen genossen. Basti ist der geborene Künstler, wenn du weißt, was ich meine. Er lebt in den Tag, macht, worauf er Lust hat, und kann sich für Kleinigkeiten begeistern, wo andere nur den Kopf schütteln.«

»Was zum Beispiel?«

Franka lächelt. »Gestern hat er auf unserer Terrasse gestanden und minutenlang die bunten Blätter an den Bäumen studiert. Er hat ein Ahornblatt in die Hand genommen und sich genau angesehen, wie die Farben ineinander verlaufen. Ich würde sagen: Sein inneres Kind ist sehr präsent. Das hat mich auch schon immer an ihm fasziniert. Er nimmt das Leben, wie es kommt, und kann sich für alles begeistern. Das Leben ist für ihn ein nie endender Abenteuerspielplatz.«

»Klingt nicht nach Trennung«, meint Eva und übertüncht ihren Unmut. Ihr schlechtes Gewissen meldet sich umgehend. Es ist doch gut, wenn die Beziehung eine Chance hat!

»Um ehrlich zu sein«, fährt Franka fort, »habe ich erst in den letzten zwei, drei Jahren gemerkt, wie sich unsere Lebensweisen mittlerweile unterscheiden.«

»Inwiefern?«

»Sebastian will immer etwas Neues ausprobieren. Er ist

hungrig nach Abenteuern und sucht einen Kick nach dem anderen. Das passt zu seiner hohen Energie, aber es ist für uns normale Menschen unglaublich anstrengend. Ich will mich im Urlaub beispielsweise einfach nur erholen und irgendein Luxushotel buchen, während Basti am liebsten den Kilimandscharo ohne Sauerstoffmaske besteigen will. Und dann immer diese Diskussionen!« Sie reißt genervt ihre Hände in die Höhe. »Alles wird debattiert, einfach alles! Er hinterfragt jede Aktion, redet die ganze Zeit über irgendwelche Luftschlösser, in denen er eines Tages als König regieren will, und lebt die Hälfte der Zeit in seiner eigenen Welt. Und wenn man ihm nicht dorthin folgen will, weil man zum Beispiel gerade an der Steuererklärung sitzt, ist er beleidigt und fängt eine neue Diskussion an.«

Eva lässt Frankas Worte auf sich wirken. Zwar lassen sie den lebensgierigen Sebastian, den sie kennengelernt hat, in einem etwas anderen Licht erscheinen. Einen soliden Trennungsgrund sieht sie aber nicht.

Doch Franka ist noch nicht am Ende. »Am schlimmsten ist es aber in den letzten Monaten geworden. Keine Ahnung, was in ihn gefahren ist. Er ist schreckhaft, was er nie war, und steigert sich in seine Traumwelt hinein. Irgendwie schottet er sich ab. Könnte es vielleicht eine Depression sein? Ich habe das Gefühl, dass ich nicht mehr an ihn herankomme.«

Eva denkt nach. »Möglich. War er mal beim Arzt?«

»Nie im Leben.«

»Ich muss ehrlich sagen, dass ich noch immer keinen triftigen Grund sehe, warum du an eine Trennung denkst.«

Franka starrt an die Decke. Erst glaubt Eva, dass es einfach zu heiß für sie ist, aber dann sieht sie die Tränen. Erst nur zwei, aber dann schluchzt Franka hemmungslos und legt den Kopf auf die Knie.

»Hey, hey …« Eva streichelt ihr Bein. »Alles, was du sagst, bleibt unter uns. Versprochen.« Ein Déjà-vu.

»Du musst es mit ins Grab nehmen.«

»Werde ich.«

Franka wischt sich über ihr glühendes Gesicht. »Es ist ein Klischee«, warnt sie.

Eva wartet ab.

»Ich habe jemanden kennengelernt.«

Evas Herz rast. »Wen?«

»Einen Kollegen. Ich war auf einer Fortbildung in Hamburg, und er war auch da. Ich weiß nicht, was es ist. Er drückt alle Knöpfe an mir. Ich kämpfe dagegen an und will mich nicht in ihn verlieben, aber ich muss jede Sekunde an ihn denken. Ich bin eine schreckliche Ehefrau.« Wieder weint sie.

In Evas Brust tobt ein erbitterter Zweikampf. Es wäre so einfach, Franka einzureden, dass die neue Bekanntschaft eine Chance verdient hat. Und sie könnte Kontakt zu Sebastian aufnehmen. Dass das nicht geht, ist ihr genauso klar wie der Wunsch, es trotzdem zu tun. »Das bist du nicht.«

»Mein Kopf sagt, dass es schwachsinnig ist, zwanzig Jahre aufzugeben wegen einer Liebelei. Aber weißt du was? Wir lachen nicht mehr zusammen. Ich habe mehr Spaß ohne ihn und bin froh, den ewigen Debatten entgehen zu können. Ich arbeite länger, um ihn weniger sehen zu müssen. Dass körperlich nichts mehr läuft, muss ich wohl kaum erwähnen.«

Eva nickt, auch wenn sie persönlich nicht nachvollziehen kann, wieso Franka das Interesse verloren hat. Auf sie wirkt Sebastian faszinierend und anziehend.

Die heiße Luft wird immer zäher. Eva hat Probleme zu atmen.

»Eva?«

Ihr wird schlecht. Krampfhaft versucht sie, sich zu konzentrieren, aber sie fühlt sich wie in einem Watteberg.

»Eva?« Ein entferntes Echo.

Sie kneift ihre Augen zusammen. »Irgendwie ist mir nicht so gut«, murmelt sie, dann fühlt sie die schwarze Wand auf sich zurasen.

Ohne Gegenwehr lässt sie sich überrollen.

Kapitel 9

EIN ANRUF MIT FOLGEN

Montagabend

Emilia sieht sie noch entsetzter an, als es der Situation angemessen ist.

»Jeder kann doch mal umkippen«, verteidigt sich Eva. Sie liegt eingekuschelt in ihren Lieblingspullover auf der Couch, trinkt ihr zweites Glas Wein und hat Emilia die höchst unangenehme Situation erzählt, in der sie sich heute Abend wiedergefunden hatte.

»Das ist mit Abstand das Peinlichste, was ich je gehört habe.«

»Dann hast du noch nicht viel gehört, und das beruhigt mich ungemein.«

»Mama, du warst nackt!« Sie sagt es wie eine Erinnerung an den schlimmsten Albtraum, den man sich vorstellen kann. »Und dann haben dich irgendwelche Bademeister rausgetragen, auf den Boden gelegt und dir die Beine hochgehalten!« Ihre Stimme überschlägt sich am Ende des Satzes.

»Es waren Sanitäter, und wenn jemand in Ohnmacht fällt, legt man nun einmal die Beine hoch wegen … des Kreislaufs und so.«

Emilias Gesichtsausdruck nach zu urteilen, kann sie es noch immer nicht fassen. »Du warst nackt! In einem Schwimmbad!«

»Emmi …«

»Mama, ernsthaft! Wer weiß, wie viele Leute da standen und dir … bah, ich mag es gar nicht sagen.«

Eva trinkt einen großen Schluck, der sich wohlig in ihrem Magen ausdehnt. Sie verschweigt ihrer Tochter, dass Franka in ihrer Panik den leuchtend roten Notfallknopf neben dem Eingang zur Sauna gedrückt hat, woraufhin ihrer Erzählung nach ein ohrenbetäubender Alarm ausgelöst worden ist. Das ganze Schwimmbad muss Bescheid gewusst haben.

Wenn sie versuchen würde, ihrer Tochter zu erklären, dass Nacktheit mit zunehmendem Alter etwas ganz Natürliches ist und die meisten Menschen in ihrem Leben sehr viel unansehnlichere hüllenlose Tatsachen gesehen haben, würde sie ihr das nicht glauben. Für Mädchen in Emilias Alter ist der Körper ein hohes Gut, den es unbedingt zu schützen gilt, und Eva ist froh darüber. Hoffentlich ist ihre Tochter in ihrer Freizeit sehr viel prüder, als sie selbst es in ihrem Alter war.

Möglicherweise ist Eva auch deshalb relativ entspannt, weil sie gleich nach dem Ohnmachtsanfall mit Franka »auf den Schrecken« einen Sekt getrunken hat und das zweite Weinglas sich auch dem Ende neigt. Sie liebt den gaußschen Weichzeichner des Alkohols. Er ist ein Künstler, der einen sehen lässt, was man sehen will.

In Emilias Kopf scheint es noch immer zu rattern. »Bist du dir sicher, dass dich niemand gesehen hat, der mich kennt?«

Die Frage überrascht sie. »Keine Ahnung. Aber wer sollte denn unter der Woche zur Primetime ins Schwimmbad gehen wollen?«

»Jemand, dem die Primetime egal ist, weil er on demand schaut.« Der vorwurfsvolle Unterton bohrt sich direkt in Evas Selbstbild und hinterlässt einen Kratzer. Ihre Tochter hat sie soeben auf dem Abstellgleis geparkt. »Oh, mein Gott, ich hoffe so sehr, dass niemand davon erfahren wird. Zum Glück sind Handys in Schwimmbädern verboten.«

Mit übertrieben deutlichem Blick sieht Eva auf ihre Smartwatch. »So langsam ruft mein Bett.«

»War ein anstrengender Abend, wie?«

»Ab in dein Zimmer.« Eva wirft ein Sofakissen und trifft ihre Tochter am Kopf.

Beide lachen. Emilia wagt einen halbherzigen Gegenangriff, der sein Ziel verfehlt. Beinahe reißt das herabfallende Kissen die Weinflasche vom Couchtisch. »Ey, pass auf!«

»Sorry.« Emmi streicht sich die Haare zurück. »Ich glaube, ich sollte mich auch hinlegen, damit mir morgen überhaupt noch irgendwelche Vokabeln einfallen.«

»Das schaffst du schon.«

Sie nickt. »Wenn wir nicht wieder verschlafen.« Mit einem neckischen Grinsen drückt sie Eva einen Kuss auf die Wange, krabbelt vom Sofa und macht sich bettfertig.

Seufzend trinkt Eva das Glas aus, spült es ab und stellt es zurück in die Vitrine. Sie fühlt sich leicht beschwipst, und das fühlt sich gut an. Dann wirft sie die Kissen neben das Sofa, klappt die Sitzfläche hoch und zieht lustlos ihr Bettzeug hervor. Nach ein paar Handgriffen ist das Nachtlager fertig. Sie begegnet Emilia beim Zähneputzen und liest wenige Minuten später eingekuschelt in ihre Decke auf dem Couchbett ihren Krimi weiter. Bloß nicht an den peinlichen Zwischenfall denken, den sie vor Emilia heruntergespielt hat.

Natürlich macht es ihr etwas aus, nur mit einem knappen Handtuch bekleidet auf dem Fliesenboden zu liegen und von Fremden die Beine hochgelegt zu bekommen.

Das Handy vibriert einmal kurz. Auf dem Display leuchtet eine neue Mitteilung auf.

Unbekannte Nummer: Hey, geht es dir gut?

Eva lehnt sich auf ihrem Arm auf und öffnet die Nachricht.

Ich kenne diese Nummer nicht.

Hier ist Sebastian.

Ihr Herz springt, und sie ist hellwach. Wenige Sekunden später taucht eine weitere Nachricht auf.

Ich hoffe, du bist nicht mehr böse, dass ich mir deine Nummer besorgt habe. Franka hat erzählt, was passiert ist. Klingt ja dramatisch!

Sagtest du nicht, du seist kein Stalker?

Sie sieht sein Lächeln vor ihrem geistigen Auge.

Dann vibriert das Handy rhythmisch in ihrer Hand, und ein Hinweis zeigt ihr einen eingehenden Anruf an.

Als hätte sie sich an dem kleinen Gerät verbrannt, wirft sie das Telefon auf das Kissen. Er kann sie doch nicht einfach anrufen! Sie nimmt ab und sagt ihm genau das.

Am anderen Ende lacht Sebastian auf. »Ich dachte, das hier sei ein freies Land.«

»Sebastian, wirklich.« Evas Stimme klingt besorgt. »Was, wenn Franka das bemerkt?« Andererseits telefoniert die vielleicht gerade mit ihrem Liebhaber. »Ich komme mir schrecklich vor, mit dem Mann meiner ehemals besten Freundin zu telefonieren, ohne dass sie es weiß.«

Sebastian hört sich entspannt an. »Keine Sorge, sie schläft. Beruhigt dich das?«

Eva legt sich in ihr Bett und starrt an die Decke. »Im Gegenteil. Das alles ist höchst bedenklich. Ich sollte auflegen.«

Etwas piept auf seiner Seite der Leitung, vielleicht ein Computer.

»Ich weiß nicht, was du meinst. Ich erkundige mich bei einer alten Freundin meiner Frau über ihr gesundheitliches Befinden, nachdem sie ohnmächtig geworden ist. Das ist höflich und fürsorglich.«

»Es geht dich nichts an. Franka ist diejenige, die sich Sorgen machen darf, weil sie dabei war. Warum schläft sie überhaupt schon? Es ist nicht einmal halb zehn.«

»Sie geht in letzter Zeit oft früh ins Bett und liegt dann stundenlang wach. Ich glaube, sie geht mir aus dem Weg.«

»Also schläft sie vielleicht doch nicht.«

»Keine Ahnung.« Es klingt nicht, als täte ihm die Lüge leid.

»Sie muss sicherlich über einiges nachdenken.« Eva macht eine Pause und beißt sich auf die Zunge. Warum redet sie überhaupt mit ihm? Sie sollte sofort auflegen und Sebastian vergessen. Aber das Telefon ist wie festgeklebt an ihrem Ohr.

Im Hintergrund hört sie Tastengeklapper.

»Franka hat mir erzählt, dass sie Immobilienmaklerin ist. Als was arbeitest du?« Small Talk ist ungefährlich. Sie wird einfach ein paar Minuten lang seine Stimme genießen, sich vorstellen, dass er ihr die wildesten, unverschämtesten Dinge ins Ohr flüstert, und dann wird sie auflegen und ihn vergessen.

Oder vielleicht wird sie noch kurz an ihn denken, sich einen Orgasmus besorgen und ihn dann vergessen. Das klingt nach einem guten Plan.

»Im Moment kümmere ich mich um meine Musik. Ich spiele Saxofon in einer Jazzband. Bis vor Kurzem habe ich ehrenamtlich im Hospiz geholfen, aber von dieser Arbeit mache ich gerade eine Pause. Es ist hart, Menschen sterben zu sehen.«

»Das glaube ich gerne.« Es imponiert ihr, dass er seine Freizeit dafür geopfert hat, eine solche Begleitung anzubieten.

»Irgendwie ist alles im Wandel«, sagt er dann. »Versteh mich nicht falsch, ich bin ein großer Befürworter von Veränderungen, aber wenn zu viele Baustellen gleichzeitig auftauchen, erschlägt es einen schnell.«

Obwohl er es nicht sehen kann, nickt Eva, dann gibt sie ein zustimmendes Geräusch von sich. »Ich weiß, was du meinst. Mir ging es auch so, als ich überlegt habe, meinen Mann zu verlassen.«

»Erzähl mir davon.«

Eva stöhnt auf. »Lieber nicht. Wenn ich von Andreas spreche, bekomme ich schlechte Laune. Belassen wir es bei der Erklärung, dass ich froh bin, ihn nur noch sporadisch zu sehen, und es richtig war, die Ehe zu beenden.«

Und sobald sie eine Idee hat, wie sie ihre Schulden begleichen kann, wird sie nie wieder mit ihm sprechen.

»Als ich dich heute gesehen habe, hatte ich gleich so ein Gefühl.«

»Was für ein Gefühl?«

»Dass ein sehr mutiger Mensch in dir steckt. In der Schule hast du Franka eher den Vorzug gelassen, und ich dachte immer, dass du total schüchtern bist. Davon merke ich jetzt nichts.«

»Das liegt nur daran, dass ich dich nicht sehe und schon zwei Wein getrunken habe. Wenn ich jemandem gegenüberstehe, den ich attraktiv finde, bekomme ich kein Wort heraus.« Ups. Sie klatscht sich mit der Hand an die Stirn.

»Hm. Da du mit mir sprichst, muss ich also annehmen, dass du mich nicht besonders attraktiv findest.« Er scheint zu grinsen, und der herausfordernde Unterton entgeht ihr nicht.

Alle Alarmglocken in ihr schrillen derart laut, dass das ganze Gebäude davon aufwachen müsste.

Eva ignoriert sie. Zu lang ist es her, dass jemand mit ihr geflirtet hat, der jünger als fünfundachtzig ist. »Ich befürchte, du hast mich mit deiner Pizza-Aktion einfach überrannt, sodass ich gar nicht die Chance hatte nachzudenken.«

Seine Stimme wird leiser, als würde er sicherstellen, dass ihn niemand außer ihr hören kann. »Also bin ich doch attraktiv.«

Ihr Körper reagiert auf dieses Flüstern mit ungeahnter Heftigkeit. Eine Hitzewelle rollt über sie hinweg, und sie muss sich spontan den Roman an die Wange halten, um sich abzukühlen. In ihrem Bauch kribbelt es, als wäre er voller Kohlensäure. Im Geiste sieht sie seine funkelnden Heath-Ledger-Augen, den magnetisch wirkenden Mund und seine Hände, die sie nur zu gerne zu einer Erkundungstour auf dem *Mount Eva* einladen würde. »Ich sage nichts ohne meinen Anwalt.«

Sie darf diese Unterhaltung nicht führen. Das Engelchen auf ihrer Schulter ist da sehr deutlich und laut.

»Zufällig bin ich Ihr Anwalt, Frau Lange-Albrecht«, sagt Sebastian mit gespielt ernster Stimme, dem das Spiel zu gefallen scheint. »Und ich denke, Sie sollten sich daran erinnern, dass Sie unter Eid stehen.«

Scheiß drauf. »Na, wenn das so ist«, antwortet Eva und hört selbst, dass ihre Stimme jetzt tiefer klingt. »Dann bekenne ich mich schuldig in allen Punkten der Anklage. Ja, ich finde Herrn Schneider überaus attraktiv. Muss ich jetzt ins Gefängnis?« Sie wird sich gleich verbrennen.

»Vielleicht kann ich den Richter umstimmen«, sagt er. »Ich bin mir sicher, dass Sie überzeugende Argumente vorbringen können. Mindestens zwei.«

Eva streichelt sich über ihre Brüste. »Ja, ich glaube, diese zwei Argumente würden sich jetzt sehr gerne zu Wort melden.« Nun ist es sie, die fast flüstert. Das Spiel mit dem Feuer facht die Glut an. Eva hört auf Sebastians Seite verschiedene Geräusche. Ein undefinierbares Rascheln, leise Schritte. »Ich weiß, dass mich das befangen macht, aber würden Sie mir die Kunst Ihrer Argumentation wohl einmal vorführen?«

Ein klirrender Schlüsselbund. Ein anderes Rauschen, dann ein kurzer Piepton.

Allein die Vorstellung von seinen Lippen auf ihren Nippeln lässt sie in ihre Hand beißen. Entbehrung befeuert die Leidenschaft erst recht. Frankas Bild in ihrem Kopf verblasst mit jeder Sekunde mehr. Soll sie doch mit ihrem Liebhaber glücklich werden.

Eine zugeschlagene Autotür. Sie weiß nicht genau, ob sie sie draußen oder bei Sebastian gehört hat.

»Mache ich mich weiter schuldig, wenn ich Ja sage?«, fragt sie.

»Ja«, haucht er.

»Okay. Dann Ja.« Geräuschvoll zieht sie die Luft zwischen ihren Zähnen ein. Was tut sie hier? Sie bricht aus ihrer Rolle aus und redet normal. »Fährst du Auto?«

Sebastian antwortet nicht gleich. »Weißt du, warum so viele Paare sich mit der Zeit auseinanderleben?« Auch seine Stimme klingt nun wieder so, als säßen sie beim Nachmittagskaffee beieinander. Er lässt sie nicht antworten. »Weil sie vergessen, dass das Leben ein Abenteuer ist. Das Leben hat nicht irgendein Ziel am Ende vergeudeter Jahre. Das Leben *ist* das Ziel. Nicht die Arbeit, von denen alle denken, dass sie so wichtig ist. Nicht das Haus, das Auto oder der Urlaub auf Malle, für den man das ganze Jahr schuften geht. Der Sinn des Lebens ist, das Spiel zu spielen und gut zu spielen – und Spaß zu haben.«

»Ich weiß nicht, ob ich dir folgen kann.«

»Eva.« Ihr Name aus seinem Mund klingt wie ein neues Lieblingslied. »Das Leben will gelebt werden. Es geht nicht darum, eine Reise zu machen, um irgendwo anzukommen. Das Leben ist ein Musikstück und der Tod der letzte Akkord. Willst du bei einem Lied nur den letzten Takt hören? Nein! Du willst das ganze Stück mit all seinen Höhen und Tiefen. Wir sollen verrückte Dinge machen und Erfahrungen sammeln statt Gartenzwerge und Krawatten.«

»Das ist verrückt und irgendwie genial.«

»Hab ich aus einem YouTube-Video.« Sie hört ein bekanntes rhythmisches Klacken. Er biegt irgendwo ab. »Und deshalb sitze ich im Auto, ja.«

»Bitte sag, dass du nicht hierher unterwegs bist.« Eine klamme Kralle schließt sich langsam um ihren Hals. Das bekannte Gefühl von Panik wühlt in ihrem Magen.

»Doch, ganz genau. Ich weiß, dass es verrückt ist und dass du es für falsch hältst. Aber warum, bitte schön, denn nicht?«

»Hast du mir nicht vorhin gesagt, es gibt Gründe, die gegen eine Trennung sprechen und über die du nicht reden kannst?«

»Ja.«

»Und dann kommst du her und gefährdest deine Ehe?«

»Der Besuch bei dir hat mir die Augen geöffnet. Eva …« Er klingt so dringlich, dass sie nicht anders kann, als ihm weiter zuzuhören. »… du gehst mir nicht aus dem Kopf. Ich stehe völlig neben mir. Mir ist, als hätte sich plötzlich ein Nebel gelichtet, der seit Jahren über meinem Leben lag. Jede Sekunde denke ich daran, dass ich dich wiedersehen will und ob du wohl auch so fühlst oder ob ich dir egal bin. Ich halte diese Quälerei nicht aus.« Das Motorgeräusch erstirbt. »Und deshalb bin ich jetzt da.«

»Nicht klingeln!«, mahnt sie panisch. »Was soll meine Tochter sonst denken?«

»Dass du dich mit einem heißen Mann triffst?«

»Gott bewahre! Nein, du wartest unten. Ich komme gleich zu dir. Warte kurz, eigentlich liege ich schon im Bett.« Sie legt auf, ohne seine Antwort abzuwarten. »Scheiße, scheiße, scheiße«, murmelt sie, während sie sich in Windeseile umzieht. Das erstbeste Kleidungsstück ist ein hellblaues Wollkleid. Sie schlüpft hinein, wirft einen prüfenden Blick in den Spiegel, und ihr Spiegelbild bedenkt sie mit einem vorwurfsvollen Blick. »Was machst du da?«, fragt es.

»Lass mich«, sagt Eva trotzig. »Wir reden nur.«

Kapitel 10

DER FAHRSTUHL

Montagnacht

Die Nacht ist eiskalt. Eva schlingt ihre Hände um die nackten Arme. Ihr Gehirn hat vor lauter Pheromonen ausgeblendet, dass es Oktober ist. Sebastian lehnt an der Motorhaube eines schwarzen SUV. Als er sie auf sich zukommen sieht, stößt er sich ab und geht auf sie zu. Graue Atemwölkchen bilden sich vor seinem Gesicht und werden vom Wind verweht. Eine einzelne Laterne hinter ihm spendet den beiden Licht. Leider liegen seine Augen im Schatten.

»So gehst du schlafen?«

Obwohl sie sauer auf ihn sein will, weil er sie in eine moralische Zwickmühle manövriert hat, muss sie lachen. »Du bist echt verrückt.«

Sein selbstsicheres Lächeln haut sie um. Er sieht sie an, als gäbe es nur sie. Seine Augen nehmen sie gefangen.

Abrupt hält sie an. Noch einen Schritt weiter, und sie fällt ihm um den Hals – was sie auf keinen Fall zulassen darf. Einerseits, weil es Franka gegenüber nicht richtig ist, und andererseits, weil sie jemand sehen könnte.

Er bleibt ebenfalls stehen. »Ich weiß nicht, was du mit mir gemacht hast, aber es fühlt sich gut an.«

»Psst«, macht sie eilig. »Komm mit!« Sie dreht sich um und geht zurück ins Haus. Ihre nackten Beine reiben beim Gehen aneinander, werden aber dadurch auch nicht wärmer. Seit seinem Lächeln spürt sie die Kälte jedoch kaum noch. Das grelle Flurlicht soll das Wasser auf ihr loderndes Feuer sein.

Leider funktioniert es nicht. Im Gegenteil, jetzt offenbart sich erst sein ganzer Charme wieder. Diese verdammten Lider.

»Warum bist du hier?«, fragt sie ihn unvermittelt, nun eine Spur ernster. »Kannst du nicht einfach bei deiner Frau sein und deine Ehe retten? Bitte? Ich will dieses ganze Drama nicht!«

Entschuldigend hebt er die Hände in Abwehrhaltung vor die Brust. »Tut mir leid, ich wollte dich nicht bedrängen. Es ist, wie ich gesagt habe: Du gehst mir nicht mehr aus dem Kopf.«

»Aber deswegen fährt man doch nicht mir nichts, dir nichts zu irgendeiner Frau, die man gerade erst kennengelernt hat.«

Er geht auf sie zu, als wüsste er, dass sie sich seinem Charme nicht entziehen kann. »Wir kennen uns doch schon seit über zwanzig Jahren. Davon abgesehen, habe ich keine Ahnung, was *man* so macht. Danach habe ich mich noch nie gerichtet. Ich weiß nur, was ich machen will.« Wieder verwandelt sich seine Stimme in Samt und streichelt ihre Sinne. Sie wünschte, sie hätte eine solche Klarheit in ihrem Leben.

Noch drei Schritte, bis er ihr so nahe ist, dass sie fast die goldenen Flecken in seiner Iris erkennen kann.

Er macht einen Schritt.

Eva ist wie gelähmt.

»Du darfst nicht denken, dass Franka mir egal ist«, sagt er. »Im Gegenteil: Sie ist der beste Mensch in meinem Leben. Aber manchmal ist es richtig, einen neuen Weg zu finden.«

Noch ein Schritt.

»Du meinst, du hast Gründe für dein Handeln?« Sie riecht

sein betörendes Aftershave. Die winzigen Härchen an ihrem Körper stellen sich auf, als wollten sie sich ihm entgegenstrecken.

Seine Stimme ist ein Hauchen. »Das Herz eines Mannes ist ein tiefer Ozean voller Geheimnisse.«

»*Titanic* hilft uns jetzt nicht.«

Der letzte Schritt. Er steht nur Zentimeter vor ihr. Sie riecht seinen frischen Atem, der sie entfernt an Minze erinnert.

Seine Augen sind braun, und da sind noch mehr goldene Sprenkel, als sie dachte.

Sie könnte sein Herz schlagen hören, wenn ihr eigenes nicht so laut wäre.

»*Wenn du springst, spring ich auch*«, flüstert er.

Ihr Herz galoppiert in ihrem Brustkorb. Die nassen Handflächen versucht sie unauffällig an ihrem Wollkleid abzuwischen. Alles in ihr fühlt sich an, als würde sie gleich wieder in Ohnmacht fallen.

Er beugt sich zu ihr herunter.

Und küsst sie.

Seine Lippen sind weich.

Sie will ihn.

Ihr ist, als hätte seine Berührung ein lüsternes Wesen in ihr geweckt, und diese Kreatur lechzt nach mehr.

Mehr Küsse.

Mehr Sebastian.

Mehr Leben.

Seine Hände gleiten über ihr Kleid, eine fasst an ihren Hinterkopf. Ohne die Verbindung zu seinem Körper zu lösen, schiebt Eva ihn sanft zum Fahrstuhl.

Frankas Bild hat sich in Luft aufgelöst. Das Engelchen sieht schweigend zu.

Mit einem sanften »Pling« öffnet sich die Fahrstuhltür, und die beiden stürzen hinein. Sebastian kracht an die Spiegelwand. Keuchend treffen sich ihre Lippen. Ihre leidenschaftlichen Laute hallen von den Wänden wider. Sicherlich gibt es hier eine Kamera, aber das ist jetzt egal. Nichts ist mehr wichtig, außer seine Haut an ihrer zu spüren.

»Du raubst mir den Verstand«, sagt er zwischen zwei Küssen. »So verrückt kann man doch gar nicht nach einem Menschen sein.«

»Jetzt kann ich es ja sagen: Ich habe dich verhext.«

»Das erklärt es allerdings.« Er zerrt ihr Kleid ein paar Zentimeter hoch und lässt seine Hand auf ihrem Oberschenkel ruhen. Die Dinge verselbstständigen sich, und Eva gibt sich dem Fluss hin.

Sie gleitet mit ihren Fingern sanft durch seine braunen Haare. »Da du mein Geheimnis nun kennst, muss ich dich leider umbringen.« Ein Kuss auf die Lippen, leicht wie der Flügelschlag eines Schmetterlings.

Er zuckt mit den Schultern. »Das klingt fair.« Er drückt sie an sich und dreht sich mit ihr um, dann presst er sie mit seinem Gewicht eng an die kalte Spiegelwand und legt seine Hände an ihr Gesicht. »Darf ich einen letzten Wunsch äußern?«

Sie nickt. Der silberne Handlauf drückt in ihren Rücken.

»Bevor ich sterbe, möchte ich sehen, wie du kommst.«

Dieser Satz zündet sie an. Nun kribbelt nicht mehr nur ihr Magen, sondern *alles* zwischen ihren Beinen. In ihrem ganzen Leben hat sie sich niemals begehrter gefühlt als jetzt. Sie wählt irgendein Stockwerk aus, und der Fahrstuhl setzt sich in Bewegung. Dann drückt sie den Stopp-Knopf. Mit einem mechanischen Seufzen hält er wieder an.

Sebastians Augen leuchten mindestens so wie ihre eigenen. Er nimmt ihre Hand und hält sie über ihrem Kopf fest. Seine Lippen gleiten an ihrem Arm entlang, fahren sanft über die Stirn, er küsst ihre Augenlider, und ihre Münder finden wieder zueinander. Sie versinken ineinander. Die Welt um sie herum löst sich mit jeder Sekunde weiter auf. Bei anderen Männern hätte sie länger gezögert. Sich mehr abgesichert. Den Kopf nicht ausgeschaltet.

Aber er ist nicht wie die anderen.

Sie keucht, als seine Lippen ihren Hals berühren – ihre empfindlichste Stelle. Eva reißt an seinem Gürtel, zu ungeduldig, um die Schnalle zu lösen. So kennt sie sich gar nicht. Ihre Leidenschaft peitscht sie an. Die Münder prallen heftiger aufeinander, mit offenen Lippen; ihre Zungen suchen und finden sich. Der glühende Kuss lässt ihre Knie weich werden, als hätte sie noch nie in ihrem Leben jemanden geküsst.

In genau dieser Sekunde wird ihr klar, dass sie verloren ist.

Er hält ihr Herz in seiner Hand. Kann es Liebe geben, die wie eine Eruption mit einem Mal da ist, die plötzlich alles beherrscht, als habe eine höhere Macht kraftvoll einen Schalter umgelegt?

Es ist das schönste und furchteinflößendste Gefühl der Welt. Mit dem nächsten Aufatmen wirft sie den Kopf in den Nacken und öffnet ihm ihre Seele.

Als er seine beiden Daumen sanft über ihre Brüste fahren lässt, keucht sie. Ihre Brustwarzen wollen von ihm liebkost werden. Er reibt sie mit der gefühlvollen Sanftheit eines Gärtners in einem Beet voller Keimlingen. Tatsächlich spürt sie in sich etwas aufblühen, von dem sie dachte, dass es für immer vergangen wäre.

Über ihr sind Hunderte kleine Lämpchen in die schwarze Fahrstuhldecke eingelassen. Dazwischen ist, wie erwartet, eine Kamera zu sehen.

»Ich wette, man beobachtet uns«, sagt sie ohne eine Spur von Scham. Normalerweise ist es ihr das Allerwichtigste, was andere von ihr denken. Sebastians bloße Anwesenheit beflügelt sie und hebt sie auf ein neues Level ihrer selbst. Tatsächlich erregt sie der Gedanke sogar, dass irgendein gelangweilter Büromensch diese Aufnahmen zu Gesicht bekommen kann. Solange es nicht Franka ist.

Sebastian folgt ihrem Blick. »Dann bieten wir ihnen doch eine sehenswerte Show.«

Ihr Stöhnen wird zu einem Duett der Leidenschaft, das in einer ekstatischen Arie gipfelt. Der Lämpchenhimmel verschwimmt zu einem gleißenden Lichtermeer. Die Zeit dehnt sich aus. Mit ihm fühlt sie sich zum ersten Mal im Leben komplett, und es beängstigt sie, dass sie sich ihm vollkommen hingibt, obwohl sie ihn kaum kennt. Doch um sie herum verliert alles an Bedeutung. Nur der Augenblick zählt. Sebastian öffnet seine Hose.

Sie erfüllt ihm seinen letzten Wunsch und blickt ihm direkt in die Augen, als das Feuerwerk in ihr zündet und sie innerlich explodiert.

»Das war äußerst dumm von uns.« Eva überreicht ihm eine Tasse mit Kaffee, während sie selbst ihren Teebeutel aus dem Becher zieht und ihn in das Spülbecken fallen lässt. Alles in ihr hat sich gewehrt, Sebastian noch zu sich einzuladen, weil sie es nicht riskieren will, dass Emilia ihn sieht, aber nach ihrer seelischen Verbundenheit im Fahrstuhl war es ihr unmöglich, ihn gehen zu lassen. Sie hat die Wohnzimmertür geschlossen und hofft, dass Emilia wegen der Englischarbeit am nächsten Tag bereits schlafen gegangen ist.

»Dummheiten können durchaus reizend sein. Nur Dummheit nicht.«

»Ist das von dir oder auch aus einem YouTube-Video?«

»Alberto Moravia, ein Autor. Er sagte auch: *Auf dieser Welt kann man alles rückgängig machen, nur nicht das Wissen.*«

»Kluger Mann.« Eva setzt sich Sebastian gegenüber an den Esstisch. Der offene Wohnraum bietet ihr den direkten Blick ins Wohnzimmer, wo ihre Schlafcouch mit zerwühltem Bettlaken noch darauf wartet, ihr eine wenig erholsame Nacht zu bereiten. »Ich weiß nicht, was in uns gefahren ist. So etwas habe ich noch nie gemacht.«

Sebastian starrt seinen Kaffee an und wirkt ebenso zerknirscht, wie sie sich fühlt. Er nickt. »Mein Kopf war wie ausgeschaltet.«

»Meiner auch.«

»Ich kann gar nicht genau sagen, was los ist. Ich fühle mich wie ein Verräter. Als hätte ich ein schlimmes Verbrechen begangen. Und gleichzeitig möchte ich jubeln und alle Bäume im Stadtpark ausreißen. Wenn ich dich ansehe, kann ich an nichts anderes denken als an das Glück, das ich eben empfunden habe.«

Eva muss lächeln, weil es ihr genauso geht. »Wir müssen es ihr sagen. Ihr müsst reinen Tisch machen, sonst wächst sich das zu einem riesigen Drama aus.« Und Franka sollte ebenfalls mit offenen Karten spielen. Eine saubere Trennung, und alles ist gut.

Sebastian schweigt und trinkt. Er greift nach ihrer Hand, die sie ihm bereitwillig gibt. Seine warmen Fingerkuppen hinterlassen eine wohltuende Spur der Zuneigung auf ihrem Handrücken. Eine Minute vergeht, ehe er seine Gedanken ausspricht. »Es gibt tausend Dinge, die ich sagen will.«

»Aber?«

Er gibt keinen Ton von sich. Nur das Ticken der Wohnzimmeruhr ist zu hören.

»Schön«, sagt Eva nach ein paar Sekunden mit genervtem Unterton. »Einfache Frage: Willst du diese Ehe oder nicht?«

»Das ist keine einfache Frage.«

Von dem diskussionswütigen Mann, den Franka beschrieben hat, fehlt jede Spur.

Eva seufzt. »Ich glaube, du gehst jetzt besser. Mein Kopf explodiert gleich, und die Sauerei solltest du nicht mitansehen.«

Ihr Gegenüber erhebt sich. Sie bringt ihn zur Tür, wo beide nicht widerstehen können und sich trotz der Hängepartie einen langen Abschiedskuss geben. Die Berührung seiner Lippen bringt sie erneut zum Glühen wie heißes Eisen, das vom Blasebalg der Liebe befeuert wird.

»Ich melde mich bei dir«, sagt er.

Sie will widersprechen. Ihm klarmachen, dass das hier eine einmalige Sache gewesen sein muss und er sich um seine Frau kümmern soll. Die beiden haben genug Probleme ohne Eva.

Die Tür zuschlagen und das Kapitel beenden, ehe es begonnen hat.

Stattdessen lächelt sie und haucht: »Okay.«

Kapitel 11

GEDANKENKARUSSELL

In der Nacht von Montag auf Dienstag

Eva ist zu wach, um schlafen zu können. Sie räumt die Tassen weg, gießt sich den dritten Wein des Abends ein (wobei es eigentlich schon der nächste Morgen ist und er daher als der erste zählt) und kramt in der Kommode im Essbereich nach Papier und Stift. Zeit, ihre Gedanken zu ordnen.

Liebe Manuela! Ich weiß, dass wir keinen regelmäßigen Kontakt mehr haben, seit du nach Hessen gezogen bist, und dieser Brief wird dich ohnehin nie erreichen. Natürlich könnte ich dich anrufen, aber da es mitten in der Nacht ist, würdest du es für einen Notfall halten. Ich brauche gerade einfach nur jemanden, dem ich alles sagen kann.
Ich habe Sebastian Schneider wiedergetroffen. Wir waren vor über fünfundzwanzig Jahren an der gleichen Schule, und meine damalige beste Freundin Franka und ich haben ihn vergöttert.
Rate, wen unser Traumprinz geheiratet hat. Ich kann es noch immer kaum glauben. Der Turner und die Hochleistungssportlerin, in Liebe einander zugetan vor dem Traualtar. Fast ist es schade, dass Franka und ich uns nach dem Abi aus den Augen verloren haben, sonst hätte sie mich zu ihrer Hochzeit eingeladen.
Sebastian und Franka sind zurück in der Stadt, und ihre Ehe ist zu einer Freundschaft geworden, bei der die Liebe

fehlt. Beide haben voneinander unabhängig gesagt, dass sie Probleme haben und nur noch wirklich gute Freunde sind. Ich darf es dir nicht verraten, aber Franka hat Gefühle für einen anderen. Vielleicht habe ich mich dadurch beeinflussen lassen. Ich weiß nicht, was es ist, aber Sebastian hat etwas an sich, das mich völlig aus der Bahn wirft. Wenn ich ihn sehe, überrollt mich eine Welle aus Leidenschaft und Verlangen, wie ich es gar nicht von mir kenne. Bei Andreas damals war ich natürlich auch leidenschaftlich, aber ich habe mich in den fünfzehn Jahren mit ihm nicht so zu Hause gefühlt wie in zehn Minuten mit Sebastian. Stets war ich auf der Hut vor seinen Wutausbrüchen, und um ihn ja nicht zu verärgern, habe ich mich still verhalten und getan, was er wollte.

Bei Sebastian habe ich das Gefühl, wertgeschätzt zu werden. Es ist so witzig mit ihm. Ich kann nicht glauben, dass ich ihn nicht einmal vierundzwanzig Stunden lang kenne (von der Phase des Anschmachtens in der Schulzeit abgesehen). Es müssen vierundzwanzig Jahre sein.

Ist diese Verliebtheit vielleicht nur mein Wunsch nach Anerkennung und Liebe? Ist es gar nicht Sebastian als Person, nach der ich mich verzehre, sondern das Gefühl, wertvoll und liebenswert zu sein?

»Da spricht die Therapeutin«, würde er jetzt sagen und mich mit seinem unglaublichen Lächeln beschenken.

Franka will, dass ich ihr bei einer Entscheidung für oder gegen ihre Ehe helfe. Es wäre so leicht, sie dahin zu führen, die Scheidung einzureichen, um freie Bahn für Sebastian zu haben, aber mir ist klar, dass ich das nicht tun kann. Als Beraterin muss ich auf die Bedürfnisse meiner Kundschaft eingehen und nicht meine eigenen Interessen in den Vordergrund stellen. Andererseits ist Franka nicht offiziell meine Kundin.

Wenn Franka allerdings eine zweite Chance will und ihrem Liebhaber den Laufpass gibt, stirbt mein Herz.
Es klingt übertrieben, aber es ist genau das, was ich fühle: Mein Herz hängt an ihm. Bis gestern habe ich die Liebe auf den ersten Blick nicht für möglich gehalten. Heute bin ich unsicher. Seine Präsenz erfüllt meine Gedanken. Bei jedem Einatmen sehne ich mich nach seiner Nähe, und bei jedem Ausatmen habe ich Angst, ihn nicht wiederzusehen. Franka und ich sind nicht mehr eng befreundet, aber natürlich bedeutet sie mir als Person viel, und ich möchte sie auf keinen Fall verletzen.
Wenn jede Partei mit offenen Karten spielt, ist wahrscheinlich alles verloren: Franka wird mir ihr Vertrauen entziehen, weil ich mit ihrem Mann geschlafen habe (gerade eben! Ich muss dir unbedingt in echt davon erzählen – in einem Parallelleben, in dem es keine Geheimnisse gibt). Sebastian wird mich verlassen, weil ich von Frankas Liebhaber weiß und ihm nichts gesagt habe. Und die beiden hätten wohl auch kaum noch eine Chance miteinander. Letztlich stünden wir alle mutterseelenallein und mit gebrochenen Herzen da.
Ziehe ich mich zurück, stirbt etwas in mir.
Rette ich ihre Ehe, werde ich im Leid ertrinken.
Manuela, was soll ich tun?

Lange sitzt Eva vor dem Brief und starrt auf die Wörter, die sie aufgeschrieben hat, wie sie ihr in den Sinn gekommen sind. Manuela schreibt ihr leider keine Antwort wie von Geisterhand auf das Papier.

Sie muss ihr Problem selbst lösen.

Gleich morgen wird sie Franka kontaktieren und mit ihr ein echtes Beratungsgespräch führen. Vielleicht gibt es eine Lösung, bei der niemand verletzt wird.

Kapitel 12

JEDE MÜNZE HAT ZWEI SEITEN

Donnerstag

Wie schön, dass es so schnell geklappt hat.« Eva strahlt Franka mit gespielt guter Laune an, als sie nur zwei Tage später in ihrer Praxis steht, und schluckt die Schokolade hinunter, die sie sich eben noch in den Mund gestopft hat.

Franka sieht fantastisch aus. Ihre blonden Löckchen wippen in einem akkurat gekämmten Pferdeschwanz, ihre Augen sind getuscht, und sie trägt einen matten Lippenstift in der Farbe ihrer Lippen. Außerdem unterstreichen die Bluse und ihre Stoffhose ihr Auftreten als steinreiche Geschäftsfrau.

»Ich komme direkt von einem Termin mit einem Interessenten«, erklärt sie, »tut mir leid, wenn ich etwas abgehetzt wirke.«

»Kein Problem. Setz dich doch. Magst du einen Kaffee?«

»Unbedingt. Danke.«

Das Handy in Evas Hosentasche vibriert, und es kostet sie alle Kraft, es nicht rauszuholen und nachzusehen, was Sebastian ihr geschrieben hat. Keine Stunde vergeht, in der sie keinen Kontakt haben. Jedes »Ich denke an dich«, jedes kleine Smiley erhellt ihren Tag. Ein schlechtes Gewissen bereitet ihr allerdings, dass er sich ein anderes Handy mit einer neuen Nummer besorgt hat, um sich mit ihr zu schreiben.

Ein Geschäftshandy für die Band, hat er zu Franka gesagt.

Lügen gebären neue Lügen.

Sie reißt sich zusammen und bittet Markus um zwei Tassen Kaffee. Dann setzt sie sich zu Franka, die bereits auf einem der gemütlichen Rattanstühle Platz genommen hat.

»Eine wunderschöne Praxis«, sagt Franka anerkennend. »Ich liebe Jugendstilvillen.«

»Ja, ich auch. Man hat zwar viel Ärger mit den alten Leitungen und so weiter, aber dieses Flair bekommst du bei neueren Häusern einfach nicht. Ich meine, schau dir mal bitte diesen Stuck an.«

Beide Augenpaare sehen an die Decke zum Kronleuchter. »Absolut richtig.« Franka lehnt sich in Evas Richtung und setzt einen besorgten Blick auf. »Alles okay wegen Montag?«

Verdattert starrt sie sie an. Ihr Herz ist im Tiefflug. Woher weiß sie von dem verhängnisvollen Montagabend, an dem sie ihr Herz verloren hat?

»In der Sauna«, hilft Franka, als Eva noch immer nicht antwortet.

Sie fühlt sich sofort zehn Kilo leichter. »Ach, das meinst du. Ich hätte besser auf mich hören sollen, mein Körper hat mich ja vorgewarnt. Aber du warst gerade dabei gewesen, von deinem Mann zu erzählen. Wie hieß der noch?« Sie geißelt sich in Gedanken für diese Lügenfrage.

»Sebastian. Ich nenne ihn aber Basti. Du könntest ihn noch kennen, er war auch auf unserer Schule.«

Eva tut so, als würde sie nachdenken. »Da klingelt bei mir jetzt nichts. Warum bringst du mich nicht auf einen aktuellen Stand? Denkst du noch immer über eine Trennung nach? Unser Gespräch am Montag ist ja im Sande verlaufen.«

Franka lehnt sich zurück und lässt die Daumen umeinander kreisen. Eva will das Bild unterdrücken, aber sie stellt sich trotzdem vor, wie Sebastian und Franka miteinander schlafen. Ging er mit ihr genauso zärtlich um wie mit ihr? Ist Frankas Hals so empfindlich wie ihrer?

»Tatsächlich ist die Stimmung derzeit etwas besser«, antwortet Franka dann. »Ich bin zwar nach wie vor ohne Ende gestresst, weil mir der Job gerade sehr viel abverlangt, aber Basti ist entspannter. Mit der Musik läuft es wohl ganz gut. Er meint, er hätte neue Aussichten auf etwas Großes.«

Eva verschluckt sich. Glücklicherweise kommt Markus in diesem Moment ins Büro und bringt die Kaffeetassen und verschafft ihr eine Denkpause. Als sie wieder allein sind, stellt sie eine neue Frage. »Ich hatte dich ja gebeten, deine Überlegungen zu deinem Traumleben mitzubringen. Hast du daran gedacht?«

»Ja, ich habe sie … Moment.« Franka greift neben sich und öffnet ihre Designerhandtasche aus weißem Leder. »Da ist es. Soll ich es vorlesen?«

»Musst du nicht, aber wenn du möchtest, können wir darüber sprechen. Wie sieht dein Traumleben aus?«

Franka überfliegt die drei Seiten in ihren Händen. Eva erkennt ihre Handschrift wieder, die sich kaum verändert hat. »Es ist mir wirklich unangenehm, das zuzugeben, aber ich habe beim Schreiben tatsächlich gemerkt, dass ich Basti zwar als Teil meines Lebens, aber nicht unbedingt als Teil meiner Liebesbeziehung sehe. In meinem Traumleben würde ich weiterhin als Immobilienmaklerin arbeiten, aber nur zwanzig oder fünfundzwanzig Stunden. Bei gleichem Gehalt natürlich.« Sie lächelt Eva schelmisch an, und sie lächelt zurück. »Ich würde morgens neben einem Mann aufwachen, der nicht ständig diskutiert und mich herausfordert, sondern der akzeptiert, dass ich mein Leben so mag, wie es ist.«

»Entschuldige die Zwischenfrage: Hast du da einen bestimmten Mann im Kopf gehabt?«

»Erstaunlicherweise nicht«, gibt sie zu und liest dann weiter. »Aber es wäre toll, wenn es Sebastian wäre. Oder Christoph – das ist der Typ, von dem ich dir erzählt habe. Wir würden vor dem Aufstehen kuscheln, Zeitung lesen und richtig gemütlich in den Tag starten. Die Kinder – ach ja, also ... wir hätten zwei Kinder – würden sich selbst ihren Wecker stellen und zuverlässig aufstehen, sich anziehen und gemeinsam mit uns frühstücken, bevor jeder gegen halb acht oder acht seiner Wege geht. Mein Partner hätte einen Job wie beispielsweise Anwalt oder eine leitende Funktion in einem größeren Unternehmen, sodass ich nicht alleine für die Versorgung der Familie zuständig wäre. In meinem Job wiederum hätte ich wundervolle, einfache Kundinnen und Kunden, die mit Freuden die Häuser kaufen, die ich anbiete, und ich kann jeden Tag Menschen glücklich machen. Mittags würden wir alle gemeinsam essen – auch wenn es unrealistisch ist, das in die Tat umzusetzen, aber wir reden ja von einem Ideal, richtig?«

Eva nickt und hört weiter zu. Sie kann sich kaum vorstellen, dass Franka tatsächlich in ihrem Traumleben nicht neben Sebastian aufwachen möchte. Dass sie es lieber sähe, wenn er sich in einem Unternehmen als Manager abrackert, als sterbenden Menschen im Hospiz die letzte Begleitung zu sein oder sich seiner Begeisterung für kleine Besonderheiten hinzugeben.

»Nachmittags würde ich dann gerne etwas mit den Kindern machen oder einfach mal etwas für mich tun: ein Museumsbesuch, Kaffee trinken mit Freundinnen, die ich dann hätte, lesen oder Sport machen. Abends würde es mir sogar reichen, wenn ich nur mit meinem Partner gemeinsam esse, wobei es schön wäre, wenn wir zusammen kochen würden. Tja, und dann ... habe ich nur noch aufgeschrieben, dass wir den Abend entweder zusammen oder jeder für sich verbringen, ohne dass einer beleidigt wäre, und ich würde gerne mehr lesen oder auch selbst mal zur Feder greifen wollen.« Sie blättert noch einmal durch ihre Zettel, um nachzusehen, ob sie etwas vergessen hat. »Tja, das wäre dann wohl mein Traum von einem erfüllten Leben.«

»Klingt nicht unmöglich«, sagt Eva freundlich. Sie ringt mit sich, die weiteren Fragen zu stellen. *Kannst du dir vorstellen, etwas davon umzusetzen? Hast du mit Basti schon einmal über deine Wünsche gesprochen?* Wenn sie Franka dazu bringt, ihre Ehe unter dem Licht ihrer Bedürfnisse zu analysieren, könnte herauskommen, dass ihre Ehe keineswegs am Ende ist.

Franka kommt ihr zuvor. »Ich befürchte nur, dass das mit meinem Mann nicht realisierbar ist. Er kann ein richtiger Sturkopf sein.«

»Inwiefern?«

»Beispielsweise würde er nie einen normalen Job annehmen. Er tut im Leben nur, was ihm Spaß macht, und das treibt mich in den Wahnsinn. Das Leben ist ja nicht nur Spaß und Sonnenschein.«

»Definitiv nicht.« Aktuell empfindet sie es eher als Dauerregen.

»Er weiß das theoretisch auch, aber … ach, er ist einfach so ein Chaot! Ich bin ein Mensch mit Struktur. Ich liebe klare Abläufe, rote Fäden, eindeutige Ansagen und brauche feste Routinen. Das war schon immer so.«

»Ja, das kann ich bestätigen.« In der Schule hat Franka nicht nur ihre Mitschülerinnen und Mitschüler, sondern auch die Lehrkräfte regelmäßig mit ihren ordentlichen Mappen und Notizen beeindruckt. Auf sie war immer Verlass. Um Punkt acht Uhr war sie im Klassenzimmer, lieferte ihre Leistung ab und schaffte es, auch in schwierigen Situationen einen kühlen Kopf zu bewahren. Eva hatte immer versucht, dieses Verhalten nachzuahmen, aber weder war ihre Schrift so ordentlich gewesen wie Frankas, noch hatte sie die Muße gehabt, stets die beste Leistung abzuliefern.

Manchmal wollte sie einfach nur dasitzen und nichts tun. Franka war das nie in den Sinn gekommen.

Ihre Freundin steckt die Blätter wieder in die Tasche und trinkt ihren Kaffee. »Basti ist einer, der Routinen langweilig und einengend findet, ganz besonders, wenn es sich um Regeln von Dritten handelt. Für ihn zählt der Moment, während ich lieber in die Zukunft schaue. Wie ich schon sagte: Als Freunde passen wir wirklich gut zueinander, weil wir uns ergänzen und gegenseitig zum Wachsen bringen. Aber als Liebespaar haben wir so unterschiedliche Vorstellungen von unserem Leben, dass es immer wieder Diskussionen gibt. Und Basti liebt Diskussionen. Meine Güte, ihm geht regelrecht einer ab, wenn er diskutieren kann!« Sie schüttelt verständnislos den Kopf. »Bei mir ist nach spätestens einer Stunde die Luft raus, aber er redet weiter und weiter … Ich hätte gerne mehr Übereinstimmung und weniger Kampf. Aber seit wir weniger miteinander reden, unternehmen wir eben auch nichts mehr. Sobald ich etwas vorschlage – sagen wir, einen Kinobesuch –, fängt eine neue Kontroverse an, und wir streiten so lange darüber, welchen Film wir sehen wollen, dass es zu spät ist, um überhaupt noch etwas zu machen. Früher sind wir mindestens zweimal im Jahr in den Süden geflogen und haben fantastische Urlaube gemacht, aber mittlerweile können wir uns auf nichts mehr einigen und versauern. Ich kann einfach nicht mehr. Ich bin ständig müde und liege nachts wach und habe in den letzten Monaten acht Kilo abgenommen, obwohl ich nichts verändert habe. Dieser ständige Stress macht mich fertig.«

Der Sebastian, den Franka beschreibt, ist Eva fremd. Sie kennen sich erst ein paar Tage, daher kann sie noch nicht viel dazu sagen, aber in Frankas Darlegung wirkt der immer fröhliche Tausendsassa geradezu wie ein störrisches Kind, das seinen Willen nicht bekommt. »Mal doof gefragt: Wusstet ihr vor eurer Hochzeit nicht, dass ihr so unterschiedliche Lebenseinstellungen habt?«, fragt sie vorsichtig.

Franka schüttelt bedrückt den Kopf. »Im Grunde haben wir in unseren Zwanzigern und Anfang der Dreißiger genau das Leben geführt, von dem Sebastian träumt: Wir sind durch die Welt gereist, waren feiern, haben viele Freundschaften geschlossen und haben auf der Überholspur des Lebens Vollgas gegeben. Mir kam gar nicht in den Sinn, dass Sebastian so würde weitermachen wollen, wenn wir älter werden, aber so war es. Ich habe das Gefühl, dass ich mich weiterentwickelt habe und erwachsen geworden bin, während er noch immer in seinem alten Leben steckt.«

»Geht ihr irgendwelchen Hobbys nach, bei denen sich jeder von euch verwirklichen kann?«

»Früher, ja. Ich für meinen Teil habe keine Zeit mehr für Hobbys, weil ich jeden Tag daran arbeite, unseren Lebensstandard zu erhalten, während Mister *Komm ich heut nicht, komm ich morgen* immer wieder Neues ausprobiert. Zuletzt war es so ein Power-Yoga, aber das hat ihm nicht gefallen. Er meinte, er sei zu ungelenkig.«

»Echt? Obwohl er selbst mal Turner war?«, rutscht es Eva heraus.

Franka sieht sie verwundert an. »Ja, genau, daran erinnerst du dich? Ich dachte, du hättest ihn vergessen.«

Brennende Scham erhitzt Evas Gesicht. Sie fühlt sich ertappt. »So richtig in Erinnerung habe ich ihn nicht«, lügt sie, »aber ich weiß noch, dass er geturnt hat.«

Das scheint Franka als Erklärung zu akzeptieren. Evas Puls rauscht in ihren Ohren.

»Jedenfalls«, fährt Franka fort, »ist er für viele Menschen sicherlich ein Held, weil er sehr empathisch ist, enthusiastisch und erfinderisch. Ich hingegen würde mir wünschen, öfter mal mit einem Erwachsenen verheiratet zu sein, der so dröge Sachen wie Rasenmähen einfach macht, ohne vorher stundenlang zu diskutieren, und der versteht, dass es Menschen gibt, die nicht ohne Plan in den Tag hinein leben wollen wie er.«

Eva kippt den letzten Schluck ihres Kaffees hinunter. Das Leben mit Sebastian klingt tatsächlich anstrengend, und auch sie möchte eine Beziehung auf Augenhöhe – wenn sie denn überhaupt eine Beziehung möchte. Zwar empfindet sie sich als weniger strukturiert im Vergleich zu Franka, aber auch sie möchte ein geregeltes Leben führen. Das soll mit Sebastian nicht möglich sein? Schnell vergräbt sie den Gedanken an eine Zukunft mit dem Mann ihrer ehemaligen Freundin unter einer großen Portion Selbstbeherrschung. »Mir ist klar, dass du keine weitere Lust auf Diskussionen hast, aber vielleicht solltet ihr doch einmal ein klärendes Gespräch darüber führen, was sich jeder von euch von eurem Leben und eurer Ehe wünscht, was er vermisst und was sich ändern könnte. Ohne Vorwürfe, einfach als sachlicher Austausch und unter der Prämisse, dass alle Aussagen valide sind.«

»Ich denke darüber nach.« Franka sieht auf ihre Smartwatch. »Denkst du, ich sollte ihm von Christoph erzählen?«

Eva schüttelt den Kopf. »Es ist deine Entscheidung. Ich fände es zu diesem Zeitpunkt kontraproduktiv. Du solltest dich auch nicht mehr mit ihm treffen, bis du Klarheit über deine Ehe hast.« Das sagt sich so leicht. Eva könnte sich nicht vorstellen, Sebastian nicht wiederzusehen.

»In Ordnung.« Franka steht auf. »Ich habe leider gleich einen neuen Termin. Tut mir leid, dass ich immer so im Stress bin.«

»Braucht es nicht. Achte aber auf dich, ja? Stress nützt weder deiner Gesundheit noch deiner Ehe oder dir selbst.«

Beide erheben sich und umarmen sich zum Abschied.

»Darf ich nächste Woche noch einmal wiederkommen?«, fragt Franka vorsichtig.

Bitte nicht, denkt Eva. Diese wohlüberlegten Sätze zu formulieren, immer auf der Hut, nichts zu sagen, was sie aus Frankas Sicht gar nicht wissen kann, ist nervenaufreibend. Aber Franka braucht sie als Freundin und wäre enttäuscht, wenn sie sie jetzt allein lässt, also stimmt sie zu. »Treffen wir uns in einer Woche wieder. Bis dahin schlage ich vor, dass ihr euch hinsetzt und miteinander in Ruhe sprecht. Und, noch ein Geheimtipp von mir: Schreib alles auf, was du an deinem Mann magst, liebst oder respektierst. Das schärft deinen Fokus.« Sie möchte sich in den Hintern treten für diesen Ratschlag, denn sie weiß, dass er Wunder wirken kann. Sollte es einen Restfunken von Liebe zwischen den beiden geben, kann das Feuer erneut entfacht werden. Sie ist den Tränen nahe bei dem Gefühl, Sebastian wieder in Frankas Arme zu lotsen.

Nachdem Eva die Tür hinter Franka geschlossen hat, seufzt sie und schämt sich für die Bitte an das Schicksal, dass es keinen solchen Funken gibt.

Kapitel 13

ÜBERRASCHUNG FÜR EMILIA

Donnerstag

In Emilias Augen glitzern ebenfalls Tränen, jedoch vor Wut. »Ich will nicht. Bitte, Mama!«

Eva rauft sich die Haare. Wenige Stunden nach ihrem Aufeinandertreffen mit Franka muss sie das nächste Problem lösen. »Emmi, wir hatten doch darüber gesprochen, dass du in den Ferien die erste Woche bei Papa bist.«

»Es ist sterbenslangweilig da. Papa weiß überhaupt nicht, was er mit mir machen soll. Wir machen immer nur, worauf er Lust hat. Als ob es mir Spaß machen würde, eine blöde Autoausstellung zu besuchen!«

»Was würdest du denn gerne mit ihm machen?«

»Nichts!«, ruft Emmi mit empörter Stimme. »Ich will einfach nur meine Freundinnen treffen, ins Kino gehen und zocken.«

»Das kannst du doch auch, wenn du bei Papa schläfst.« Sie breitet die Arme zur Versöhnung aus.

Emilia zögert einen Moment, geht dann aber einen Schritt auf ihre Mutter zu und lässt sich umarmen. Die beiden stehen vor dem Schulgebäude, in dem Emilia an ihrer Schach-AG teilgenommen hat. Jugendliche jeder Altersstufe gehen schwatzend vorbei, einer streift dabei sogar Evas Arm, als wolle er ihr signalisieren, dass sie im Weg stünden.

»Wie wäre es denn, wenn wir zu Papa fahren und einfach mal mit ihm und Melody sprechen?« Zwar gibt es ungefähr siebenhundert Dinge, die sie lieber täte, als mit ihrem Ex-Mann eine Unterhaltung darüber zu führen, dass er die Zeit mit seiner Tochter besser nutzen sollte, aber sie hält es nicht aus, Emilia leiden zu sehen.

Emilia zuckt die Achseln. »Weiß nicht.«

Eva gibt sich motivierter, als sie ist. »Komm, wir rufen an und fahren hin. Und ich glaube, ich habe noch eine Tüte Gummibärchen im Handschuhfach, die wir auf dem Weg als Mutmacher vertilgen können.« Sie zwingt sich zu lächeln und Emilia gibt nach.

Auf der Fahrt ruft Eva bei Andreas zu Hause an. Es fühlt sich noch immer falsch an, ihre eigene alte Nummer zu wählen und in einem anderen Leben zu landen, wenn abgenommen wird. Nach drei Freizeichen ist Melodys liebliche Stimme im ganzen Auto zu hören. »Ja?«

Evas Bauch macht einen unangenehmen Hüpfer wie bei einem Luftloch im Flugzeug. »Hey, hier ist Eva.«

»Eva! Wie schön, von dir zu hören! Wie war es bei Willi?«

»Ganz gut, danke.«

Emilia wirft ihr einen fragenden Blick zu, aber Eva winkt ab. »Sag mal, ist Andy da?« Sie setzt den Blinker und biegt auf eine Kreuzung ab. Vor ihr taucht eine Straßenbahn wie aus dem Nichts auf. Bei nächster Gelegenheit überholt sie langsam.

»Er kommt erst in einer halben Stunde, schätze ich. Warum?«

»Ach, es geht um die Herbstferien.«

»Weiß Emilia schon, was sie erwartet?«, fragt Melody aufgeregt.

Eva blickt fragend zur Seite, aber Emilia zuckt mit den Schultern und sieht genauso verwundert aus, wie sie sich fühlt. »Wir wissen nicht, wovon du sprichst.«

»Oh, das wird so toll!« Es klingt, als würde Melody in die Hände klatschen. »Kann Emilia mich hören? Seid ihr gerade unterwegs?«

»Ja, wir hören dich beide.«

»Klasse! Dann kommt doch her, und wir überbringen euch die frohe Kunde gemeinsam. Alles klar?«

»Ähm …« Eva biegt noch einmal ab und konzentriert sich auf den Verkehr. Ein todesmutiger Radfahrer überquert die Straße, und Eva bremst für ihn. »Alles klar«, sagt sie dann und legt auf.

Als sich die Lage vor ihnen entspannt, wird auch Eva etwas ruhiger. »Jetzt bin ich aber neugierig«, sagt sie in Emilias Richtung, aber Emilia hat sich ihre Kopfhörer aufgesetzt und ist in ihrer eigenen Welt.

Zum ersten Mal seit ihrem Auszug vor einem Jahr setzt Eva wieder einen Fuß in ihr altes Haus. Ihr Herz klopft aufgeregt gegen ihren Brustkorb, als würde es selbst herauskommen und sich umsehen wollen. Der Flur sieht aus wie immer, nur dass im deckenhohen Schuhschrank nicht ihre, sondern Melodys Pumps, High Heels und Stiefel stehen. Statt des alten Familienfotos hängt eine Kombination aus Bildern von Gräsern im Wind und dem Spruch »Be real. Be yourself. Be unique.« an der Wand. Eva hebt eine Augenbraue, sagt aber nichts.

Irgendetwas riecht fremd, und als Melody Eva freundschaftlich umarmt, merkt sie auch, was: Melodys Geruch hängt im Haus. Dies ist nicht mehr Evas Nest. Es hat nur wenige Wochen gedauert, bis Andreas sie durch Melody ersetzt hat, obwohl er ihr immer wieder versichert hat, dass sie unersetzlich wäre (nur, um anschließend darüber zu philosophieren, warum niemand außer ihm mit Eva zusammen sein will).

Emilia hat sich die Schuhe ausgezogen und ist bereits mit Melody im Wohnzimmer verschwunden. Wie ihre Tochter gesagt hat, ist die Couch noch dieselbe. Sie hatte sie durch Zufall in einem Möbelhaus entdeckt und sich gleich verliebt. Die Sitzfläche reicht locker für acht Personen, und trotz der riesigen Größe wirkt das Sofa nicht zu mächtig für den Raum. Melody hat allerdings den alten runden Teppich durch einen eckigen ausgetauscht, der so weich aussieht, dass man darauf schlafen möchte. Die Sessel sind farblich auf die extravaganten Kissen der Couch abgestimmt – ein Meisterwerk der Inneneinrichtung, das muss Eva zugeben. Die Wand wurde grau gestrichen, und ein monströses Schwarz-Weiß-Foto einer lasziv fotografierten Frau vor einem offenen Fenster ist der Fokuspunkt des Raumes.

Melody bemerkt Evas Blick zu dem Bild und lacht schüchtern. »Ach, der alte Schinken. Da war ich noch jung.« Sie lächelt entschuldigend.

»Das bist du?«, fragt Eva ungläubig. Jetzt erkennt sie es deutlich.

»Ja, vor ein paar Jahren. Ach, was sag ich, vor zig Jahren, als ich noch jung und knackig war.« Wieder entfährt ihr ein unsicheres Lachen, und Eva bemerkt mit Erstaunen, dass Melody nervös ist. Sie hat die Arme verschränkt, streicht immer wieder nicht vorhandene Strähnen hinter ihr Ohr und verlagert das Gewicht von einem Bein auf das andere.

Auch für Melody ist es das erste Mal, dass die Ex-Frau ihres Partners sieht, was aus dem Haus geworden ist, in das sie eingedrungen ist. Diese Perspektive wird Eva jetzt erst klar, und es stimmt sie etwas milder.

Der Schlüssel wird ins Haustürschloss geschoben, und mit einem leisen Klicken öffnet es sich. Andreas ist früh zurück.

Sofort wird Melody sicherer. »Hallo, Schatz! Wir haben

Besuch!«, flötet sie und geht auf ihn zu, um ihm einen Kuss zu geben.

Andreas ist imposant wie eh und je. Was hat sie nur jemals an ihm gefunden? Er zieht den Kopf ein, als er seinen massigen Körper ins Wohnzimmer bewegt. Mit einem Meter achtundneunzig überragt er die meisten seiner Mitmenschen (was er mehr als gerechtfertigt findet), und da er so viel wie ein Löwe wiegt, verhält er sich auch ebenso. Die Haare hat er so kurz geschnitten, dass man sie kaum noch sehen kann. Zu gern wüsste sie, ob er bereits grau ist – etwas, das er nie werden wollte, weil Alter für ihn eine Schwäche ist. Die Ringe unter seinen Augen sind dunkler als sonst und lassen ihn umso bedrohlicher wirken. Nur mit Mühe kann sie sich in Erinnerung rufen, wie Andreas Emilia zum ersten Mal als Säugling im Arm gehalten hat. Das kleine, hilflose Bündel mit Haut, die eine Nummer zu groß schien und überall Falten geworfen hat, in den Armen dieses Bären.

Sie hat ihn entsetzlich geliebt.

Ihre Mutter war zuerst schockiert gewesen von Evas Männerwahl, aber Andy hat sich ihr immer nur von seiner besten Seite präsentiert. Spätestens seit sie gesehen hat, wie Andreas Emilia gewickelt hat, hatte Margret Kohlmann ihr Herz an ihren Schwiegersohn verloren. *So ein fürsorglicher Vater.* Ha, ha.

»Eva«, sagt Andreas mürrisch. »Was willst du denn hier? Endlich deine Schulden bezahlen?« Tausendmal hat sie ihm gesagt, dass er vor Emilia nicht darüber sprechen soll.

»Wir wollen über die Herbstferien sprechen«, antwortet sie in geschäftlichem Tonfall. »Und über Emmis Geburtstag.«

Andreas' Augen hellen sich auf. »Wisst ihr es schon? Schatz, hast du was verraten?« Er dreht sich zu Melody um, die den Kopf schüttelt. Zufrieden grinsend, als bekäme er höchstpersönlich von Gott und dem Weihnachtsmann ein Geschenk überreicht, wendet er sich an Emilia. »Dein Vater hat etwas ganz Großartiges organisiert.« Er wartet ein paar Sekunden. »Wir fahren mit dir in den Urlaub!«

Emilia zieht skeptisch die Augenbrauen zusammen. Sie sitzt im Schneidersitz auf dem großen Sofa und war bis jetzt in ihr Handy vertieft. Neugierig setzt sie sich auf. »Was für ein Urlaub?«

»Wir … fahren … naaaach …« Er hält ein paar Sekunden die Luft an. »Disneyworld!«

Emilias Mund klappt auf, dann kreischt sie vor Freude. »Was?! Oh, wow!« Aufgeregt springt sie vom Sofa und fällt ihrem Vater um den Hals.

Evas Magen grummelt. Kann Andreas ihre Tochter einfach mitnehmen, wohin es ihm gefällt? »Ihr fahrt nach Frankreich?«, hakt sie nach.

»Disneyworld in Orlando, Florida«, korrigiert Andreas. »Das ist in den USA.«

»Ich weiß, wo Florida liegt«, gibt Eva bissig zurück. »Kann ich dich kurz sprechen? Alleine?«

Mürrisch wirft Andreas seiner Freundin einen genervten Blick zu und wendet sich dann an Emilia. »Das wird großartig. Melody kann dir ein paar Flyer zeigen.«

»Oder wir schauen ins Internet«, schlägt Emilia vor und läuft zurück zu ihrem Handy. Während sich Melody zu ihrer Stieftochter in spe setzt, führt Andreas seine Ex-Frau in die neue Küche. Die alten Fronten im Landhausstil, zu denen Eva ihn überredet hatte, sind verschwunden und durch glänzende und schlichte weiße Schranktüren ersetzt worden. Statt der Essecke mit Blümchentischdecke steht nun ein Tresen mit vier Barhockern an der Wand. Hier wohnt keine Familie mehr, sondern ein Paar.

»Musst du dich schon wieder aufspielen?«, fragt Andreas mit kaum unterdrücktem Groll.

Eva verschränkt die Arme und macht sich so groß, wie es ihre eins siebzig zulassen. »Findest du nicht, dass du mit mir absprechen solltest, ob eine solche Reise in Ordnung ist?«

»Ich brauche deine Erlaubnis nicht. Sie ist auch meine Tochter, und wir haben beide das Sorgerecht. *Noch.*«

»Noch?« Eva kneift die Augenbrauen zusammen.

Ihr Ex grinst selbstgefällig. »Wenn ich höre, wie oft Emilia erzählt, dass du dir eine Flasche Wein nach der anderen gönnst, habe ich so meine Zweifel daran, ob du wirklich eine gute Mutter bist. Es gibt ja viele rücksichtslose Menschen, aber du schießt den Vogel ab. Und dann die ganzen Schulden! Apropos, kann es sein, dass die letzten zwei, drei Raten ausgeblieben sind?«

Evas Kopf wird so heiß wie bei einem Inhalationsbad. »Du kriegst dein Geld«, knurrt sie. Obwohl ihr Verstand weiß, dass Andreas sie mit seinen Worten verletzen will und sie sich immer wieder vornimmt, sich nicht treffen zu lassen, tun seine Worte ihr weh.

Er gluckst. »Ja, das stimmt. Wie viel ist es jetzt noch? So um die fünfzehntausend?«

Sie sagt ihm nicht, dass es noch achtzehntausend sind.

»Ich hole mir mein Geld, Eva, darauf kannst du Gift nehmen. Auf die eine oder andere Weise. Und mit mir solltest du es dir lieber nicht verscherzen. Ich bin doch im Grunde der einzige Mensch, den du noch hast, seit deine geliebte Manuela weg ist.«

Sie kämpft gegen die Tränen an. Dass die Verbindung zu Manuela fast abgerissen ist, macht sie traurig. »Ich gebe dir jeden Euro, den ich verdiene«, sagt sie und hört, wie resigniert es klingt. »Reicht das nicht?«

Sein Grinsen wird noch eine Spur breiter. »Nein. Nein, das reicht nicht.« Mit funkelnden Augen fixiert er sie wie eine Schlange ein Kaninchen. »Du hättest diese dämliche Umschulung einfach nicht machen sollen. Du hattest es doch gut. Andere Frauen haben dich um dein Leben beneidet, aber du konntest mal wieder nicht genug kriegen, nicht wahr? Gierig wie immer und zu blöd, um zu arbeiten. Ich weiß, dass deine komische Praxis nicht läuft. Die Leute reden schon.«

Die Umschulung zur Therapeutin war ein Traum, den Andreas ihr noch vor der Trennung ermöglicht hat. Wie hätte sie ahnen können, dass sie ihn nach dieser Ausbildung verlassen würde? Es hätte ihr klar sein müssen, dass sich jemand wie Andreas nicht verlassen lässt. Er hat sie weiterhin in der Hand.

»Du kannst nicht einfach eine Reise in die USA buchen, ohne mit mir zu sprechen«, sagt sie nun, um das Thema zu wechseln. »Was wäre, wenn wir auch einen Urlaub geplant hätten?«

»Erstens ist das bei eurer finanziellen Lage äußerst unwahrscheinlich, und zweitens hätte Emilia mir sicher davon erzählt. Sie sagte, sie hätte in den Ferien nichts vor. Und soweit ich weiß, sollte sie während der ersten Woche doch eh bei mir sein.«

Sie lässt sich nicht anmerken, dass sie innerlich zu brodeln beginnt. »Und was ist mit einem Visum?«

»Alles geklärt. Sie hat eine Einreisegenehmigung. Im Gegensatz zu dir bin ich nicht völlig verblödet.« Er schnaubt. »Hast du mir nicht gesagt, dass wir Emilia mehr in unser Leben einbinden sollen? Ich höre noch immer deine unerträgliche Stimme: *Zeig Emilia deine Liebe doch mal, interessiere dich für sie, mach etwas mit ihr, das auch ihr Spaß macht, nicht nur dir.* Da planen wir mal etwas, das ihr ihr Leben lang in

Erinnerung bleiben wird, und es ist wieder falsch.« Seine amüsierte Stimmung ist verflogen. Mehrere Male beißt er die Kiefer aufeinander und ballt die Fäuste.

»Okay, vielleicht habe ich überreagiert«, räumt Eva ein. Ihn kurz vor einem Wutausbruch zu sehen, macht ihr Angst. »Ihr habt mich überrumpelt. Wann soll die Reise losgehen?«

»Wir fliegen morgen Abend los und kommen Samstag in einer Woche zurück.«

»Und wann wolltest du mir das sagen?«

»Heute.«

»Reichlich kurzfristig.«

»Weißt du was?«, schnauzt er und beugt sich bedrohlich über sie. »Mach es doch besser. Los! Verdien endlich Geld mit deinem Psychokram und gönn deiner Tochter mal einen Urlaub von der mickrigen Wohnung im elften Stock und von eurem beschränkten Leben! Wir können auch ohne sie fahren, wenn dir das lieber ist.«

Plötzlich steht Emilia im Türrahmen. »Hört bitte auf zu streiten.« Sie klingt wie ihr achtjähriges Selbst an jenem Abend vor sieben Jahren, als Eva und Andreas einen der schlimmsten Kämpfe ihrer Ehe ausgefochten haben.

Sofort zittert Evas Herz. »Entschuldige, Schatz«, sagt sie mit sanfter Stimme. Sie nimmt all ihre Kraft zusammen, um den angriffslustigen Ton in ihrer Stimme zu kontrollieren, als sie sich wieder an ihren Ex wendet. Es kostet sie alle Kraft, die noch in ihr steckt. »Ich wollte mit dir noch über Emmis Geburtstag sprechen. Wir hatten die Idee, dass wir direkt am Samstag bei uns Kaffeeklatsch mit den Verwandten machen und sie vielleicht den Samstag darauf bei dir mit ihren Freunden feiern kann.«

Emilia faltet die Hände wie zum Gebet vor ihrer Brust. »Bitte, Papa.«

Seine Miene hellt sich auf. »Gar kein Problem! Das ist dann in drei Wochen?«

»Kaffee und Kuchen in zwei Wochen und eure Feier eine Woche später«, wiederholt Eva.

Andreas macht sich gar nicht erst die Mühe, darauf einzugehen. »Emmi-Maus, sprich doch mal mit Melody drüber, die ist eine absolute Koryphäe, was Partys betrifft. Das wird der beste Geburtstag, den die Welt je gesehen hat.«

»Aber nicht so lange«, wirft Eva ein, als Emilia freudestrahlend den Raum verlassen will. »Ihr fahrt schon morgen los, das heißt, wir sollten schleunigst nach Hause und deine Koffer packen.«

»Okay.« Emilia grinst, als seien bereits jetzt alle ihre Lebenswünsche erfüllt worden. Aufgeregt hüpft sie ins Wohnzimmer. Eva ist enttäuscht. Sie hätte sich gewünscht, dass sie ihrem Vater sagt, wie sehr er sie am letzten Wochenende verletzt hat. Aber welcher Teenager kann schon sauer auf jemanden sein, der ihm eine Woche Disneyworld ermöglicht?

Als Andreas an ihr vorbei ins Wohnzimmer gehen will, hält Eva ihn am Ärmel zurück. »Noch eine Sache.«

Er seufzt und reißt sich los. »Wag es nicht, mich anzufassen. Ich will gar nicht wissen, was du mit deinen Händen alles anstellst, damit du deine Miete bezahlen kannst.«

Sie presst die Zähne aufeinander. »Hör auf, so mit mir zu reden.«

Er lächelt. »Wie denn? Ich bin immer nett und freundlich.«

In seiner Gegenwart ist ihr Gehirn wie blockiert. Ihr fehlen die Worte, als würde er sie aus ihr heraussaugen.

»Hattest du in letzter Zeit mit Wolfgang Kontakt?« Beinahe hätte sie »Onkel Wolfgang« gesagt, kann sich aber rechtzeitig bremsen. In ihrer Situation will sie nicht unreifer wirken, als sie sich ohnehin vorkommt. Wer hätte gedacht, dass man sich in der Mitte des Lebens so häufig noch dermaßen unfähig fühlen würde?

»Wir treffen uns ab und zu beim Rum-Tasting. Wieso? Machst du ihm Probleme?«

Es wundert sie, dass er nichts davon weiß. Wie ein Schulmädchen, das seinem Vater eine schlechte Note mitteilt, heftet sie den Blick auf den Boden und traut sich nicht, in sein grimmiges Gesicht zu schauen. »Es geht um die Miete für die Praxis.«

Andreas lacht auf. »Nicht schon wieder! Wenn du dir die Praxis nicht leisten kannst, dann verkauf den ganzen Mist und stell einen Antrag auf Hartz IV. Emilia kann auch zu mir ziehen, dann kannst du eine kleinere Wohnung haben und erst mal dein Leben auf die Reihe kriegen. Melody würde einen Luftsprung machen. Sie liebt Kinder über alles und bereut zutiefst, dass sie keine eigenen hat.«

Der Vorschlag verdoppelt Evas Herzschlag. »Wag es ja nicht, mir Emmi wegzunehmen.« Sie funkelt ihn an. »Ich dachte, vielleicht kannst du ihm sagen, dass er nachsichtiger sein soll.«

Andreas zieht beide Augenbrauen hoch. »Ist er mein Onkel oder deiner? Was gehen mich deine Probleme an?«

Eva unterdrückt das beklemmende Gefühl von Ohnmacht. »Ich dachte einfach, dass du mal mit ihm reden könntest. Weil du doch so furchtbar nett bist, wie alle Welt weiß.«

Höhnisch verschränkt ihr Ex-Mann die Arme vor der Brust und legt den Kopf schief. »So, so, du dachtest also, dass ich das ja mal für dich tun könnte? Denken war noch nie deine Stärke. Ich habe gleich gewusst, dass das mit der Praxis eine idiotische Idee war. Wenn ich gewusst hätte, dass du mich zum Dank verlässt und meinen Namen in den Dreck ziehst, hätte ich von vornherein den Geldhahn zugedreht. Komm alleine klar, Eva. Von mir bekommst du nichts mehr. Und mein Geld will ich sofort, inklusive der fehlenden Raten.« Überlegen grinsend dreht er sich von ihr weg. Bevor er den Raum verlässt, wirft er ihr einen letzten Satz vor die Füße wie Futterkörner bei hungrigen Hühnern. »Mein Rat ist: Wirf hin. Du bist nicht klug genug, um eine eigene Praxis aufzubauen. Weder hast du den Mumm, den du als Geschäftsführerin brauchst, noch das Wissen, wie man Geld verdient. Lass es lieber.« Er geht kopfschüttelnd und lässt sie zurück wie eine ausgediente Unterhose.

Eva schießen Tränen in die Augen, die sie schnell mit dem Handrücken abwischt. Das Gefühl von Unzulänglichkeit, das ohnehin einen großen Teil ihres Bewusstseins einnimmt, verstärkt sich. Wie klebriger Teer verengt es ihre Atemwege. Eine Umarmung von Sebastian würde sie jetzt trösten. Wahrscheinlich hat Andreas recht. Sie war sich von Anfang an nicht sicher gewesen, wie sie es schaffen sollte, regelmäßig neue Kundschaft anzuwerben, und ihr Misserfolg bezeugt die Wahrheit in seinen Worten. »Emmi!«, ruft sie mit brüchiger Stimme. »Wir gehen jetzt!« Sie atmet tief ein und aus.

»Gleich!«, hört sie ihre Tochter antworten.

»Nein, *jetzt!*« Ihre Stimme ist so dünn, dass sie kaum bis zum Wohnzimmer dringt. Sie geht zur Haustür und legt eine Hand auf die Klinke, die sie schon tausendfach heruntergedrückt hat: um Pakete anzunehmen, um zur Arbeit zu gehen, um Freundinnen zu empfangen.

Endlich kommt Emilia in Begleitung von Melody zu ihr. Sie strahlt. »Melody hat vorgeschlagen, dass wir eine Mottoparty machen«, sagt sie euphorisch. »Auf dem Flug wollen wir alles ganz genau besprechen.«

»Schön.« Es klingt schwach, aber Eva kann keine Anteilnahme mehr vorspielen. »Können wir jetzt gehen?« Sie öffnet die Tür und tritt hinaus.

Emilia nickt schnell, als sie in Evas Gesicht sieht.

»Hoffentlich könnt ihr nächstes Mal länger bleiben«, flötet Melody freundlich. Ihr scheinen die tränengefüllten Augen nicht aufzufallen, oder sie ignoriert sie gekonnt. Sie bleibt auf der Türschwelle stehen.

»Au ja«, sagt ihre Tochter, die Verräterin.

Der Gedanke tut ihr sofort leid. Eva flieht nach draußen, um sich Melodys Umarmung nicht noch einmal anzutun. Emmi bleibt nicht verschont. Beide winken sich zu, bevor sie in den alten Toyota steigen und davonbrausen.

»Musste das sein?«, fragt Emilia.

»Was denn?«

»Das Theater. Warum freust du dich nicht für mich?«

»Ich freue mich für dich, aber …« Eva überlegt, was sie sagen kann, um ihre Gefühlslage auszudrücken. »Ich wäre einfach gern früher über diese Reise informiert worden.«

Emilia schmollt. »Ich glaube eher, du willst nicht, dass ich es bei Papa gut habe.«

Der Dolch verfehlt sein Ziel nicht. Evas Herz hat einen Riss.

Kapitel 14

SCHON WIEDER ROM

Freitag

Bis vor wenigen Tagen hat Sebastian gedacht, dass er sich gut einschätzen kann. Dass er weiß, wohin sich sein Leben entwickeln wird und was er machen will. Er hatte einen Plan.

Seit Montag ist alles anders.

Sebastian steht im Wohnzimmer und blickt in den Garten hinaus. Der Abend hat sich bereits über die Beete und Büsche gelegt, und der Mond taucht die Terrasse in ein gespenstisches Silberlicht. Er spiegelt sich in der Glasscheibe. Ein Mann im besten Alter schaut ihn an. Er hat die Männer stets verlacht, die sich Affären suchten, wenn sie die Mitte des Lebens erreicht oder überschritten haben. Eine Midlife-Crisis ist für ihn ein Klischee, das er nicht bedienen will. Überhaupt geht ihm diese ganze Unehrlichkeit gegen alle Prinzipien. Sebastian Schneider ist ein ehrlicher, dankbarer und dynamischer Mensch und niemand, der sich von einer kleinen Liebelei aus der Bahn werfen lässt. Er sollte seinen Plan verfolgen und sich nicht ablenken lassen.

Er kennt Eva kaum. Als Schülerin hatte er sie nicht auf dem Radar – zu schüchtern, zu unscheinbar für einen Angeber wie ihn. Auch das gehört zur Ehrlichkeit: sich einzugestehen, wie man in der Vergangenheit gehandelt hat.

Schmerzlich muss er zugeben, dass er in den letzten zwanzig Jahren nicht der Ehemann war, den Franka verdient hätte.

Mehr noch: Er ist sich nicht sicher, ob er der sein kann, den sie sich wünscht.

»Und du?«, fragt er das Spiegelbild. *Was für eine Frau verdienst du?*

»Hast du was gesagt?«, hört er Franka aus der Küche rufen. Den ganzen Abend sitzt sie bereits am Küchentisch und erledigt den Papierkram der letzten Woche.

»Nein«, gibt er zurück. Das Spiegelbild starrt ihn an, als hätte es die Frage nicht verstanden. Sein Kopf brummt.

Wie konnte er nur zulassen, dass sein hormongetriebener Körper sich in das verfluchte Auto setzt und zu dieser Frau fährt? Vor der Sache im Fahrstuhl hätte er die Handbremse noch anziehen können.

Jetzt ist es zu spät. Sie hat ihn an sich gekettet.

Sein Spiegelbild fragt ihn stumm, wie er sich an Frankas Stelle fühlen würde. Würde er die Wahrheit wissen wollen? Oder wäre er dankbar, wenn er von selbst die Entscheidung träfe, die Scheidung vorzuschlagen, ohne von dem Vertrauensmissbrauch zu erfahren?

Er hatte sich geschworen, in einer Beziehung immer ehrlich zu sein. »Und nun sieh dir an, was aus dir geworden ist.«

Von außen betrachtet, sieht es immer so leicht aus. Sein Freund Hendrik hat es vorgemacht: Er hat sich in einen anderen verliebt, die Reißleine gezogen und seinem Freund die Affäre gebeichtet, woraufhin sich die zwei getrennt haben und er frei für die neue Liebe war. Ein einfacher, sauberer Schnitt mit schnell verheilender Wunde.

Aber bei ihm liegen die Dinge anders.

»Ich kann nicht«, flüstert er dem Fensterglas zu. »Ich kann das nicht.« Er braucht Zeit, um über alles nachzudenken.

Mit langsamen Schritten geht er in die Küche. Franka hat das Gesicht in die Hände gestützt und brütet über einer

Rechnung. Sie hebt den Kopf. Ihre Augen sind gerötet. Sie ist übermüdet und sieht erschöpft aus.

»Hey«, sagt Sebastian. »Kann ich helfen?« Er hasst diesen Papierkram, aber Frankas augenscheinliche Überforderung trifft ihn.

»Ich glaube nicht«, antwortet sie matt. »Vielleicht gehe ich lieber schlafen und mache morgen weiter.« Ihr Handy leuchtet auf. Aus der Entfernung sieht es nach einer Nachricht aus, aber Franka dreht das Handy blitzschnell um.

»Wie wäre es, wenn wir irgendwo Urlaub machen?«, fragt Sebastian. »Du siehst aus, als bräuchtest du Erholung.«

Sie lächelt. »Das wäre zwar schön, aber ich befürchte, wir würden uns nie auf ein Ziel einigen und die Chance wäre vertan, ehe wir losgefahren sind.«

»Seit wann bist du so pessimistisch?«

Sie zuckt kaum merklich die Schultern. »Schon länger. Ich kann einfach nicht mehr streiten.«

»Wir streiten nicht, okay? Wohin willst du fahren?«

Sie sieht ihn skeptisch an. »Ernsthaft?«

Er nickt.

»Nun gut. Wenn ich könnte, würde ich nach Italien wollen.«

Er rollt mit den Augen, ehe er es verhindern kann. »Da waren wir doch schon so oft.«

»Siehst du!« Frankas Lebensgeister erwachen. »Du diskutierst wieder!«

»Ich sage nur, dass es noch sehr viel mehr zu sehen gibt als zum fünften Mal das Kolosseum.«

»Vielleicht wollte ich ja nicht nach Rom, sondern nach … was weiß ich! Sizilien!«

»Zu den Mafiosi?«

»Nach Venedig.«

»In eine stinkende und überfüllte Touristenmetropole.«

»Verona.«

»Wir sind doch nicht Romeo und Julia.«

»Basti! Merkst du nicht einmal mehr, wie du jeden Satz, den ich sage, kaputt machst?« Sie steht auf, packt die Papiere auf dem Küchentisch zusammen und legt den Stapel in einen Korb. »Weißt du was? Es wäre erholsamer, wenn ich alleine fahre.«

Bis vor Kurzem hätte ihn dieser Satz in seinem Stolz verletzt. Mittlerweile sieht er ein, dass es die Wahrheit ist. »Dann mach das doch.«

Franka blickt ihn ausdruckslos an. »So weit ist es also mit uns gekommen.«

Er erwidert ihren Blick und verkneift sich eine gehässige Bemerkung, die ihm auf der Zunge liegt. Schuldzuweisungen formen sich in seinem Mund und wollen wie Gewehrkugeln abgefeuert werden, aber dieses Mal hält er sich zurück. Er will nicht noch mehr Schaden anrichten. »Ich denke, dass du dich momentan besser entspannst, wenn wir etwas Abstand haben.«

Sieh es als Übung für die Zukunft, denkt er bei sich, und der Schmerz eines unbarmherzigen Abschieds füllt ihn aus.

Obwohl er keinen Einblick in Frankas Kopf hat, kommt es ihm so vor, als würde sie das Gleiche denken. Schließlich nickt sie. »Etwas Erholung wäre wunderbar.«

Ein passendes Hotel ist am selben Abend gefunden, und Franka bucht einen Flug für den nächsten Tag.

Natürlich wieder Rom.

Kapitel 15

ZEHN TAGE

Samstag

Sebastian hat alle Kommentare über die Ewige Stadt heruntergeschluckt, ehe sie sich zu Worten formen konnten. Franka hat ihren Koffer gepackt, mit dem sie bereits auf Weltreise waren. Sebastian beobachtet sie dabei müde. Die halbe Nacht war er wieder wach und hat an der Webseite für die Band gearbeitet. Er sieht Franka doppelt und reibt sich die Augen. Inzwischen hat er sich daran und an die ständige Müdigkeit gewöhnt.

»Du siehst auch nicht gerade erholt aus«, meint Franka. »Schlaf dich doch mal richtig aus.«

Er nickt, obwohl er bezweifelt, dass es helfen wird. Das Leben macht ihn kraftlos. »Gute Idee, das mache ich.«

Einem inneren Drängen nachgebend, gibt er ihr einen sanften Kuss, als sie im Türrahmen steht und im Begriff ist, ihn für zehn Tage zu verlassen. Seit Wochen hat er ihre Lippen nicht mehr gespürt. Sie sind dünner als Evas und irgendwie … schlaff. Der Ausdruck passt zu ihrer ganzen Erscheinung. Alles an ihr wirkt entkräftet. Sie ist blass, hat Ringe unter den Augen, ist zu dünn, und ihre ebenfalls schlaflosen Nächte zeichnen ihr Gesicht.

»Hast du Fieber?«, fragt Franka. »Du glühst.«

»Glaub nicht. Genieß die Ruhe«, antwortet er, begleitet seine Frau zur Straße und hilft ihr, den Koffer zu verstauen. Sie setzt sich in den Wagen und startet den Motor.

»Warte«, sagt Sebastian und durchsucht seine Hosentaschen. »Wo ist mein Schlüssel?« Er blickt in Richtung der geschlossenen Haustür, aber auch dort hängt keiner im Schloss.

Franka lässt das Fenster herunter. »Was ist?«

»Mein Schlüssel ist weg. Dabei bin ich mir sicher, dass ich ihn eben eingesteckt habe.«

Seine Frau stöhnt auf. »Das ist wieder mal so typisch für dich.« Wütend schaltet sie den Wagen aus, schnallt sich ab und reißt die Tür auf. Sie springt aus dem Fahrzeug und schließt ihm die Haustür auf. »Guck doch mal zwischen den Bananen nach«, sagt sie in ungewohnt gehässigem Ton.

Sebastian wird noch eine Spur heißer. Erst vor ein paar Tagen hat er eine halbe Stunde lang nach seinem Handy gefahndet und es im Obstkorb gefunden. Er hält Ausschau nach seinem Schlüsselbund, findet dann aber nur einen Ersatz. Franka hat sich bereits umgedreht und ist erneut auf dem Weg zu ihrem Tesla.

»Hab ihn!«, lügt Sebastian und wedelt mit dem Schlüssel in der Luft. Sie muss sich nicht mehr aufregen als notwendig. Er geht ihr bis zum Bürgersteig nach.

Franka startet den Motor. Sie winkt ihm halbherzig durch die Scheibe zu und lässt den Wagen davonrollen.

Sebastian bleibt auf dem Gehweg stehen. Etwas unschlüssig sieht er sich um. Das Haus, in das sie erst vor zwei Jahren eingezogen sind, starrt ihn auffordernd an. Zehn Tage lang kann er leben, wie er will. Er braucht nur seine eigene Wäsche zu waschen, kann essen, was er möchte, und muss sich mit niemandem absprechen. Vielleicht wäre sogar eine letzte Motorradtour drin, bevor er die Maschine winterfit macht.

Da kommt ihm eine Idee. Er nimmt sein neues Handy hervor.

Keine neue Nachricht von Eva. Die letzte ist drei Stunden alt. Bisher hat er ihr noch nicht gesagt, dass Franka in den Urlaub fährt, weil er es erst offenbaren wollte, wenn alles in trockenen Tüchern ist.

Jetzt schreibt er ihr.

Ich habe Neuigkeiten: Franka ist gerade nach Italien gefahren, um in Ruhe nachzudenken. Ich habe zehn Tage vollkommene Freiheit für uns beide. Was hältst du davon, mit mir einen Kurzurlaub zu machen? Ich vermisse deine Küsse.

Er wartet, bis die Nachricht zwei graue Häkchen anzeigt, die signalisieren, dass sie bei Eva angekommen ist. Anschließend geht er in das vorwurfsvoll dreinblickende Haus und recherchiert im Internet nach Last-Minute-Angeboten. Von diesen zehn Tagen will er jeden ausnutzen.

Kapitel 16

ZEIT FÜR MUT

Samstag

Wann kommt endlich die erlösende Nachricht? Eva sieht zum wiederholten Mal auf ihr Handy. Emilia müsste schon lange in Florida gelandet sein und ihr Hotel in Disneyland bezogen haben. Hat sie vergessen, dass ihre arme Mutter sich Sorgen macht? Hundertmal hat sie ihr gesagt, dass sie notfalls Melodys Handy nehmen soll, wenn ihr Vater sich querstellt. Nur mit Mühe unterdrückt sie den Impuls, im Internet zu recherchieren, ob in den letzten vierundzwanzig Stunden ein Flugzeug abgestürzt ist. Sie ruft noch einmal auf Andreas' Handy an, aber wieder geht nur die Mailbox ran.

Dann vibriert ihr Handy in ihrer Hand. Es ist Sebastian. Eine andere Art der Aufregung verdrängt die Nervosität.

Er will mit ihr wegfahren. Ein Kurztrip mit dem Mann, der seit Tagen ihre Gedanken bestimmt – wie könnte sie da Nein sagen?

Ruhelos tigert sie durch die leere Wohnung und überlegt, ob sie gleich die Koffer packen soll, um sich abzulenken, oder ob sie ihn lieber anruft. Wohin soll es überhaupt gehen? Auf was für ein Wetter sollte sie sich einstellen? Sollte sie etwas zu essen mitnehmen?

Plötzlich trifft sie eine Erkenntnis, und sie bleibt ruckartig stehen.

Lädt er sie zu diesem Trip ein, oder soll sie ihren Anteil selbst beisteuern?

Die Familienkasse ist leer, das restliche Geld reicht gerade noch so, um Essen für sich zu kaufen und zu tanken. Ein Urlaub ist für sie nicht drin. Andererseits scheint er nicht unbedingt über viel eigenes Geld zu verfügen, und diese Reise von einem gemeinsamen Konto zu bezahlen, käme einem Geständnis gleich. Wie hat er sich das also gedacht?

Sofort bricht ihre Vorfreude auseinander wie ein Jenga-Turm. Sie kann sich unmöglich einladen lassen und von Frankas hart verdientem Geld eine Liebesreise mit deren Ehemann unternehmen. Ein fieser Teil in ihr hofft, dass Franka sich zum Nachdenken nach Italien Christoph mitgenommen hat. Das würde ihr schlechtes Gewissen etwas erleichtern. Mehr hat sie aber nicht beizutragen. Dort, wo eben noch Aufregung und Freude um die Wette getanzt haben, verschwindet nun alles in einem schwarzen Loch. So ein Trip ist eine wunderschöne Idee, aber unmöglich. Sie tippt auf Sebastians Namen und wartet, dass der Anruf aufgebaut ist.

»Hey«, ertönt es am anderen Ende, und die Welt ist wieder ein Stück heller geworden.

»Hi. Ist Franka schon weg?«

»Gerade gefahren.«

Das erleichtert sie mehr, als es sollte. »Ich warte noch immer darauf, dass Emilia sich meldet.«

»Sie ist also vermutlich angekommen?«

»Theoretisch ja, aber ihr Handy ist kaputt, und ich vermute, dass ihr Vater ihr nicht erlaubt, sein Handy zu benutzen.«

»Ach, bestimmt ist sie einfach viel zu abgelenkt. So wie ich von dir.«

Sie kichert. »Du ... die Idee mit dem Kurzurlaub klingt wirklich wunderbar, aber ... ich bin ganz ehrlich: Ich kann mir so etwas gerade nicht leisten.«

»Oh«, sagt er und schweigt einen Moment. »Okay, verstehe … dann … warte kurz.«

Sie hört ihn umherlaufen und tippen. Wie ein riesiger Schatten türmt sich das beklemmende Gefühl des Versagens hinter ihrem Rücken auf. Nach etwa einer Minute meldet er sich wieder zu Wort. »Theoretisch hast du aber Zeit? Oder kannst du deine Praxis nicht unbeaufsichtigt lassen?«

Sie überlegt. Heute und morgen ist Wochenende, da hat sie ohnehin nichts vor. Die Termine mit der Kundschaft für die nächste Woche könnte Markus verschieben. »Ein paar Tage gehen vielleicht. Allerhöchstens eine Woche.«

»Gut. Bist du bereit für ein Abenteuer?«

Sie zögert. Nein, eigentlich fühlt sie sich ganz und gar nicht bereit für Abenteuer oder dafür, ihre Komfortzone zu verlassen. Auf der anderen Seite tut sie seit Jahren nur das, was ihre Mitmenschen glücklich macht. Sie predigt ihren Kundinnen immer wieder, wie wichtig es sei, die eigenen Wünsche zu kennen und sich nicht ein Leben lang für andere zu verbiegen, dabei tut sie selbst genau das. Wann war sie zuletzt mutig genug, etwas Neues zu wagen? Ihr fällt nur die Gründung der Praxis ein, und der Schuss ist nach hinten losgegangen. »Bereit nicht, aber lass es uns trotzdem wagen«, gibt sie zur Antwort. Eine sanfte Pflanze des Stolzes schlägt ihre Wurzeln in den Nährboden ihres Selbstvertrauens.

»Vertrau mir. Pack eine Reisetasche mit warmen Klamotten für eine Woche. Hast du eigentlich einen Motorradhelm?«

Ein letztes Mal kontrolliert Eva, ob das Wasser abgestellt ist, alle stromfressenden Geräte ausgeschaltet und die Fenster geschlossen sind. Emilias Teller hat sie mit der Hand gespült und abgetrocknet. Als sie sicher ist, dass die Wohnung ohne ihr waches Auge auskommt, schließt sie die Tür zweimal ab und fährt mit dem Fahrstuhl ins Erdgeschoss.

Sie wird nie wieder diese Strecke hinter sich bringen können, ohne an jenen Montag zu denken, der nicht nur ihr Herz, sondern ihre ganze Existenz hat explodieren lassen. Gedankenverloren lässt sie ihre Finger über den silberfarbenen Handlauf streichen.

Vor dem Gebäude wartet sie mit ihrer Reisetasche ein paar Minuten. Dann braust ein Motorrad heran, und darauf, in Lederjacke und Goretex-Hose, sitzt Sebastian. Evas Herz hüpft aufgeregt. Er stellt den Motor ab und zieht sich den Helm vom Kopf. Seine Haare sind platt gedrückt und verwuschelt, was den verwegenen Ausdruck verstärkt, der sie so anspricht.

»Hallo, schöne Frau! Sie suchen eine Reisebegleitung?«

Eva strahlt und versucht, ihre Nervosität vor dem ungewohnten Fahrzeug zu verbergen. »Das wäre wunderbar.«

Sebastian steigt ab und geht auf sie zu. Wie gerne würde sie ihm um den Hals fallen und endlich wieder seine Lippen spüren, aber das Risiko, von Nachbarn gesehen zu werden, ist zu groß. »Wie stellst du dir das alles vor?«, fragt sie, um einem Kuss zuvorzukommen.

»Ich gebe dir einen Helm, du hängst dir deine Reisetasche wie einen Rucksack über, und wir fahren los.«

Sie ist skeptisch. »Wohin?«

»Lass dich überraschen.«

Unbehagen gärt in ihr, aber sie lässt sich darauf ein. Sie zieht den Nierengurt, die Handschuhe und die Lederjacke, die er aus dem Motorradkoffer hervorholt, an. Mit seiner Hilfe nimmt sie ihre Reisetasche auf den Rücken, setzt den von ihm mitgebrachten Helm auf und schließt damit die Welt um sich herum aus.

»Alles klar?«, fragt Sebastian so laut, dass sie ihn durch den Schaumstoff auf ihren Ohren hören kann.

Sie nickt und reckt einen Daumen in die Höhe.

»Du siehst sexy aus«, sagt er breit grinsend und setzt seinen eigenen Helm auf. Dann schwingt er ein Bein über den Sattel, löst den Ständer und richtet das Motorrad so aus, dass es gerade steht. »Bitte sehr.« Er deutet hinter sich.

Unbeholfen geht sie zu der Maschine.

»Da kannst du deinen Fuß draufsetzen.« Er zeigt auf eine Fußstütze aus Metall. »Und dann schwingst du dich wie bei einem Pferd einfach drauf.«

Ihr Herz hämmert noch immer in ihrer Brust, dieses Mal aus Nervosität. Sie will Sebastian mitsamt dem Motorrad nicht zu Fall bringen. Das wäre der zweite peinliche Vorfall der Woche, und den braucht sie wirklich nicht.

Doch es geht alles glatt. Sie klettert auf die kleine Sitzfläche. Er dreht den Zündschlüssel, drückt auf einen Knopf und erweckt das Zweirad zum Leben.

Sie fahren los. Ein unbeschreibliches Glücksgefühl prickelt in ihr, als der Wind an ihrer Jacke reißt und die Hosenbeine ihrer Jeans zu flattern beginnen. Zum Glück hat sie Sebastians Rat befolgt und eine dicke Strumpfhose unter der Jeans angezogen, der Wind ist kälter als gedacht.

Er bringt sie aus der Stadt. Die Landstraße liegt vor ihnen wie ein Wegweiser in ein neues Leben. Auf der Fahrt kann sie ihren Gedanken freien Lauf lassen. Sie beobachtet die Traktoren auf den Feldern und vorbeiziehende Bäume, Bauernhöfe und Dörfer. Der Horizont ist die Grenze, alles darum ist flaches Land. Die Endlosigkeit weitet auch ihren Geist. Es liegen Tage vor ihr, die alles verändern werden. Sie malt sich aus, wohin Sebastian sie entführt. Vielleicht kennt er ein kleines Hotel im Harz, oder es gibt einen Freund der Familie, der

Ferienhäuser vermietet und ihnen zur Verfügung stellt. In ihren kühnsten Träumen stellt sie sich sogar vor, dass sie zum Flughafen fahren und den ersten Flieger nehmen, der ihnen vor die Nase kommt. Alles, nur kein Schiff.

Die Zeit vergeht, und Sebastian fährt weiter und weiter. Es geht an die Küste. Erst denkt sie, dass sie nach Cuxhaven fahren, wie es die Schilder zeigen, aber dann biegt Sebastian ab in Richtung Sportflugplatz. Eva richtet sich auf wie ein Erdmännchen und versucht, irgendwie herauszufinden, was ihr Begleiter vorhat.

Sebastian parkt das Motorrad und steigt ab. Eva folgt ihm. Er zieht die Handschuhe aus und fischt in der Innentasche seiner Lederjacke nach dem Handy. »Entschuldige mich kurz«, sagt er, tippt auf dem Display herum und entfernt sich ein Stück.

Eva sieht ebenfalls auf ihr Handy. Endlich hat Emilia sich gemeldet und eine Sprachnachricht geschickt. Wie erwartet, über Melodys Handy. Sie klingt euphorisiert, überschlägt sich mit Superlativen und scheint eine gute Zeit zu haben. Es gibt Eis, Sonne, Melody ist angeblich »die beste Ersatzmutter der Welt«, und Eva hat das Gefühl, dass es ein Leichtes wäre, sie jetzt davon zu überzeugen, zu Andreas zu ziehen.

Ob das alles Taktik ist?

Kurz stockt ihr der Atem. Ist Disneyworld eine Aktion gegen sie?

Quatsch. Sie sieht Gespenster. Mit fröhlicher Stimme schickt sie ihrer Tochter eine Antwort und wünscht ihr weiterhin viel Spaß »und viele Grüße an alle«.

Entschlossen nimmt sie ihre Tasche von den Schultern und lässt sie beim Motorrad stehen. Mit verschränkten Armen beobachtet sie ihre Umgebung. Unter tosendem Lärm hebt eine Propellermaschine vom Flugplatz ab. Evas Bauch rebelliert. Sie will nicht in so ein Ding steigen.

»Alles klar!«, ruft Sebastian ihr wenige Minuten später entgegen. Er kommt mit einem grauhaarigen Mann im Schlepptau zurück. »Das ist Eduard, unser Pilot. Ich bin schon seit vielen Jahren mit ihm befreundet, und er ist so nett und erlässt uns die Flugkosten.«

Erstaunt schüttelt Eva ihm die Hand. »Das geht einfach so?«

Eduard lacht. »Einfach so nicht, aber für gute Freunde deichselt man was.«

»Wow, danke.« Eva ist das unangenehm. Sie kann sich lebhaft vorstellen, was Sebastian ihm erzählt hat. *Ich möchte mit meiner Freundin alleine sein, aber meine Frau darf nichts erfahren; kannst du uns umsonst fliegen?*

Leider wäre nichts davon gelogen, außer vielleicht, dass sie seine Freundin ist.

Sie ist weniger als das.

Die Vorfreude und das Gefühl unendlicher Weite haben sich aufgelöst wie Wasserdampf. Sie fühlt sich deplatziert. Wie eine Eroberungstrophäe, die Sebastian unter der Hand seinem Freund zeigt.

»Wollen wir?«, fragt Eduard und läuft los, ohne auf eine Antwort zu warten.

»Sebastian, wohin geht es überhaupt?« Eva folgt den Männern zum Motorrad.

Aus den Satteltaschen holt er zwei Stoffbeutel, aus denen Kleidung hervorquillt. Sie verkneift sich einen Kommentar, aber er scheint zu merken, was sie von seinem ungewöhnlichen Koffererersatz hält. »Manchmal muss man erfinderisch sein.« Er lächelt sie an, und es verfehlt seine Wirkung nicht.

Eduard führt die beiden in Richtung einer Propellermaschine. Am Rollfeld warten schon andere Passagiere.

Sebastian dreht sich zu Eva um und nimmt ihre Hand.

Sie wird rot.

»Wir fliegen nach Helgoland«, sagt er.

Der Flug ist holprig, laut und ungemütlich, aber alles ist besser als eine Schifffahrt. Etliche Stunden lang malt sie sich aus, dass sie abstürzen (Sebastian behauptet, dass es nur zwanzig Minuten waren, doch das kann Eva beim besten Willen nicht glauben). Als sie endlich ankommen, vibriert der Boden unter ihren Füßen, das Laufen fühlt sich wie Schweben an, und sie ist sich nicht sicher, ob der morgendliche Kaffee im Magen bleibt. »Ist es jetzt noch weit?« Sie sieht Sebastian mit dem flehentlichsten Blick an, den sie aufbringen kann.

»Nein, wir sind schon da. Komm.« Sie folgen den anderen Inselgästen, die den Flugplatz verlassen, jedoch gehen die meisten von ihnen weiter, als Sebastian Eva an der Hand nach rechts zieht.

Auf einem Schild steht »Campingplatzverwaltung«.

Bitte nicht.

Einen stimmungsvollen Kurztrip hat sie sich völlig anders vorgestellt. Sollen sie in einem Zelt schlafen? Zu dieser Jahreszeit? Das ist irre! Selbst ein Wohnwagen ist nicht gerade das, was Eva sich unter »romantisch« vorstellt.

»Wartest du noch einmal auf mich?« Ohne ihre Antwort abzuwarten, rennt Sebastian im Laufschritt auf ein Gebäude zu.

Das Ganze war eine blöde Idee. Sie hätte zu Hause bleiben sollen in ihrem warmen Couchbett und mit dem, was sie kennt. Jetzt muss sie so tun, als würde ihr campen nichts ausmachen, wenn sie seine Gefühle nicht verletzen oder nicht mit ihm diskutieren will. Frankas Worte sind ihr noch im Ohr, und sie vermeidet tunlichst, einen Streit vom Zaun zu brechen.

Sebastian kommt zurück und schwingt etwas in seiner Hand. »Hab die Schlüssel. Komm!« Mit der Begeisterung eines kleinen Jungen am Nikolausmorgen zieht er sie hinter sich her über das ganze Gelände. Er stolpert über ein loses Brett, fängt sich aber rechtzeitig. Jetzt, in der Nebensaison, sind die Stellplätze teilweise leer, obwohl erstaunlich viele Menschen ihre Wohnwagen hier stehen haben. Sie gehen bis zum Ende des Platzes. Links und rechts von ihnen leiten die Sanddünen den Weg auf wettergegerbten Holzbrettern.

»Stopp«, flüstert Sebastian. Er bleibt abrupt stehen.

Etwa sieben Meter vor ihren Füßen liegen zwei Seehunde im Sand. Links von ihnen rauscht die Nordsee und schickt ihre rhythmischen Wellen an den Strand. Die Tiere atmen entspannt ein und aus. Kleine Atemwölkchen stieben in die Luft.

»Wie wunderschön«, flüstert Eva. Sie kann ihre Augen nicht von den felligen Wuscheln lösen.

»Gehen wir hier entlang«, schlägt Sebastian vor und deutet nach rechts.

Vorsichtig gehen sie an den pummeligen Küstenbewohnern vorbei, die sich bei ihrem Schläfchen nicht stören lassen.

»Ich wollte erst gegen Camping protestieren«, gibt Eva leise zu, »aber dieser Anblick entschädigt für alles.«

»Stimmt.« Sebastian sieht sie eindringlich an. »Dieser Anblick entschädigt für alles.«

Das altbekannte Schlagen von Schmetterlingsflügeln in ihrem Bauch erwacht zu neuem Leben. Vielleicht hat sie die Reise zu schnell verurteilt.

»Nur noch ein Stück«, erklärt Sebastian.

Eva kann bereits zwei runde Hütten erkennen, die aus Holz gebaut zu sein scheinen und aussehen wie umgefallene

Konservendosen. Auf die kleinere der beiden geht Sebastian zu. Er hängt das Absperrband ab, das Fremden den Zutritt zu dem kleinen Häuschen verwehrt. An einer der kurzen Seiten des seltsamen Dosenhauses ist die Front mit Glastüren und Fenstern versehen.

»Sieht nicht nach Karton aus, oder?«, fragt Sebastian.

»Wie bitte?«

»Das Haus ist aus Karton. Also, im Innenkern. Die Außen- und Innenwände sind eine Holzverkleidung, aber dazwischen sind zwei Dutzend Lagen Wellpappe. Es ist ein Tiny House mit nur einem Zimmer.«

»Was es nicht alles gibt.« Erstaunt begutachtet Eva das ungewöhnliche Häuschen. »Und da gehen wir rein?«

»Da gehen wir rein. Wo hab ich schon wieder den Schlüssel?«

Kapitel 17

HELGOLAND

Samstag

Mit wie vielen Frauen hast du in deinem Leben schon geschlafen?« Eva lehnt nackt an der Trennwand zwischen Schlafraum und Wohnraum, einen Cappuccino in der Hand. Das Tiny House, in dem er vor ein paar Jahren eine Woche lang Urlaub zusammen mit Franka gemacht hat, ist mit hellem Holz ausgekleidet. Sie haben die Vorhänge zugezogen, um neugierigen Blicken zu entgehen, obwohl im Oktober ohnehin kaum jemand auf dem Campingplatz anzutreffen ist.

»Bitte?«, fragt er.

»Mehr als zehn?«

Sebastian verschränkt die Arme hinter dem Kopf und betrachtet Eva. Er ist nach jedem Zentimeter ihrer Haut verrückt. Nach der Art, wie sie mit gespreizten Fingern die heiße Tasse an ihre Lippen führt. Nach den Lippen, die gerade eben Unglaubliches mit ihm angestellt haben. »Zählen Versuche mit, bei denen ich nur wollte, aber es nicht geklappt hat?«

»Nein.«

»Dann kommt zehn wohl hin.«

Sie nickt wissend. »Also zwanzig.«

Er lacht. »Komm her.« Einladend breitet er die Arme aus.

Als sie lächelt, gräbt sich ein Grübchen tief in ihre Wange, das ihm bereits Montag ins Auge gesprungen ist. Dreimal hat er es schon geküsst.

Mit wiegenden Hüften krabbelt sie, die Tasse vorsichtig balancierend, wieder ins Bett und kuschelt sich in seine Arme. Bei Franka gibt es so etwas nicht: Getränke im Bett, von Essen ganz zu schweigen. Er versucht, den Gedanken an sie zu verdrängen. Sie ist irgendwo in Italien. Weit weg. Aus dieser Parallelwelt wird sie ausgeschlossen. Ihre Blase gehört ihnen allein, und sie haben alle Zeit der Welt.

Nichts dringt zu ihnen hinein. Keine einzige der Sorgen, die sonst omnipräsent sind.

Ihr warmer Körper schmiegt sich an seine Brust.

»Ich hab es erst auf deine Leidenschaft geschoben, aber du bist echt heiß.«

»Danke.«

»Wirklich.« Sie gibt ihm einen kleinen Klaps. »Du musst mindestens vierzig Grad Fieber haben.«

Er schließt seine Augen, dehnt den Moment wie weiches Gummi und genießt die Kühle an seiner Stirn. »Ich fühle mich wunderbar«, meint er und unterdrückt alle gegenteiligen Gedanken.

Trotz seiner Erfahrung, trotz all der Jahre vertrauter Zweisamkeit ist er auf diese Gefühle nicht vorbereitet gewesen. Eva ist das Versprechen auf Zeiten voller Glückseligkeit. Sie entwaffnet ihn, ohne es zu merken.

Dabei ist er sich nicht einmal sicher, ob er es wirklich will. Oder eigentlich ist er sich sogar sehr sicher: Er will es nicht. Er will sich nicht in eine andere verlieben. Es gibt schon genug Baustellen in seinem Leben.

Aber irgendetwas hat Eva an sich, das ihn an sie bindet. Bei ihr scheinen sich Regeln ändern zu können. Es gibt Ausnahmen. Das Zusammenleben mit Franka ist durchgeplant wie beim Militär. Am liebsten würde sie morgens eine Spindkontrolle machen und prüfen, ob er seine Shirts und Pullover ordentlich auf A4-Größe gefaltet hat. Ein Wunder, dass er sie nicht mit Frau General ansprechen soll. »Was machst du nur mit mir?«

Sie dreht ihren Kopf zu ihm um. Ihre kurzen Haare kitzeln auf seiner Brust. Mit beiden Händen hält sie die heiße Kaffeetasse fest, und das Risiko, sich von ihr verbrennen zu lassen, löst eine angenehme Adrenalinwelle in ihm aus.

Sie reckt ihm ihre Lippen entgegen, und er küsst sie. »Ich verdrehe dir den Kopf.«

»Das stimmt«, sagt er. Gott! Am liebsten würde er »Ich liebe dich« zu ihr sagen, und diese Erkenntnis schockiert ihn. Sie kennen sich noch nicht einmal eine Woche. Es ist unmöglich, sich so schnell in jemanden zu verlieben, und er sollte sich die Flausen aus dem Kopf schlagen. »Ich meine es ernst. Ich glaube, wir sind uns beide darin einig, dass wir kein Katz-und-Maus-Spiel mit Franka wollen. Geht es dir nicht auch so, dass du das Gefühl hast, das mit uns ist etwas Besonderes?«

»Ich bin völlig erschlagen von meinen Gefühlen, um ehrlich zu sein. Das ist alles so neu und anders als alles, was ich kenne. Wie … wie im Weltall. Ich fühle mich schwerelos und zwischen den Welten.«

Die Erleichterung ist ihm mit Sicherheit anzusehen. »Mir geht es genauso. Ist es nicht komisch, dass man sein Leben lang das eigene Glück danach ausrichtet, was andere denken? Du bist das beste Beispiel dafür.«

»Was meinst du?« Ihr Tonfall wechselt von interessiert zu defensiv.

»Dir ist wichtig, was deine Nachbarn von dir denken oder dass du niemandem auf die Füße trittst. Du hörst dir lieber an, wie Franka sich über mich auslässt, weil du sie nicht enttäuschen willst, als dass du die Reißleine ziehst, um dich nicht verletzen zu lassen.«

»Du denkst, ich sollte für Franka nicht mehr als Freundin da sein?«

»Doch, natürlich.« Er drückt ihr einen Kuss auf den Scheitel. »Aber du berätst sie dabei, ob sie ihren Mann verlassen soll, was in deinem eigenen Interesse läge. Doch statt deine eigenen Bedürfnisse wahrzunehmen, nimmst du in Kauf, dass sie unsere Ehe retten will und du mich verlierst, wenn du deinen Job zu gut machst.«

Die Worte treffen Eva offensichtlich mehr, als er beabsichtigt hatte. Er nimmt sie in den Arm und genießt das berauschende Gefühl ihrer kühlen Haut. »Natürlich habe ich noch ein Wörtchen mitzusprechen, und so leicht würde ich mich nicht von dir abschieben lassen, aber ich sehe deine Tendenz. Von dem, was du mir bisher über deine Ehe und dein Leben erzählt hast, schließe ich, dass du vor negativen Gefühlen davonrennst.«

Nun lacht sie sarkastisch auf. »Wer tut das nicht? Niemand wird gerne enttäuscht oder fühlt Schmerzen.«

»Nein, das will niemand. Aber es gibt Menschen, die lernen, damit umzugehen.«

»Franka hatte recht«, sagt sie mit kühler Stimme. »Manchmal merkst du nicht, dass du dein Gegenüber verletzt.«

In einer anderen Situation würde er zum Angriff übergehen und die Schwächen seines Gesprächspartners aufzeigen. Aber Eva ist noch nicht so weit, und er hat keine Energie, um Aufbauarbeit zu leisten. Ihr nicht ausgeschöpftes Potenzial zu sehen, für das sie selbst so blind ist, stimmt ihn traurig. Sie könnte ein Leben führen, in dem sie die blühende Rose ist und nicht das platt getrampelte Gras.

»Du liegst mir am Herzen«, sagt er, überrascht von seinen Worten. »Und deshalb möchte ich meine ehrliche Meinung sagen dürfen.«

Sie richtet sich in seinen Armen auf und gibt ihm einen langen, intensiven Kuss. Eine Antwort ohne Worte.

Er kuschelt sich an sie. »Wir sollten es ihr sagen.«

»Das kann ich nicht. Vielleicht sollten wir Helgoland genießen und uns danach nicht wiedersehen.«

»Das kann ich nicht.«

»Diese Situation ist einfach ....« Eva befreit sich aus seiner Umarmung. »Ich brauche Schokolade.«

»In der Küche liegt etwas in diesem Willkommenskörbchen.«

Eva geht um die Ecke, und er hört sie zuerst die Kaffeetasse abstellen und dann in einer Glasschüssel kramen. Alufolie knistert. Kauend kommt sie zurück. Sie setzt sich auf das Fußende des Bettes. »Viel besser.«

»Dir ist schon klar, dass du dich mit Essen von negativen Gefühlen ablenkst?«

»Ja, deswegen mache ich es ja.«

Er schüttelt kaum merklich den Kopf, verzichtet aber darauf, ihr aufzuzeigen, in welchen Teufelskreis sie damit geraten ist.

Ein Stück Schokolade klebt an ihrem Mundwinkel und schmilzt langsam. Das Deckenlicht spiegelt sich auf der kleinen schwarzen Schokoladenoberfläche.

Sebastian beugt sich zu ihr und streckt seine Hand aus. »Ich kann mir nicht vorstellen, dich nach Helgoland nicht wiederzusehen.« Bei dem Gedanken an eine baldige Trennung schreit sein Herz. Sie zu verlieren heißt, alles zu verlieren. Gleichzeitig ist Franka der wichtigste Mensch in seinem Leben, und auch sie will er nicht verlieren.

Eva nimmt seine Hand in ihre, führt sie an ihre Lippen und küsst seine Fingerkuppen. »Es wäre das Beste.«

Blitze zucken durch seine Arme direkt in die Körpermitte. Schon wieder hat sie ihn in der Hand.

»Das Beste wäre, deine Zahnbürste in meinem Becher zu sehen, wenn ich morgens ins Bad gehe, und die Lust in deinem Gesicht, wenn ich nackt ins Schlafzimmer komme. Das Beste wäre, mit dir und Emilia Fallschirmspringen zu probieren, euch nach Portugal zu entführen und meinetwegen Socken zu stricken, falls du das magst, solange es mit dir zusammen ist.«

Sie schüttelt lachend den Kopf.

»Ich will dich zu einhundert Prozent kennenlernen – oder sagen wir, zu neunundneunzig Prozent, denn eine Kleinigkeit zu verbergen, gehört vielleicht dazu und sei dir erlaubt – und dir fast alles von mir offenbaren, damit du weißt, worauf du dich einlässt.« Er schluckt. »Bevor ich dich getroffen habe, dachte ich, mein Leben sei generell gut. Alles lief in geordneten Bahnen, und ich kann nicht behaupten, dass ich todunglücklich gewesen wäre. Klar, jeder hat seine Probleme … Aber ich hätte nie gedacht, dass sich mein Leben noch einmal so krass verbessern würde, und das, wo ich dich erst seit ein paar Tagen in meinem Leben habe. Seit ich dich kenne, fühle ich mich erfüllter, stärker, schwächer, verwirrter und klarer als jemals zuvor. Mit dir ist alles mehr. Ich lerne mich durch dich ganz anders kennen. Wie du dein Leben bis zu diesem Punkt gemeistert hast, beeindruckt mich, und ich habe höchsten Respekt vor deinem Mut und deiner Kraft. Ich möchte einfach alles von dir erfahren.«

Ihr Blick bohrt sich in seine Seele. Noch nie hat er sich so offen und verletzlich gefühlt, aber es ist ein gutes Gefühl.

»Danke«, haucht sie sichtlich bewegt.

Ihm fallen weitere tausend Dinge ein, die er ihr unbedingt sagen will. »Du bist geduldig und leidenschaftlich, obwohl du dich für unsicher und skeptisch hältst. Ich weiß, dass es verrückt ist, sich Hals über Kopf zu verlieben, wenn man verheiratet ist. Aber wie soll ich das mit uns verschweigen, wenn ich der ganzen Welt erzählen will, was für ein Glückspilz ich bin, dich getroffen zu haben? Ich weiß, dass man das nicht machen soll … dass man warten soll, bis ein paar Monate ins Land gezogen sind oder – was weiß ich. Es ist mir egal. Du willst alles von mir und ich alles von dir, deshalb sage ich dir, was in meinem Herzen steht, seit du es in Brand gesetzt hast.« Er rückt von ihr ab und nimmt ihr Gesicht in seine Hand. »Ich habe mich in dich verliebt, Eva.«

Kapitel 18

ZURÜCK IN DEN ALLTAG

Samstag

Luftleerer Raum ohne Zeit. Die Worte fliegen auf sie zu und landen nicht in ihrem Ohr, sondern mitten im Herz. Ihr Inneres ist wie ein verängstigtes Rehkitz, das sich Schutz suchend vor den überwältigenden Gefühlen zusammenrollt und mucksmäuschenstill, aber höchst wachsam seine Umwelt beobachtet.

»Ich habe mich in dich verliebt«, streichelt über den Rücken des Rehkitzes. Mit angelegten Ohren stößt es kleine, panische Atemzüge aus.

Eva wartet zu lange mit ihrer Reaktion. Sie fühlt zu viel und gleichzeitig nichts. Was soll sie erwidern? Dass sie sich nach ihm verzehrt? Dass sie befürchtet, sich auch verliebt zu haben, und zugleich Angst davor hat?

»Ich …«

Er lächelt nachsichtig. »Du musst nicht antworten. Es ändert nichts an meinen Gefühlen zu dir.«

Sie lacht auf. »Ich bin so verwirrt«, gibt sie dann zu. »Es passiert so viel Schlechtes in meinem Leben. Irgendwie habe ich Angst, das zwischen uns zu zerstören, wenn ich zugebe, wie wichtig du mir schon jetzt bist. Das ist dämlich, oder?«

»Überhaupt nicht. Ich finde es sogar ziemlich logisch. Du erwartest, dass alles schiefgeht, was du zulässt, warum sollte es also mit uns anders sein?«

Der Stein, der ihr vom Herzen fällt, stürzt krachend auf

den Holzboden und hinterlässt eine Delle. Mit Verständnis hat sie nicht gerechnet.

Aber Sebastian tut und sagt ohnehin kaum das, was sie von ihm erwartet.

»Wollen wir am Meer spazieren gehen?«, fragt er nach ein paar verstrichenen Sekunden.

»Unbedingt.« Seeluft ist jetzt genau das Richtige.

Schweigend ziehen sie sich an. Das Geständnis, von dem sie irgendwie gewusst hat, steht dennoch schwer zwischen ihnen.

Sebastian stellt ihre Tasse in den Geschirrspüler und brüht neuen Kaffee, den er anschließend in einen Thermosbecher füllt. Den hat er in der hintersten Ecke eines Schränkchens gefunden. Sie schließen das futuristische Holz-Papp-Häuschen ab und folgen den ausgelegten Brettern zum Strand.

Der Wind pfeift ihnen kalt ins Gesicht, als wolle er sie zurück ins Haus drängen. Vereinzelte Schäfchenwolken grasen am Himmel. Die Meersenfbüsche tragen violette Blüten, die vom Wind von einer in die andere Richtung gerissen werden.

Sie steigen eine kleine Böschung hinauf.

Das Meer schickt seine Ausläufer in sanften Wellen an den Strand. Nur wenige Menschen hatten die gleiche Idee wie sie.

Sebastian nimmt ihre Hand. Zuerst will sie sie zurückziehen. Man weiß ja nie, wem man plötzlich begegnet, wenn man sich unbeobachtet fühlt. Dann gibt sie sich einen Ruck und lässt es zu. »Ich hätte eine Mütze einpacken sollen«, jammert sie.

»Du hast doch einen Helm.«

»Gute Idee«, witzelt sie.

Er drückt ihre Hand, nimmt sie an seinen Mund und drückt einen Kuss auf ihre klammen Finger. »Zum Glück sind wir auf dieser Hälfte von Helgoland. Die meisten Touristen belagern den anderen Teil.« Er deutet in eine Richtung, und Eva sieht nur wenige Kilometer entfernt eine zweite Insel. »Auf Helgoland wohnen ungefähr tausendfünfhundert Menschen, aber jedes Jahr kommen über dreihundertfünfzigtausend Touris her.«

»Oje«, sagt Eva. »Woher weißt du das? Eigentlich müsste ich doch die Fremdenführerin sein. Du solltest mir München mal zeigen.«

»Ich war früher häufig mit meinen Eltern hier.«

»Leben sie noch?« Sie hofft, dass er die Frage nicht als taktlos empfindet.

Er schüttelt den Kopf, lässt ihre Hand los und zieht den Kragen seiner Motorradjacke zu, ohne dass ihn das mehr vor der Kälte schützen würde. »Mein Vater hat uns verlassen, als ich vier war, und ich habe keinen Kontakt. Meine Mutter ist vor zwei Jahren gestorben.«

»Das tut mir leid.«

»Schon okay. Und bei dir?«

»Meine Eltern leben beide noch, wobei ich die Existenz meines Vaters nicht unbedingt als Leben bezeichnen würde. Er ist ein Pflegefall.«

»Tut mir leid.«

Sie bleiben stehen und schauen den Wellen zu. Sebastian wirkt mit einem Mal verschlossen. Weit hinten sieht die See so ruhig aus mit ihren kleinen Wellen, aber je näher sie dem Strand kommen, desto höher steigen die Wogen, bis sie schließlich in sich zusammenbrechen, aufschäumen, auseinanderfallen und zerstört am Ufer angespült werden.

Aufstieg und Zerfall, immer wieder und wieder. Eine Metapher des Lebens.

Das durchdringende Schrillen eines alten Wählscheibentelefons reißt sie aus ihren Gedanken.

»Oh.« Sebastian greift in seine Gesäßtasche und blickt auf das Display. »Franka.«

Eva schaut auf ihre Uhr. »Sie ist vermutlich angekommen. Geh ran.«

Sebastian nimmt den Anruf entgegen und entfernt sich mit wenigen Schritten.

Nachdenklich betrachtet Eva ihn. Er ist so anders als Andreas. Oder als die Handvoll Männer, mit denen sie es vor ihm probiert hat. Nicht nur optisch wirkt er viel sympathischer und vertrauenswürdiger, auch das, was sie bisher von ihm kennengelernt hat, macht ihr Hoffnung auf die Menschheit. Andreas hätte ihr nie einen Kaffee to go gemacht oder sie gefragt, ob sie am Meer spazieren gehen wollen. In ihrer Anfangszeit hat er sie – für seine Verhältnisse – durchaus auf Händen getragen: Er hat ihnen das Haus gekauft und sie mit allem versorgt, was sie gebraucht hat. Alles war gut, solange ihr Leben nach seinen Regeln verlaufen ist.

Es gibt Sätze, die sind in ihrer Ehe so oft gefallen, dass Eva sie jederzeit abrufen kann.

Ohne mich wärst du verloren.

Wer will dich denn? Sei froh, dass du mich hast.

Wenn du mich verlässt, wirst du es bereuen.

Tatsächlich hat sich die Angst vor ihm mit den Jahren immer mehr verstärkt. Je stärker ihr Freiheitsdrang wurde, desto größer wurde auch die Angst davor, sie einzufordern.

Sebastian kommt lächelnd zurück. »Hallo, hübsche Frau.« Er küsst sie auf die Wange. »Na, kalt?«

»Ja«, sagt sie ehrlich. »Wir sollten gleich wieder reingehen. Ich hätte nicht gedacht, dass es so windig ist.«

»Da wohnt man sein Leben lang an der Küste und vergisst die grundlegenden Dinge.«

»Ja, ich kann ganz schön dämlich sein«, bestätigt sie.

Er sieht sie überrascht an. »Du bist doch nicht dämlich. Im Gegenteil.«

»Was sagt Franka?«, lenkt sie ab. Aus den Jahren mit Andreas ist sie es so gewöhnt, sich als dumm zu bezeichnen, dass Sebastians Aussage sie wieder einmal verwirrt.

Sie schlendern den Dünenweg zurück, Hand in Hand. »Sie ist gut angekommen, das Hotel ist schön, und es sind einundzwanzig Grad.«

»Die Glückliche.« So warm hätte Eva es jetzt auch gern.

»Wir sind doch auch ziemlich glücklich hier«, wirft Sebastian ein und fährt fort: »Ich mache mir nur Sorgen, weil sie noch immer so schlapp ist. Vielleicht ein Burn-out oder der Beginn einer Depression. Das ist auch einer der Gründe, warum ich mir unsicher bin, ob oder wann wir ihr von uns erzählen sollen.« Ein paar Schritte lang schweigen beide. »Ich habe Angst, dass ihr das den Rest gibt, weißt du? Und, seien wir ehrlich: Wir wissen ja selbst noch nicht, wohin das mit uns führt.«

Eva versteht das durchaus. »Aus therapeutischer Sicht stimme ich dir zu. Sie scheint momentan überlastet zu sein. War sie mal beim Arzt?«

»Wegen Überforderung?« Er klingt skeptisch.

»Er könnte sie ein, zwei Wochen krankschreiben, in denen sie sich mal richtig erholt.«

Mit vorsichtigen Schritten tippeln sie die Stufen hinab, zurück zum leeren Campingplatz. Der Sand auf den Brettern verdeckt das Holz.

»Vielleicht schlag ich ihr das mal vor, wobei ich nicht glaube, dass sie es annehmen wird. Ich mache mir wirklich Sorgen. Aber lass uns nicht von Franka reden. Besuchst du deine Eltern oft?«

»Lass uns nicht über meine Eltern reden«, echot Eva.

»Mutti und Andreas sind Themen, die ich lieber gerne vermeide.«

»Wieso?«

Eva schweigt. »Gehen wir rein«, sagt sie und beschleunigt. Sie trinkt ihren Kaffee aus, lässt Sebastian die Tür aufschließen und hat plötzlich das Bedürfnis wegzulaufen. »Du?«

»Hm?«

»Bitte lass uns, solange wir auf der Insel sind, nicht über Franka, Andreas oder unsere Situation reden.«

»Okay. Kein Problem.« Sebastian zieht seine Jacke aus, hängt sie an einem Haken an der Wand auf und stemmt dann die Hände in die Hüften. Er sieht aus, als sei ihm soeben etwas eingefallen.

»Was?«, hakt sie nach. Sie zieht die Schuhe aus und stellt sie ordentlich neben die Eingangstür.

»Wir haben nichts zu essen«, gibt er kleinlaut zu. »Ich habe total vergessen, dass wir ja auch etwas essen müssen. Und das sollten wir, um bei Kräften zu bleiben.«

»Definitiv. Ich habe viel mit dir vor.« Mit wiegenden Hüften geht sie auf ihn zu und lässt ihre Hände über seinen Oberkörper fahren.

Er öffnet ihre Jacke und lässt sie auf den Boden fallen. Seine Lippen finden ihre. Sie spürt seinen Atem in ihr und saugt seinen Geruch in sich auf. Seine Hände wandern unter ihren Pullover. Dafür, dass sie eiskalt sein müssten, sind sie erstaunlich warm. Er kitzelt sie.

»Nein!«, ruft sie lachend und hüpft ein Stück zur Seite.

»Na, warte!« Mit schelmischem Grinsen und herausfordernd in die Luft gereckten Händen kommt er hinter ihr her.

»Nein!«, schreit sie wieder und springt auf das Bett im hinteren Teil des Raumes. Sebastian läuft ihr nach, packt sie und kitzelt sie durch.

Seit Jahren hat Eva nicht mehr frei und laut gelacht. Sie kreischt, sie windet sich, sie packt das Kissen und trifft ihn damit am Kopf. Er stellt sich auf die Knie, kämmt mit einer Hand die abstehenden Haare zurück und greift sie erneut an. Eva lacht, bis sie befürchtet, sich in die Hose zu machen. Seit der Geburt von Emilia und erst recht mit zunehmendem Alter ist sie da vorsichtiger geworden.

»Ich ergebe mich!«, ruft sie nach Luft japsend. Sie lässt sich auf den Rücken fallen.

Sebastian beugt sich über sie. Er hält ihre Hände über ihrem Kopf fest. Dann küsst er sie mit einer Leidenschaft, die sie zerfließen lässt. Die Schmetterlinge sind zurück, und der kleine Welpe in ihrem Inneren spielt mit ihnen. Sie spürt die Lust zwischen ihren Beinen und bäumt sich willig in seine Richtung auf. Er versteht ihre Einladung. Seine Küsse werden intensiver. Mit den Lippen sucht er sich einen Weg über ihren Hals und schiebt gleichzeitig mit einer Hand ihren Pullover hoch.

»Du bist so schön«, haucht er. »So … schön … so … schön.« Bei jedem Wort küsst er ihren Bauch. Es ist ein neues Gefühl, eine solche Begierde in jemandem auszulösen. Eva schaltet ihre kreisenden Gedanken aus, die ihr weismachen wollen, dass ihr Körper mit Mitte vierzig nicht mehr attraktiv ist. Seine Lippen befeuern ihr Verlangen; peitschen sie an wie ein Kutscher seine Pferde. Sein Mund gleitet an ihrer Haut entlang, arbeitet sich zu ihrem Hals vor und saugt vorsichtig an ihrer empfindlichsten Stelle. Als sich seine Lippen um ihre Brustwarzen schließen, stöhnt Eva ungehemmt auf, schließt die Augen und gibt sich ganz seiner Führung hin. Seine Hand streichelt ihren Oberschenkel. Sie keucht und sucht seinen Mund, ihre Lust hat die Kontrolle übernommen. Ihre Lippen finden sich. Zeit und Raum erstarren. Das Einzige, was sich bewegt, sind ihre Körper. Eva reißt an seinem Hemd. Die kleinen Knöpfe sind widerspenstig, aber dann ist es geschafft. Er zieht scharf die Luft ein, als Eva ihre Hand über seine ausgebeulte Jeans fahren lässt. Sie drückt ihn nach hinten und krabbelt auf seine Beine. Ihre Seelen tanzen. Quälend langsam bahnt sie sich ihren Weg zu seinem Hosenbund und öffnet in freudiger Erwartung seinen Gürtel.

Verschwitzt, ermüdet, aber höchst beglückt liegen sie ineinander verschlungen im Bett. Ihr Magen grummelt vernehmlich.

»Ach ja«, nuschelt er in ihre Haare. »Da war ja was. Warte.« Er schält sich aus dem Laken und kommt wenige Sekunden später mit zwei Aprikosen zurück. »Gelobt sei das Willkommenspaket. Hier.« Mit einer fließenden Bewegung wirft er ihr eine Aprikose zu und krabbelt wieder zu ihr.

Eva beißt in die Aprikose. »Man könnte die viel besser genießen, wenn da nicht dieser große, harte Kern wäre«, sagt sie.

Sebastian grinst. Seine Lippen glänzen. »Ist das wirklich das Erste, an das du denkst? Freu dich doch über so viel Fruchtfleisch, statt dich auf den harten Kern zu konzentrieren. Ohne den gäbe es die Aprikose zudem auch gar nicht.«

»Ich weiß.« Eva beißt ein Stück von dem saftigen Fruchtfleisch ab. »Sollen wir etwas einkaufen oder essen gehen?« Sie spürt die schwere Decke auf ihrer nackten Haut und seinen glühenden Körper neben sich. »Letzteres wäre etwas gefährlich, falls wir gesehen werden.«

Sie erwartet ein lapidares »Wer soll uns hier schon sehen?«, aber stattdessen gibt Sebastian ihr recht. »Auch wenn ich dir lieber dieses tolle Fischrestaurant zeigen würde, schlage ich vor, dass wir uns selbst versorgen. Dafür müsste mein Bargeld ausreichen, ich möchte lieber nicht mit Karte zahlen.«

Sie stimmt zu. »Je weniger Spuren, desto besser. Und ehrlich gesagt kann ich es mir sowieso nicht leisten, jeden Tag essen zu gehen.«

»Ich laufe rasch zum Dünenshop rüber und schau mal, was die da haben.« Eva beobachtet, wie er frische Unterwäsche aus einer seiner Baumwolltaschen zieht und sich dann die Hose und das Hemd anzieht, das sie ihm gut eine Stunde zuvor in Ekstase vom Leib gerissen hat. Es würde sie nicht wundern, wenn ihm jetzt ein Knopf fehlt, aber es sind alle komplett, er zieht sich Socken an und schlüpft in seine Motorradstiefel. Während er sein Portemonnaie in die Hosentasche steckt, schaut er sie fragend an. »Irgendwelche Wünsche? Allergien? Gibt es etwas, das du gar nicht magst?«

»Keine Leber, bitte.«

»Gut, dem kann ich leicht entsprechen. Ansonsten: scharf? Nicht scharf? Wobei du lieber nicht noch schärfer werden solltest, wenn ich je wieder ans Festland will.«

»Dann bleiben wir doch hier. Helgoland gefällt mir.« Sie liegt nackt auf dem Bettzeug, hat sich auf die Arme gestützt und überkreuzt ihre Beine in der Luft. Kein Anblick, dem ein Mann leicht widersteht.

»Und führe mich nicht in Versuchung«, zitiert Sebastian, grinst und greift nach dem Schlüssel. »Hast du mein Portemonnaie gesehen?«

»In deiner Hosentasche.«

Er fühlt nach. »Alles klar. Bis gleich.«

»Bis gleich«, flötet Eva. »Ach, und kannst du vielleicht Sahnelikör mitbringen?«

»Klar.«

Als er verschwunden ist, stößt sie einen Jubelschrei aus.

Noch nie in ihrem Leben war sie glücklicher als jetzt.

Kapitel 19

ROTKÄPPCHEN UND DER BÖSE WOLF

Samstag

Warum verfliegt die Zeit bei Dingen, die man liebt, und ist zäh wie flüssige Lava bei allem, was man nicht mag? Der Samstag fließt dahin wie ein sprudelnder Bach. Emilia meldet sich direkt aus dem Vergnügungspark mit Micky-Maus-Ohren auf dem Kopf und einem Eis in der Hand. Auch Franka ruft abends auf Sebastians Handy an, und er telefoniert eine Viertelstunde lang mit ihr.

Die improvisierten Spaghetti bolognese liegen Eva dabei schwer im Magen, als hätten sie sich in ihr zu einem unverdaulichen Nudelknoten verbunden. Je mehr sie die Zeit genießt, desto stärker meldet sich ihr Gewissen, sobald sie zum Nachdenken kommt.

Ist sie ein schlechtes Vorbild für ihre Tochter?

Der Gedanke hat sie ausgerechnet in dem Moment befallen, als sie sich Sebastian ganz hingegeben hat. Das Engelchen hat sich zurückgemeldet, den Kopf geschüttelt und gefragt: »Was machst du da eigentlich? Wenn das deine Tochter wüsste. Oder deine Mutter.« Damit war jede Romantik erstickt. Zwar hat Sebastian ihre Stimmung mit wenigen Küssen und Liebkosungen wieder heben können, aber das Gefühl, etwas Falsches zu tun, bleibt. Ein viel zitierter Satz fällt ihr ein: *Wie kann etwas falsch sein, das sich so gut anfühlt?* Noch während sie darüber nachdenkt, schläft sie in seinen Armen ein.

Sie ist unruhig. Jemand ist hinter ihr her. Eva rennt eine regennasse Straße entlang. Ihre lauten Schuhe verraten sie. Immer wieder sieht sie hinter sich auf die schwarze Gestalt, die mit jedem Schritt größer zu werden scheint. »Hilfe!«, ruft sie, aber es ist niemand da, der sie hören könnte.

Der Fremde holt auf.

Ihre Lungen lodern. Gerade bevor die Schattenhand sie zu packen bekommt, zuckt sie zusammen und wacht auf.

Sie liegt im Bett. Es ist erstaunlich hell. Eva blickt an die Holzdecke ihrer Unterkunft und sieht bizarre Muster, die von der Inselnatur durch das große Fenster an die Wand gemalt werden und sich langsam im Nachtwind bewegen. Neben ihr atmet der verschwitzte Sebastian unbekümmert. Vorsichtig klappt sie die Decke zur Seite, steht auf und läuft nur mit einem Höschen bekleidet zur Küchenzeile. Sie lässt langsam Wasser in ein Glas laufen, um Sebastian nicht zu wecken, und stellt sich dann an die Fensterfront. Tatsächlich scheint der Mond so hell und klar, dass sie meint, sämtliche Krater von hier aus erkennen zu können, wenn er zwischen den Wolkenschlieren auftaucht. Der Sandpfad zu ihnen wirkt wie in Silberlicht getaucht. Alles scheint friedlich, aber Eva weiß es besser. Hinter jeder schönen Fassade steckt ein hässlicher Abgrund.

Es ist nur eine Frage der Zeit, bis die Tapete einreißt und den Blick auf den bröckelnden Putz freigibt.

Dieser bröckelnde Putz in ihrem Leben wird immer sichtbarer, obwohl sie alles dafür tut, ihn mit einem unschuldigen Blümchenmuster zu überkleben. Ihr Blick schweift durch den Raum und bleibt am Bett hängen. Einer von Sebastians Füßen lugt unter der Decke hervor. Sie kann nicht anders, als zu lächeln. Ihr Herz schwillt auf die doppelte Größe an, sobald ihr seine Existenz bewusst wird.

Wie hat sie je ohne ihn auskommen können?

Allein die Vorstellung, in ein paar Tagen wieder ohne seine Umarmung einschlafen zu müssen, trübt ihre Stimmung. Es ist ungerecht. Warum hat das Schicksal nicht dafür gesorgt, dass sie Sebastian schon vor Jahren über den Weg gelaufen ist? Ihr wäre so viel Angst erspart geblieben.

Sie trinkt einen Schluck und verfolgt den Gedanken. Das einzig Gute an der Verbindung zu Andreas ist Emilia. Als sie mit ihm zusammengekommen ist, war er ihr Beschützer. Kein Einbrecher der Welt hätte sich getraut, in ihr Haus einzusteigen, wenn er auch nur einen Blick auf Andreas erhaschen konnte. Nie hat sie sich Sorgen gemacht, von irgendjemandem belästigt zu werden, wenn er an ihrer Seite war. Insbesondere nach einem Vorfall an ihrem zwanzigsten Geburtstag hat sich der Wunsch nach Schutz immens verstärkt.

Eva versucht, die Erinnerung an jenen Abend zu unterdrücken, aber kaum hat sie die Büchse der Pandora geöffnet, übermannt sie der Rückblick wie ein angreifendes Streitheer.

Sie hatte zwei Bier getrunken und war müde gewesen. Noch heute rauschen Eva die Ohren, wenn sie an die viel zu laute Musik denkt. »Man wird nur ein Mal zwanzig«, hatte ihre Mutter ihr versichert und sich erstaunlich schnell zu dieser Feier überreden lassen. Der letzten, ehe sie für das Lehramtsstudium auszog. Dass die halbe Verwandtschaft anwesend war, weil ihre Eltern – vertreten durch ihre Mutter – gleichzeitig ihre Porzellanhochzeit feierten, war ein leichter Kompromiss gewesen. Onkel Wolfgang hat lauthals die Hitparadenlieder mitgesungen, mit allen jungen Mädchen im Raum auf ihr Wohl angestoßen und allen Jungs kluge Ratschläge für ihr Leben erteilt. In Schlangenlinien war er zu ihr geschlendert, hatte sie angegrinst und ihr zugeprostet. Seine Stirn war schweißnass, und die runde Brille war ihm ständig über die feuchte Nase gerutscht. Sie war dick wie ein Flaschenboden gewesen und hat immer gut als Lupe funktioniert.

»Großmutter, warum hast du so große Augen?«
»Damit ich dich besser sehen kann.«

»Ich habe ein Geschenk für dich«, hatte er ihr zugelallt und ihr dabei seine Alkoholfahne ins Gesicht gepustet. »Wollen wir irgendwo hingehen, wo es nicht so laut ist?«

Sie hatte genickt und ihrem Schicksal damit eingewilligt. Er war ihr Onkel, und sie vertraute ihm.

Eva fröstelt und spürt heute noch, wie sich alles in ihr zusammenzieht, sobald sie daran denkt, wie Wolfgang sie in ihr Zimmer begleitet hat. Glücklicherweise fehlen viele Teile dieser Erinnerung.

»Aus dir ist eine wunderschöne junge Frau geworden, Evi«, hatte er gesagt und die Tür hinter ihnen geschlossen.

Als er den Schlüssel umdrehte, merkte sie, dass sie in der Falle saß. Sie hätte aufspringen und fliehen sollen, aber sie war so überrumpelt gewesen von dieser Situation, dass sie sich gehorsam auf ihr Bett setzte und ihn einfach nur angestarrt hat.

Es ist dieser Moment, mit dem sie nicht klarkommt. Warum ist sie nicht aufgestanden und gegangen? Sie hätte fliehen können, aber ihr Körper war zu Stein geworden, völlig unfähig zu einer einzigen Bewegung. Dabei hätte sie nur aufstehen und aufschließen müssen. Im Nachhinein klingt es so logisch, aber damals war es ihr vorgekommen, als sei sie in einer ausweglosen Situation.

Er hat sich schnaufend neben sie sinken lassen und sich an ihrem Nachttisch festgehalten. Seine alte Hand mit den gelben Fingernägeln hat sich wie selbstverständlich auf ihren Oberschenkel gelegt. Ein Ekelschauer breitet sich auch heute noch von ihrem Magen über den ganzen Körper aus.

»Großmutter, warum hast du so große Hände?«
»Damit ich dich besser packen kann.«

Eva hat bis zu diesem Moment geglaubt, dass sie sich im Falle eines Übergriffs wehren würde. Dass sie schreien, um sich schlagen oder wenigstens um Hilfe rufen würde. Stattdessen war ihr Geist ausgeschaltet, als wäre ihr mentaler Strom ausgefallen. Ihr Körper spürte die wandernde Hand, die ihr Bein streichelte, und er roch Wolfgangs Atem an ihrem Gesicht. Fühlte seine Lippen an ihrer Wange.

»Damit ich dich besser fressen kann.«

Sie hätte es über sich ergehen lassen. Eingefroren vor Angst wäre sie bei vollem Bewusstsein gestorben, wenn ihre Mutter nicht in diesem Moment nach ihr gerufen und die Tür zu öffnen versucht hätte.

Eva japst nach Luft und legt sich eine Hand auf ihr Herz. Die Angst von damals hat ihre Lungen gepackt und fest zugedrückt. Nur langsam taucht sie aus den Neunzigern auf und kommt zurück nach Helgoland.

Kein Wunder, dass sie sich nach diesem Vorfall und ihrem nur Monate später gebrochenen Herzen in jemanden wie Andreas verlieben konnte, der sie vor allem beschützte, was sie bedrohte. Ironie des Schicksals, dass er für sie mittlerweile die Angst in Person ist.

Mit Sebastian ist das anders. Obwohl sie noch viel von ihm

zu erfahren hat, ist ihr schon jetzt klar, dass er sie nicht ausnützen wird. Er gehört zu der Sorte Mensch, denen die Interessen und Bedürfnisse ihrer Mitmenschen ebenso wichtig sind wie ihre eigenen. Nicht nur der Sex mit ihm ist gerade deshalb fantastisch, weil sie beide auf ihre Kosten kommen. Das ganze Miteinander ist anders als alles, was sie bisher kennt. Er fragt sie, worauf sie Hunger hat, statt Brötchen zu besorgen und zu erwarten, dass sie isst, was er ihr vorsetzt (nicht, dass Andreas jemals Brötchen gekauft hätte). Sebastian macht sich ernsthafte Sorgen um Franka, statt zu erwarten, dass andere sich um sein Wohlbefinden kümmern.

Sie stellt das Glas leise zurück auf die Arbeitsfläche und geht zum Bett, allerdings zu seiner Seite. Er liegt mit geschlossenen Augen in den weißen Kissen, den Mund leicht geöffnet.

Verletzlich. Intim.

Eigentlich sollte sie sich um die Dinge kümmern, die ihr Leben gerade zum Einsturz bringen. Geld besorgen, Gemüter beruhigen, sich bei ihrer Mutter melden … aber all das ist in seiner Gegenwart nicht wichtig. Sie setzt sich neben ihn und legt ihre Hand in seine.

Sie genießt es, mit ihm aus der Zeit zu fallen.

Nur noch bis morgen, verspricht sie sich selbst.

Bis morgen darf sie ihren Problemen noch entfliehen und einfach mal so tun, als gäbe es nichts außer dieser kleinen Hütte auf Helgoland. Sie genießt die Woge brennender Zuneigung in ihrer Brust. Er hat ihr gesagt, dass er sich in sie verliebt hat. Das hat sie überrumpelt, aber wenn sie ihn so betrachtet und sich vorstellt, dass dieser Anblick zu ihrem neuen Alltag gehören könnte, dann stehen genau diese Worte in ihrem Herzen.

Ich glaube, ich habe mich verliebt.

Kapitel 20

ANRUF AUS ROM

Sonntag

Noch ein Brötchen?«

»Gerne.« Kann ein Sonntagmorgen gemütlicher beginnen?

Sebastian greift in die weiße Papiertüte mit den blauen Möwen und reicht ihr ein Roggenbrötchen. Aus dem Inselshop hat er Marmelade, Butter und etwas Aufschnitt mitgebracht. Die Eier, die er eigentlich noch hatte mitbringen wollen, hat er vergessen. »Sollen wir heute auf den anderen Inselteil fahren?«, fragt er, während er das Erdbeergelee auf seinem zweiten Brötchen verteilt.

Eva nickt. »Das ist dann sozusagen der Hauptteil, oder?«

»Dort ist die Innenstadt, es gibt Restaurants und ganz tolle bunte Häuschen am Strand, das muss ich dir unbedingt zeigen.«

Das Klingeln seines Handys unterbricht ihre Unterhaltung. »Unbekannte Nummer«, sagt er mit Blick auf das Display.

Skeptisch zieht er die Augenbrauen zusammen, nimmt das Gespräch an und beschwört damit den Anfang vom Ende herauf. »Ja?«

Das Telefonat dauert nur wenige Minuten. Er hört zu, seine Gesichtszüge entgleiten. Fassungslos starrt er Eva an. »*Grazie … sarò lì. Un'altra domanda …*«, sagt er zu seinem Gesprächspartner.

Etwas ist mit Franka.

Mit sorgenvollem Blick öffnet Sebastian die Glastür, schlüpft in seine Stiefel und verlässt ihr gemeinsames Liebesnest.

Eva schließt die Tür und sich selbst damit aus diesem Teil seines Lebens aus. Die Frage, was mit ihrer Freundin los ist, brennt in ihrem Bauch.

Und wieder zerplatzt ihr Glück wie eine Seifenblase. Eine große Welle Traurigkeit, die sich mit aufkeimender Wut mischt, droht sie wegzuschwemmen.

Eva dreht sich um und scannt die Küchenzeile mit geübtem Blick. In einer Keramikschale liegen Schokobonbons. Schon das Geräusch der knisternden Folie beruhigt sie. Mit geschlossenen Augen steckt sie sich eine runde Schokoladenkugel in den Mund und lässt sie auf der Zunge zergehen. Der Zuckermantel des Schweigens überdeckt den Ärger.

Vielleicht gibt es auch noch einen Rest Sahnelikör im Kühlschrank, den sie in ihren Kaffee kippen kann. Ein Blick reicht aus, um die Rettung zu finden. Sie öffnet den Verschluss und trinkt nach kurzer Abwägung direkt aus der Flasche. Kalt und beruhigend gleitet der Likör ihren Hals hinab. Sie fühlt sich besser. Geräuschvoll setzt sie das Glas auf der Arbeitsfläche ab. »Ah«, macht sie und presst die Zunge an den Gaumen. Der Geschmack von Sahne und scharfem Whiskey brennt in ihrem Mund, ihrem Rachen, ihrem Magen.

Sie ist das, was man einen Unglücksraben nennt. Dabei versucht sie schon ihr Leben lang, vor dem klebrigen Pech wegzurennen. Eva stützt sich an der Küchenzeile ab und betrachtet die dunkelbraune Glasflasche vor sich. Nach einem weiteren Schluck ist die Flasche leer. Sie schiebt das letzte Schokobonbon hinterher und wirft Papier und Flasche dann in den Mülleimer.

In dieser Sekunde kommt Sebastian in das Minihaus. Er beobachtet die Szene. »Na, stopfst du wieder?« So nennt er es, wenn jemand seine Gefühle mit etwas verdrängt, das nicht gut für ihn ist.

Sie ignoriert die Frage. »Was ist passiert?« Evas Zunge fühlt sich pelzig an. Sie nimmt sich ein Glas und füllt es mit Wasser. In einem Zug leert sie es aus.

Sebastian hebt hilflos die Hände und lässt sie schlaff wieder sinken. »Franka ist beim Frühstück zusammengebrochen. Ich werde nach Italien fliegen.«

Evas Herz rutscht in ihren alkoholisierten Bauchraum. »Scheiße. Aber sie ist wieder bei Bewusstsein?«

»Ja, das schon, nur lässt man sie nicht aus dem Krankenhaus ohne Begleitung.« Er geht auf sie zu und nimmt sie in den Arm. »Tut mir so leid, dass ich unseren Urlaub abbrechen muss.«

Mir auch, denkt sie. »Das ist doch selbstverständlich. Du musst jetzt bei ihr sein. Hoffentlich ist es nichts Schlimmes.«

»Das hoffe ich auch.« Er lässt sie los und beginnt, seine Sachen wieder in die Beutel zu räumen. »Du kannst die ganze Woche über noch hierbleiben«, sagt er zu ihr.

Doch Eva schüttelt den Kopf. Obwohl ihr eine Auszeit guttun würde, kann sie den Gedanken nicht ertragen, ohne Sebastian in diesem Haus zu sein. Ein Liebesnest ohne Liebende ist nur ein Haufen Heu. Erst ihre Zuneigung bringt die Verwandlung. Kurzerhand räumt auch sie ihre Klamotten wieder in die Reisetasche.

Eine Stunde später steigen beide auf dem angrenzenden Flugplatz in eine Propellermaschine. Sie schweigen. Sebastian scheint in Gedanken bereits in Italien zu sein. Evas Kopf bleibt auf Helgoland. Es kommt ihr falsch vor, traurig zu sein, weil Sebastian sie nun verlässt. Ihr Verstand weiß, dass es das einzig Richtige ist. Sie braucht ihn. Verdammt, Eva macht sich ja selbst Sorgen um Franka! Trotzdem ist da dieses schwarze Loch in ihr, das alles aufsaugt und nur Leere hinterlässt. Was der Kopf denkt, davon will das Herz nichts wissen. Es sehnt sich nach der Zweisamkeit mit diesem wunderbaren Menschen. Glücklicherweise ist es im Flugzeug ohnehin zu laut, um sich zu unterhalten. Sie wüsste nicht, was sie sagen sollte.

Er nimmt ihre Hand, drückt ihr einen Kuss auf den Handrücken und sieht dann aus dem Fenster. Es bleibt die einzige vertrauliche Geste an diesem Vormittag.

Das Motorrad wirkt, als hätte es sie bereits erwartet. Schweigend reicht Sebastian ihr einen Helm, setzt seinen auf und scheint froh darüber zu sein, dass jeder in seiner Welt bleiben kann.

Auf dem Weg zurück haben die Gedanken zu viel Zeit. Während der Stunden auf Helgoland hatte sie das Gefühl, dass Sebastian nicht mehr an Franka liegt als loyale Freundschaft. Wie sonst hatte er sich so auf sie einlassen können? Er war in den letzten zwei Tagen das Yang zu ihrem Yin. Ist es noch immer. Ob mit dem Anruf aus dem Krankenhaus zerstört wurde, was sich gerade aufbaut?

Sie traut sich nicht, ihn danach zu fragen, und ihr Kopf ermahnt sie, das Thema nicht anzusprechen. Frankas Gesundheit ist jetzt wichtiger als ihr blutendes Herz.

Also versiegelt sie ihre Lippen, um den Worten kein Tor zu bieten. Sie steigt einige Zeit später vor dem Hochhaus ab, gibt den Helm zurück und will schon gehen, als Sebastian sie am Arm festhält.

»Ich wünschte, wir hätten dortbleiben können.« Er nimmt den Helm ab. Seine Augen blicken so gequält drein, wie sie sich fühlt.

»Franka braucht dich.« Sie küsst ihn sanft. »Du brauchst dich nicht zu melden.« Sie weiß nicht, wie sie auch nur eine Nacht ohne eine Nachricht von ihm überstehen soll.

»Ich werde dich vermissen.«

»Ich dich auch.«

Er umarmt sie so fest, als sei es ein Abschied für immer.

Eva hält die Tränen mit aller Kraft zurück, bis er auf die Maschine steigt. Mit knatterndem Motor braust er davon und zerreißt das zarte Band, das gerade erst zwischen ihnen entstanden war.

Kapitel 21

MARGRETS GESTÄNDNIS

Mittwoch

Eigentlich hatte sie es nicht so gemeint, als sie gesagt hat, dass er sich nicht melden müsse. Natürlich ist ihr klar, dass er jetzt andere Dinge im Kopf hat, als mit ihr zu sprechen. Die letzte Nachricht stammt von Montagmorgen:

Bin angekommen und fahre nun erst zum Hotel und dann ins Krankenhaus. Vermisse dich! Kuss.

Das ist zwei Tage her. Eva deutet es als schlechtes Zeichen, dass er weiterhin schweigt. »Beruhig dich«, sagt sie laut zu ihrem Spiegelbild.

Traurige Augen blicken zurück. *Es ist bestimmt etwas Schlimmes passiert,* antworten sie.

Eva wäscht die kurzen braunen Haare, föhnt sie mitsamt ihren Sorgen und den kreisenden Gedanken trocken und schminkt sich. Es gibt tausend Gründe, warum er nicht antwortet. Sein Akku könnte leer oder er könnte sein Aufladekabel vergessen haben. Oder sein Gerät nicht dabei. Immerhin handelt es sich um ein Wegwerfhandy, und es wäre auffällig, wenn er es ständig dabeihätte. Vermutlich lagert er es im Hotelsafe, und als er ihr schreiben wollte, hat er festgestellt, dass das Teil tot ist.

Oder er ist mit anderen Dingen beschäftigt und hat keine Zeit für dich, schlägt ihr Kopf vor.

Ist es möglich, dass er sich mit Franka in Anbetracht ihrer gesundheitlichen Lage ausgesprochen, ihr alles erzählt und sich nun doch auf ihre Seite geschlagen hat?

Du hast kein Recht auf seine Zuneigung, erinnert sie sich selbst. *Er ist mit Franka verheiratet. Wenn er sich wieder in seine Frau verliebt, wäre das genau richtig.*

»Halt die Fresse«, sagt sie patzig, erstaunt über ihre Worte. Dieses schreckliche Gefühl, ungeliebt zu sein, ätzt sich wie Säure in ihre Seele.

Genau in diesem Moment fällt ihr ein, dass sie ihre Mutter anrufen sollte, um sie zu Emilias Geburtstag einzuladen. »Apropos ungeliebt«, nuschelt sie sich zu, beendet ihre Badroutine und zieht ihr Handy aus der Hosentasche. Wenn ihre Mutter sich nur ein einziges Mal bei ihr melden würde, ohne dass Vorwürfe der Grund des Anrufs wären, würde Eva den Tag als Wunder rot im Kalender anstreichen. Dennoch ist es ihr lieber, sich jetzt mit ihrer Mutter zu streiten, als weiter auf ein Lebenszeichen aus Italien zu warten. Mit einem Seufzen sucht sie den Kontakteintrag heraus und tippt auf Mutters Gesicht. Während sich der Anruf aufbaut, wischt Eva mit einem Mikrofasertuch die Armaturen trocken.

»Du lebst!«, meldet sich die vertraute Stimme am anderen Ende.

»Du auch noch«, sagt Eva aus dem Bauch heraus und beißt sich dann auf die Zunge. Sie möchte ihre Mutter nicht verärgern.

Die scheint den gehässigen Unterton nicht gehört zu haben. »Ich will gerade zum Tierheim. Ist es wichtig?«

Eva überlegt. Sie kann ihrer Mutter einfach den Termin durchgeben und ist sie schneller los als gedacht. Andererseits war sie schon lange nicht mehr mit ihr gemeinsam unterwegs, und alleine in dieser Wohnung, in der sie die ganze Zeit an Sebastian denkt, fällt ihr die Decke auf den Kopf. »Kann ich mitkommen?«

»Zum Tierheim?«, fragt Margret verwundert.

»Ja, ich möchte dir helfen.«

Ihre Mutter wirkt ehrlich überrascht. Ihre Stimme wird eine Spur freundlicher. »Ja, meinetwegen. Dann bis gleich.« Ohne auf eine Antwort zu warten, legt sie auf.

Moderne Tierheime wirken wie Tierhotels mit ihren Glasscheiben, Gerätschaften und Bespaßungsangeboten.

Was sie hier sieht, ist ein Gefängnis.

Eva parkt auf dem schlammigen Besucherparkplatz vor dem tristen Betonblock. An diesem Mittwochnachmittag ist kaum etwas los, nur drei andere Fahrzeuge stehen auf dem Platz. Sie greift nach ihrem Regenschirm und öffnet die Autotür. Feine Nieselregentropfen legen sich wie ein Schleier auf ihr Gesicht. Sie spannt den Schirm auf, lässt die Tür ins Schloss fallen und schließt ab. Am Haupteingang wartet ihre Mutter bereits.

»Hast du dieses Wetter mitgebracht?«, fragt sie ohne eine Spur Humor.

»Sonne war leider ausverkauft.«

»Komm mit, wir sind spät dran.«

»Bevor ich es vergesse: Emilia feiert Samstag in einer Woche ihren Geburtstag mit Kaffee und Kuchen bei uns.«

Margret nickt. »Meinetwegen. Jetzt komm.«

Seit unzähligen Jahren engagiert sich ihre Mutter ehrenamtlich zweimal in der Woche im städtischen Tierheim, immer nach dem Besuch bei Vati. Sie holt sich die Zuneigung der kuschelbedürftigen Tiere, die sie von ihrem Mann nicht bekommt, so jedenfalls interpretiert Eva es.

Margret geht voran, begrüßt eine Mitarbeiterin mit Vornamen und biegt dann in einen langen Flur ab, an dessen Ende über einer Tür eine Katze abgebildet ist. Der Geruch in diesem Gebäude ist beißend. Eine Mischung aus nassem Fell, Trockenfutter und Desinfektionsmittel. Hunde bellen hinter verschlossenen Türen. Eva erhascht einen Blick nach draußen, wo in überdachten Verschlägen Hunde nach neuen Familien Ausschau halten. Sie folgt ihrer Mutter durch die Tür und steht in einem Zwischenraum, dann gehen sie durch eine zweite Tür. Der Geruch verändert sich. Es kitzelt in Evas Nase. Sie landen in einem Raum, der vollgestellt ist mit Kratzbäumen, Körben, Angelspielzeug, Bällen und Versteckmöglichkeiten. Mindestens zehn Katzen liegen auf unterschiedlichen Ebenen, spielen mit herabhängenden Stofffetzen oder jagen unsichtbaren Mäusen nach. Als sie eintreten, wecken sie das Interesse einiger Tiere. Miauend kommt ein schwarz-weißes Kätzchen auf sie zu und streift Eva um die Beine.

Ihre Mutter verwandelt sich plötzlich. Aus der kratzbürstigen und wortkargen Hausfrau wird die liebevolle Mutter, die Eva sich immer wünscht. Margret geht in die Knie und streichelt liebevoll eine getigerte Katze. »Na, du Süße? Hast du mich vermisst?« Die Angesprochene miaut und schließt genüsslich die Augen, während Margret sie am Hals krault. »Eigentlich wollen wir zu den Hunden, weißt du? Aber wie könnte ich an euch vorbeigehen, ohne ein bisschen zu schmusen, hm?« Mit der anderen Hand streichelt sie ein struppiges Tier, dem stellenweise Fell fehlt.

Eva ist so verwundert über das Verhalten ihrer Mutter, dass sie die Katze an ihrem Bein einen Moment lang nicht mehr wahrnimmt. Erst als diese wieder und wieder ihren Körper an sie presst, wird sie auf sie aufmerksam. »Na, du kleiner Racker«, begrüßt sie die Katze und kniet sich hin.

»Mama, seit wann kommst du eigentlich her? Ich weiß nur, dass es schon sehr lange ist.«

Margret dreht sich halb zu ihrer Tochter um. Ihr Tonfall ist harsch wie eh und je. »Seit Bolli tot ist, also seit … fünfzehn Jahren. Eigentlich müsstest du das wissen. Ich wollte damals nach einer neuen Katze schauen und konnte mich nicht entscheiden. Die waren alle so süß, und jede brauchte Hilfe. Die damalige Leiterin sagte im Gespräch, dass sie ständig zu wenig Personal hätten und die Kosten ohnehin so hoch wären, dass an neue Mitarbeiter nicht zu denken wäre. Also habe ich mich freiwillig gemeldet.« Sie sieht wieder zu den Katzen. Mittlerweile stehen vier Stück mauzend vor ihr, um sich verwöhnen zu lassen. »Und ich habe es nie bereut. Oder, ihr Süßen? Nein, hab ich nicht.« Diese Stimmlage kennt Eva von ihrer Mutter gar nicht mehr. Sie spricht mit ihnen wie mit einem Neugeborenen.

Sie lässt die Worte nachwirken. Zu ihr war sie selten sanft. Natürlich hat sie sie versorgt, wenn sie Hilfe brauchte. Sie war nicht verwahrlost, musste nicht hungern oder hatte keine zerschlissenen Kleidungsstücke an, aber eine Seele benötigt mehr als das. »Darf ich dich mal etwas fragen?« Sie weiß, dass sie sich auf gefährliches Terrain begibt, aber die Frage gärt seit Jahren in ihr. Eva hat immer versucht, sich so zu verhalten, dass ihre Mutter nichts an ihr auszusetzen hatte, und dennoch ist jeder ihrer Sätze ein Vorwurf.

»Was denn?«

Eva starrt auf die schwarze Katze, die nach ihrem Hosenbein schlägt. Sie rollt sich auf den Rücken und will mit Evas Hand spielen. »Bereust du, dass du Mutter geworden bist?«

Aus dem Augenwinkel nimmt Eva wahr, dass Margret innehält. Wie versteinert verharrt sie einige Sekunden lang in ihrer Position, bis die Katzen vehement ihre Streicheleinheiten einfordern und sie ihnen gehorcht. »Wieso fragst du das?«

»Nun … ich habe nicht das Gefühl, dass ich ein besonders erwünschtes Kind war.«

»Wir haben dir alles gegeben, was du brauchtest.« Margrets Stimme klingt kalt.

»Ja, aber ein Kind braucht mehr als Essen und Pullover.«

Nun dreht sich Margret zu ihrer Tochter um. Ihre Augen sind hart. Jede Liebenswürdigkeit, die sie den Katzen entgegengebracht hat, ist verschwunden. »Sag das mal einem Kind, dem sich vor Hunger der Magen umdreht. Wann bist du so undankbar geworden?«

»Ich wollte einfach nur wissen, ob du es bereust, mich bekommen zu haben. Denn genau so fühlt es sich an.«

Margret steht auf. Die Katzen protestieren. »Bist du nur mitgekommen, um mir vorzuhalten, was für eine schlechte Mutter ich bin?«

»Natürlich nicht.« Auch Eva erhebt sich. Ihr Magen zieht sich schmerzhaft zusammen. »Fällt es dir so schwer, die Wahrheit zu sagen?«

»Die Wahrheit!« Margret lacht humorlos auf. »Welche Wahrheit, bitte? Ich habe deinen Vater auf einer Feier kennengelernt, wir haben uns angefreundet, und ich wurde schwanger. Wie gewünscht kann das schon sein?«

Eva schluckt. »Ich dachte, ihr hättet erst geheiratet und dann eine Familie gegründet.«

Margret schüttelt den Kopf. »Denk doch ein einziges Mal im Leben nach. Glaubst du, dein Vater und ich hätten so schnell geheiratet, wenn du nicht unterwegs gewesen wärst? Du kannst dir nicht vorstellen, wie meine Eltern durchgedreht sind. Es gab keine andere Option, als sofort zu heiraten. Glaub mir, ich hatte mir mein Leben auch anders vorgestellt.

Ich hatte große Träume, weißt du? Die sind alle deinetwegen geplatzt.«

Eva fühlt ganz deutlich, wie etwas Ungreifbares in Scherben zerspringt. Die Wahrheit ist wie eine Brandbombe.

Wissen kann man nicht rückgängig machen, fällt es Eva wieder ein. Sie presst die Lippen aufeinander, um ihre Tränen zu unterdrücken. Bisher hatte sie geglaubt, dass ihre Mutter ihre Gefühle einfach schlecht ausdrücken konnte. Dass sie nie gelernt hatte, etwas Liebevolles zu sagen, und dass sie nicht sehr empathisch ist. Schließlich ist sie bei Eltern aufgewachsen, die den Krieg noch selbst erlebt haben. Eine ganze Generation ist traumatisiert.

Nie hätte sie es für möglich gehalten, dass ihre Mutter ihr die Schuld am Zerbrechen ihrer Träume gibt.

Sie spürt, wie zerbrechlich ihre Stimme ist. »Ich habe mich nicht selbst gemacht. Ich kann nichts dafür, dass es mich gibt.«

»Ich weiß.« Trotzdem funkelt ihre Mutter sie böse an.

»Was für Träume hattest du?«

Margrets Miene verfinstert sich noch mehr. »Ich war schrecklich gut in Naturwissenschaften und hatte mein Abitur gemacht, um zu studieren. Als erste Frau seit endlosen Generationen hätte ich es besser haben können. Ich war wirklich gut, Eva. Ich hätte es geschafft, mir etwas aufzubauen.« Das Aufreißen der alten Wunden ist fast hörbar. »Tja, und dann kamst du. Ich heiratete, damit meine Eltern mich nicht verstießen, und führte das angepasste Leben, das alle von mir verlangten.«

»Warum hast du mir nie davon erzählt?«

Margret zuckt die Schultern. »Was vergangen ist, ist vergangen. Wieso hättest du es wissen sollen?«

Um dich besser zu verstehen.

»Du hättest doch sicherlich später studieren können, als ich größer war.«

»Ausgeschlossen. Weder waren wir dazu finanziell in der Lage, noch hätte Vati das unterstützt. Und du weißt selbst, dass durch seinen Unfall alles noch komplizierter geworden ist. Selbst wenn ich das Geld hätte aufbringen können – spätestens seit damals musste ich alle Träume begraben. Aber um auf deine Frage zurückzukommen: Ja, ich bereue es. Ich bereue es jeden Tag.«

Die aufgestiegenen Tränen in Eva brechen durch die aufgebaute Mauer. Unendliche Traurigkeit überfällt sie wie eine Diebesbande, streckt sie nieder und trampelt sie platt. Sie dreht sich weg und wischt sich über das Gesicht, kann aber nicht verhindern, laut zu schluchzen.

Margret dreht sich wieder den Katzen zu. »Ja, ihr Süßen, ihr versteht gar nicht, was los ist, oder?« Sie kniet sich hin und kümmert sich um ihre Fellfreunde.

In diesem Moment wird Eva klar, dass ihre Mutter sich nie ändern wird. Bis heute hat sie die Hoffnung gehegt, die verschüttete Mutterliebe in ihr irgendwie aufleben zu lassen. Sie versteht nicht, wie man sein eigen Fleisch und Blut nicht über alles lieben kann. Niemals könnte sie Emilia sagen, dass sie ihre Geburt bereue.

Eine weitere Welle schmerzlicher Trauer und Wut schwappt über sie hinweg. Sie kann kaum atmen. Tränenblind verlässt sie den Raum und das Gebäude, wo sich die Tränen mit dem Regen mischen. Ihre Beine tragen sie kaum. Nie hat sie sich so sehr nach einer Umarmung gesehnt wie in dieser Sekunde. Schluchzend schließt sie den Toyota auf und setzt sich ins Trockene. Auf dem matschigen Boden bleibt ihre zerplatzte Hoffnung zurück und wird vom Regen weggespült.

Kapitel 22

SCHLECHTE NACHRICHTEN

Mittwoch

Es dauert einige Minuten, bis keine Tränen mehr kommen. Allein der Gedanke an Sebastian schafft es, sie nicht vollends durchdrehen zu lassen. Sie stellt sich vor, wie er sie in den Arm nimmt, festhält und einfach nur da ist. Wie geborgen sie sich bei ihm fühlen würde. Geliebt, geschätzt, geachtet. Ihr Herz hat viele Risse, aber Sebastian hält es zusammen.

Nach und nach beruhigt sie sich. Ihre Mutter ist ihr nicht nachgelaufen. Sie hat mit ihrer Tochter abgeschlossen.

Es wird Zeit, das Gleiche zu tun.

Eva wischt sich mithilfe des Rückspiegels die verlaufene Mascara unter den Augen weg und startet dann den Motor.

Sie braucht die Zuneigung ihrer Mutter nicht, um sich geliebt zu fühlen.

Vier entgangene Anrufe leuchten auf Evas Handydisplay auf, als sie an der nächsten Ampelkreuzung warten muss und ihr Handy zur Hand nimmt. Keiner davon ist von ihrer Mutter oder Sebastian. Ein entgangener Videoanruf stammt von Melodys Handy, die anderen drei sind von Wolfgang.

Ihr rutscht das Herz bis unter den Bauchnabel.

Sie hat den Drang, das Handschuhfach nach vergessenen Süßigkeiten zu durchsuchen.

»Reiß dich zusammen«, ermahnt sie sich. Der dunkle Passat hinter ihr hupt. Entschuldigend hebt sie eine Hand in die Höhe und fährt weiter. Wolfgangs Ultimatum ist abgelaufen.

In der ganzen Hektik mit Helgoland und dem plötzlichen Aufbruch hat sie seine Kündigungsandrohung fast vergessen.

Spontan blinkt sie rechts, fädelt sich ein und biegt ab. Sie will nicht nach Hause, sich nicht weiter mit den Worten auseinandersetzen, die ihre Mutter ihr offenbart hat. Sie braucht jemanden zum Reden, und da fällt ihr nur eine Person ein, die erreichbar ist. Eine Sekunde lang hat sie Manuela gegenüber ein schlechtes Gewissen, weil sie nicht sofort an sie gedacht hat. Sie verspürt nicht die geringste Lust, ihr lang und breit zu erklären, was aktuell alles in ihrem Leben los ist. Davon abgesehen würde Manuela ihr raten, die Sache mit Sebastian schnellstmöglich zu beenden, »bevor sie sich richtig in ihn verliebt«.

Zu spät, denkt Eva.

An der nächsten Kreuzung biegt sie links ab und ist bald auf der Hauptstraße, von der aus sie den Weg noch im Schlaf fahren kann. Die ersten Monate musste sie sich zwingen, nach dem Einkaufen nicht zu ihrem alten Haus zu fahren. Einmal, als sie mit Emilia in ein Gespräch vertieft war, hatte sie tatsächlich den falschen Weg eingeschlagen. Es war ihnen beiden erst aufgefallen, als sie Andys Wagen auf der Einfahrt gesehen haben.

Nun fährt Eva bewusst in die Sackgasse. Am Ende des Wendehammers ist links das verwaiste Haus von Andreas und Melody. Rechts wartet ihre Rettung in Form von Willi.

Das Erbauende an Freunden ist, dass man sich in Notfällen nicht anzukündigen braucht. Man taucht einfach auf, und sie sind da.

Eva wischt sich eine neue Träne weg. Dann steigt sie aus und klingelt bei ihrem alten Nachbarn. Es dauert, wie gewohnt, eine Ewigkeit. Nichts bewegt sich.

Möglicherweise ist er wieder vor dem Fernseher eingeschlafen oder hat seine Kopfhörer auf, wie er es zu tun pflegt, wenn er klassische Musik hört. Er dreht den Lautstärkeregler seiner alten CD-Anlage dann fast voll auf und blendet die Außenwelt um sich herum aus.

Eva drückt noch einmal auf den Messingknopf und wartet. Die nasse Kälte kriecht ihr durch die Hosenbeine bis zu den Oberschenkeln hinauf. Wo die Katze mit ihrem Bein gespielt hat, brennt die Haut wegen der Kratzer. Sie schlingt die Arme um ihren Oberkörper und reibt vergeblich über ihre Jacke. »Komm schon, Willi, ich erfriere«, beschwört sie.

Nichts passiert.

Eva blickt auf ihre Armbanduhr: Viertel vor vier. Keine Zeit, zu der Willi normalerweise schläft.

Mit einem mulmigen Gefühl im Bauch klopft sie an die Haustür. »Willi!«

Sie geht die drei Stufen hinab und sieht durch das Küchenfenster, erkennt jedoch nichts Außergewöhnliches. Auch hier klopft sie gegen die Scheibe. Zu Hause hat sie einen Ersatzschlüssel. Wenn er in fünf Minuten nicht geöffnet hat, wird sie zurückfahren und ihn holen.

Sie umrundet das frei stehende Haus. In keinem der Zimmer brennt Licht. Der Fernseher ist ausgeschaltet. Das ganze Haus wirkt unbewohnt.

Die Haustür zwei Gebäude weiter wird geöffnet. Andreas' direkte Nachbarin steht in Jogginghose und mit einem übergroßen Pullover in der Tür. Sie schaut neugierig herüber. »Eva?«

»Nadine, hi!« Eva winkt und läuft durch den Regen zu ihr. Seit ihrem Auszug haben sie kaum ein Wort miteinander gewechselt, was damit zusammenhängt, dass Andreas ihr eine *Nachbarschaftshilfe der anderen Art* geboten hat. »Ich wollte zu Willi, aber er macht nicht auf.«

Nadines Gesicht erzählt alles, was sie wissen muss, ohne dass sie ein Wort sagt. Schmerz und Mitgefühl spiegeln sich in ihren Augen wider. »Du weißt es also noch nicht …« Sie atmet einmal tief durch und schlingt die Arme um ihren Bauch, wie Eva es selbst wenige Minuten zuvor getan hat. »Er ist gestorben. Tut mir so leid. Ich weiß, dass ihr euch nahestandet.«

Eva fühlt sich, als würde sie ertrinken. Alles ist taub. Sie hört, was Nadine sagt, aber versteht nichts. »Was?«, fragt sie mit fremder Stimme.

»Er ist gestorben. In der Nacht von Samstag auf Sonntag, vermutet man. Seine Fußpflegerin hat ihn gefunden, als sie ihn am Montag besucht hat. Mann, war die neben der Spur.«

Evas Kopf versucht weiterhin, die Informationen zu verarbeiten. Ein Schwall neuer Fragen schwimmt auf ihrer Zunge. »Wie?«, haucht sie, unfähig, einen ganzen Satz zu formulieren.

Nadine zuckt mit den Schultern. »Vermutlich Herzstillstand. Es sieht nicht danach aus, als hätte er leiden müssen, sagt der Sohn.«

»Er hat keinen Sohn«, antwortet Eva tonlos.

»Doch.« Nadines Mund vollführt das Kunststück, gleichzeitig zu lächeln und traurig zu wirken. »Die Pflegerin hat die Polizei kontaktiert, die wiederum nach Verwandten gefahndet hat, und es stellte sich heraus, dass es da diesen Sohn gibt.«

»Aber Elisabeth konnte kein Kind behalten«, wirft Eva ein. Sie hat ihr vor Jahren anvertraut, dass sie nach der fünften Fehlgeburt beschlossen haben, es nicht weiter zu versuchen.

Nadine nickt. »Denk mal scharf nach.«

Eva schüttelt vehement den Kopf. »Da muss ein Missverständnis vorliegen. Woher weißt du das alles?««

Nadine greift in ihre Hosentasche und holt ein Päckchen Zigaretten hervor. »Rauchst du mittlerweile?«

Eva schüttelt den Kopf, zieht aber in Erwägung, in diesem Moment damit anzufangen.

»Ich weiß natürlich keine Details«, sagt Nadine und steckt sich eine Zigarette an, »aber wie du weißt, arbeitet Michi bei der Polizei. Willi hat einen Sohn – oder hatte –, und der wohnt in Bayern. Er war hier.« Sie pustet genüsslich den Qualm aus ihrer Lunge. »Vorgestern. Hat sich alles angesehen wie auf einer Flohmarkttour. Scheint nicht so, als wäre er darauf angewiesen, das Haus zu verkaufen, wenn ich mir sein Auto so ansehe. Die ganze Nachbarschaft hat gewackelt, als er mit diesem Flitzer in den Wendehammer gefahren ist.«

Eva hebt eine Hand hoch, um Nadines Redefluss zu unterbrechen. Wie konnte Andreas sie nur mit jemandem wie dieser Person betrügen? Obwohl es so viele Jahre her ist, erschüttert sie die Erkenntnis noch heute.

Noch erschütterter ist sie jedoch von der Information, dass Willi ihr einen Sohn verschwiegen hat. »Weißt du, ob eine Beerdigung geplant ist?«

Nadine schüttelt den Kopf. »Keinen Schimmer.«

»Hast du die Kontaktdaten von diesem Sohn?«

»Nein, ich hab ihn nur vom Wohnzimmer aus beobachtet.«

»Verdammt.« Eva überlegt. »Kann es sonst jemand wissen? Dein Mann?«

»Das macht er nicht.«

»Frau Rebscheid vielleicht?« Die Nachbarin, die Nadine gegenüber wohnt, ist zwar die meiste Zeit des Herbstes und Winters auf der Südhalbkugel unterwegs, aber vielleicht hat sie Glück.

»Ich weiß es wirklich nicht, Eva. Tut mir leid. Frag vielleicht direkt bei der Polizei nach, möglicherweise geben sie dir den Kontakt. Viel Glück. Ich muss jetzt wieder rein. Es war schön, dich zu sehen.« Sie drückt die halb gerauchte Zigarette an den Klinkern aus und ist schneller verschwunden, als Eva nach einer passenden Erwiderung suchen kann.

Dieser Tag wird immer schlimmer.

Mit pochenden Kopfschmerzen, die wie aus dem Nichts in ihren Kopf gejagt sind, klingelt sie bei den anderen Nachbarn des Wendehammers. Niemand kann ihr mehr sagen als das, was Nadine offenbart hat. Mittlerweile kleben ihre Haare nass an ihrer Stirn. Kalte Tropfen rutschen ihr den Nacken hinab. Mit jedem gescheiterten Versuch, mehr zu erfahren, wächst Evas Verzweiflung. Nach einer erfolglosen Viertelstunde setzt sie sich ins Auto und sucht aus dem Internet die Nummer der Polizeizentrale heraus. Das Gespräch dauert exakt drei Minuten und vierundzwanzig Sekunden, in denen der Beamte ihr mehrfach mitteilt, dass er keine Daten ohne die Erlaubnis des Sohnes herausgeben dürfe. Er verspricht, ihr Anliegen an ihn weiterzuleiten, und wünscht ihr alles Gute.

Das heißt, ihr bleibt nichts anderes, als zu warten.

Schluchzend lässt sie ihre Stirn auf das Lenkrad sinken und weint hemmungslos. Es ist ihr egal, ob ein neugieriges Nachbarauge sie dabei beobachten kann.

Sie kann nicht mehr. Es ist ein Wunder, dass sie überhaupt noch Tränen hat.

Das Leben hat es nie besonders gut mit ihr gemeint, aber jetzt reicht es. Die Sache mit Sebastian, ihre Mutter, die Geldsorgen, die absterbende Freundschaft zu Manuela, Andreas, ihre Praxis und dann der Tod ihres einzigen Vertrauten außer Emilia. Wie viel Leid soll sie noch ertragen?

Wenn dieser Sohn sie kontaktiert, wird er ihr hoffentlich sagen können, wann die Beisetzung sein wird. Die will sie nicht versäumen. Die Trauerwoge ebbt langsam ab und hinterlässt Verwüstung in ihrem Herzen.

Es ist ihr egal, dass sie Sebastian nicht kontaktieren sollte. Sie braucht ihn. Obwohl es riskant ist, wählt sie seine Nummer. Halbwegs erwartet sie, auf seiner Mailbox zu landen, bis das Freizeichen ertönt. Ihr Herz galoppiert. Nach etlichen Klingelzeichen will sie auflegen, aber Sebastian nimmt ab.

»Eva!«, flüstert er.

Sie kann nicht heraushören, ob er sich freut, sie zu hören, oder ob er wütend ist, dass sie angerufen hat.

»Es tut mir leid«, fängt sie mit dünner Stimme an, wird aber gleich unterbrochen.

»Mir tut es leid, dass du so lange nichts gehört hast. Hier geht es wirklich drunter und drüber. Ich verspreche dir, dass ich mich ganz bald ausführlich melde.«

»Wie geht es Franka?«

»Darüber reden wir dann. Ich muss los, bin im Krankenhaus, und der Arzt kommt jeden Moment. Ich vermisse dich so sehr. Du bist in meinem Leben gerade der einzige Lichtblick.«

Dieser letzte Satz ist wie Salbe auf ihren offenen Wunden. »Geht mir genauso. Ich vermisse dich auch.« *Willi ist tot,* will sie hinterherschieben, aber sie weiß nicht, ob sie ihm überhaupt schon von Willi erzählt hat. Sebastian scheint genug Sorgen zu haben, also lässt sie es. »Dann hören wir uns morgen.«

»Ganz bestimmt. Mach es gut. Ich muss Schluss machen.«

Der Anruf ist beendet.

Eva startet den Motor und fährt nach Hause. Unterwegs klingelt das Handy, und sie hat große Lust, es einfach aus dem Fenster zu werfen.

»Eva Lange-Albrecht, psychologische Beratung und Trennungsbegleitung«, sagt sie in der Hoffnung, dass es neue Kundschaft ist.

»Hier ist Markus.«

»Markus!« Eva klingt geradezu euphorisch. »Was kann ich für dich tun?«

»Ein Herr Wartmann ist in der Leitung. Er sagt, er sei der Sohn von Willi Bademeyer.«

»Oh!« Eva fährt langsam an den Fahrbahnrand und biegt in die nächste Straße ab. »Auf den Anruf warte ich.«

»Bevor ich durchstelle: Dein Onkel hat auch zweimal angerufen. Er sagt, die Frist sei überschritten, und das werde nun Konsequenzen haben. Ich mache mir wirklich Sorgen.«

»Das verstehe ich sehr gut. Ich mir auch, um ehrlich zu sein. Lass dich von Wolfgang nicht einschüchtern.« *Das musst du gerade sagen,* höhnt die Stimme in ihrem Kopf. »Morgen besprechen wir das in Ruhe, in Ordnung?« Eva parkt bei der ersten sich bietenden Stelle, damit sie mit Willis Sohn in Ruhe und ohne Ablenkung sprechen kann.

»Ich dachte, du bist erst Montag wieder da.«

»Planänderung.«

»Okay. Ich stelle jetzt Herrn Wartmann durch.«

»Danke.«

Es knackt kurz in der Leitung. »Eva Lange-Albrecht«, meldet Eva sich. Sie fragt sich, warum er ausgerechnet die Büronummer gewählt hat und nicht die Handynummer. Eva hat dem Polizisten alles mitgeteilt, was möglich war. Nur eine Faxnummer hat noch gefehlt.

»Olaf Wartmann. Die Polizei hat mir gesagt, dass Sie um Rückruf gebeten haben wegen der Bestattung. Kannten Sie Willi gut?«

»Ich bin eine alte Nachbarin und Freundin von ihm. Mein Beileid.«

»Danke. Ebenso.«

»Danke. Willi hatte zwar seine Geheimnisse, aber ich würde schon sagen, dass wir uns gut kannten. Ich wollte heute zu ihm und habe es dann erfahren …«

»Hören Sie, Frau Lange-Albrecht«, wirft Olaf Wartmann ein. Sein Ton ist geschäftsmäßig. »Ich wusste bis zu dieser Woche nicht einmal, dass ich einen anderen Vater habe als den, den ich seit fünfundfünfzig Jahren mit Papa anspreche. Ich bin ziemlich durcheinander und muss mich jetzt von Bayern aus um eine Bestattung bei Ihnen da oben kümmern. Von dem weiteren Papierkram mal ganz abgesehen – oder vom Zustand meiner Mutter, die habe ich nämlich erst einmal mit der Wahrheit konfrontiert, und sie ist völlig am Boden zerstört, dass Willi ihr Geheimnis verraten hat. Wie auch immer: Wir werden ihn anonym bestatten lassen. Die zweite Leichenschau findet heute statt, und mit etwas Glück kann die Bestattung noch diese Woche stattfinden. In seinem Schlafzimmer waren Unterlagen mit persönlichen Wünschen zu seiner Beisetzung, und dort steht, dass er eine Seebestattung wollte. Wissen Sie davon?«

Eva schluckt. »Ja, von diesem Wunsch hatte er gesprochen.«

»Kennen Sie noch Leute, die darüber Bescheid wissen sollten? Alte Freunde oder so?«

Sie fasst sich an die Stirn. Schon der Gedanke an ein wankendes Schiff lässt ihr schlecht werden. »Ich glaube nicht, dass es noch jemanden gibt. Sein letzter Freund starb vor einem Jahr.«

Ein paar Sekunden lang schweigt ihr Gegenüber. »Okay … also ich organisiere, was ich kann«, sagt er dann. »Wie kann ich Sie am besten erreichen für weitere Infos?«

»Sie haben ja meine Nummern, da erreichen Sie mich. Wenn ich irgendetwas tun kann, sagen Sie es bitte.«

»Mache ich«, antwortet Olaf Wartmann. »Tut mir leid, dass Sie einen Freund verloren haben.«

»Tut mir leid, dass Sie auf diesem Weg von ihm erfahren haben.«

»Ich melde mich nachher oder morgen noch einmal. Auf Wiederhören!«

»Alles Gute für Sie. Ach, eine Sache noch: Ich habe einen Ersatzschlüssel für das Haus. Soll ich den einfach in den Briefkasten werfen?«

»Klar, warum nicht. Ich wünsche Ihnen einen schönen Abend.«

Als Eva zu Hause ankommt und in Gedanken versunken ihren Haustürschlüssel in der Hand dreht, entdeckt sie einen Mann vor dem Eingang.

Plötzlich erkennt sie ihn.

Ihr Herz bleibt stehen.

Kapitel 23

DER KOPF UND DIE SCHLINGE

Mittwoch

»Wolfgang!«

Kann dieser Tag noch schlimmer werden?

Er kann. Immer wenn sie am Boden liegt, kommt einer und tritt ihr ins Gesicht.

»Du ignorierst mich, Evi, also muss ich zu drastischeren Maßnahmen greifen.« Er umarmt sie zur Begrüßung, und sie lässt es zu, obwohl sie ihm die Augen auskratzen und ihm sagen will, dass er sie nicht Evi nennen soll.

»Bevor wir über das Geld reden: Emilia feiert Samstag in einer Woche ihren Geburtstag und lädt alle Verwandten zum Kaffeeklatsch ein.« Verdammte Familienbande. Am liebsten hätte sie ihn schon mit zwanzig aus ihrem Leben geworfen.

Wolfgang nickt. »Wird sie tatsächlich schon sechzehn?«

»Ja, unglaublich, oder?« Aus einer ungeahnten Energiereserve zapft sie die Kraft, in einer normalen Tonlage mit ihm zu sprechen, und fragt sich dabei, warum sie sich noch immer die Mühe macht, die Fassade aufrechtzuerhalten.

Sie will die Bilder unterdrücken. Nicht jedes Mal an seine ekelerregende Hand denken, an seinen nach Alkohol und Zigaretten stinken Atem. Ihr Hals schnürt sich zusammen. Warum erlaubt sie ihm überhaupt noch, Teil der Familie zu sein? Wenn sie ehrlich ist, tut sie es nur, weil es Mutters Bruder ist und sie sie nicht enttäuschen will. Stillschweigend war vereinbart worden, dass über diesen Vorfall an ihrem zwanzigsten Geburtstag nicht gesprochen wird und jeder so tut, als wäre es nie geschehen.

Sein rotstichiges Haar ist schütter geworden. Er trägt es bis zu den Ohren, kämmt aber alles mit einer großen Portion Haargel zurück, was seine Geheimratsecken auffällig betont. Sein Kiefer ist seltsam blaugrün, als wäre er gegen irgendetwas gestoßen. Heute hat er einen Markenmantel an, einen feinen grauen Schal, und seine Schuhe sehen nicht so aus, als hätte er sie im Sale gekauft. Nur seine Brille wirkt billig und hat noch immer diese Glasbausteine. *Dick wie ein Colaflaschenboden,* hat Mutter oft gesagt.

Damit ich dich besser sehen kann. Seit jenem Abend hat sie Rotkäppchen gehasst.

»Gehen wir hoch«, sagt Eva gegen ihr Bauchgefühl. Der letzte Mensch, den sie in ihrer Wohnung haben will, ist ihr Onkel. Selbst Andreas wäre ihr jetzt lieber.

Obwohl es seit damals keine weiteren Zwischenfälle gegeben hat und er nie wieder versucht hat, eine Linie zu überschreiten, hat sie Angst, mit ihm alleine in einem Raum zu sein. Ihre Mutter findet das albern.

Wenn sie ehrlich ist, tut Eva die Reaktion ihrer Mutter auf die Situation von damals mehr weh, als Wolfgang es je könnte.

Wolfgang blickt sich im Fahrstuhl um. »Ist der kameraüberwacht?«

Panik kriecht von innen an ihren Eingeweiden hoch und dehnt sich mit jedem Atemzug weiter aus. Will er unbeobachtet sein?

»Ja«, antwortet sie und denkt an die letzte Woche zurück.

Ist das nicht schon länger her? Eine Ewigkeit ist vergangen, seit der Lichterhimmel über ihr verschwommen ist.

Wolfgang entdeckt die Kamera und nickt. »Bei der Verspiegelung hätte ich gedacht, dass es hinter dem Glas sein könnte. Ich wollte für uns jetzt auch Überwachungskameras besorgen. Man kann sich nie sicher genug fühlen.«

Fast wäre Eva ein kehliges Lachen entwischt. Wirklich sicher hat sie sich schon seit Jahren nicht mehr gefühlt. Wenn es diesen Zustand überhaupt je gegeben hat. Vielleicht am Anfang der Beziehung mit Andreas, als er noch alle Monster vertrieben hat, ehe er selbst zu einem wurde. Heutzutage trifft er sich mit anderen Monstern beim Rum-Tasting.

Ein verloren geglaubter Zorn leuchtet in ihr auf und befeuert ihren Mut. Für heute hat sie genug eingesteckt. Sie ist fünfundvierzig Jahre alt. Wieso lässt sie zu, dass ihr eigener Onkel sich immer wieder in ihr Leben drängt und sie finanziell abhängig macht?

Mehr noch: Wie hat sie nur zulassen können, auf ihn angewiesen zu sein?

Langsam köchelt der Zorn zu brennender Wut hoch. Auf sich, auf ihn, auf ihre Mutter, auf Andreas, das Schicksal und die Welt im Allgemeinen. Ihr Magen steht in Flammen, und es fühlt sich gut an. Sie ballt die Fäuste, als sie Wolfgang zu ihrer Wohnung folgt.

Kaum haben sie den Flur betreten, kommt er zur Sache. »Mir ist klar, dass du mir das Geld höchstwahrscheinlich nicht geben wirst. Ich habe auch keine Lust, dir Druck zu machen, aber ich habe eine Hypothek zu bezahlen, und wenn du dir das Gebäude nicht leisten kannst, dann muss ich dich bitten, dir etwas anderes zu suchen. Ich habe auch Verpflichtungen, weißt du?«

»Ich werde das Geld bekommen, glaub mir.« Ihre Stimme ist selbstsicher.

»So? Wie denn? Ich habe gehört, dass die Leute dir nicht gerade die Tür einrennen.«

Sie fragt sich, ob ihre Mutter oder Andreas es ihm gesteckt hat. Beiden traut sie es zu.

Am liebsten würde sie in die Küche laufen und mit dem Fleischmesser auf ihn einstechen. »Warte.« Sie geht stattdessen ins Schlafzimmer, tippt den vierstelligen Code in den Safe im Schrank ein und kommt mit drei Goldringen und Perlenohrsteckern wieder. »Die haben meiner Großmutter gehört. Echtgold, 750er und mit je einem Diamanten von 0,2 Karat. Die müssen aktuell bei um die siebenhundert bis tausend Euro pro Stück gehandelt werden. Die Perlenohrringe so um die dreihundert bis vierhundert. Nimm sie.« Sie hält sie ihm sichtbar unter die Nase. Gerade, als er zugreifen will, schließt sie die Hand wieder.

Verwundert schaut er sie an.

»Das ist mein absoluter Notgroschen. Behalte den Schmuck für vier Wochen. Wenn ich dann nicht zahlen kann, darfst du ihn versetzen.« Von der Uhr in Andreas' Haus erzählt sie nichts. Das Geld ist für ihren Ex gedacht, auch wenn sie keine Ahnung hat, wie sie jemals in ihren Besitz gelangen soll. Siegessicher öffnet sie die Hand wieder.

Wolfgang stellt sich vor ihr auf wie ein Braunbär kurz vor dem Angriff. »Nun hör mir mal zu.« Seine Stimme ist die eines Schuldirektors. »Du hast mehr Schulden bei mir als das hier.« Er nickt in Richtung des Schmucks. »Und wenn du denkst, dass ich dir noch einmal vier Wochen Zeit gebe, dann hast du dich geschnitten. Spätestens an Emilias Geburtstag packst du deine Sachen, oder du bezahlst die volle Summe. Ist mir scheißegal, wie, aber deinen Modeschmuck kannst du behalten. Meine Geduld ist am Ende. Jetzt wird es ungemütlich. Samstag in einer Woche, oder du erlebst dein blaues Wunder.« Mit einer lässigen Handbewegung schlägt er gegen Evas Handrücken.

Die drei Ringe und die Perlen fallen auf den Boden und stieben hell klimpernd in alle Richtungen davon.

Wolfgang würdigt die Schmuckstücke keines Blickes. »Wir sind fertig.« Er dreht sich um und will gerade gehen, als ihm etwas einzufallen scheint. »Wir sehen uns beim Geburtstag. Familie ist doch das Wichtigste.« Er entblößt seine zu stark gebleachten Zähne und verschwindet dann endgültig aus ihrem Blickfeld.

Überrumpelt steht Eva ein paar Sekunden lang im Flur.

Er hat es schon wieder geschafft, sie zu versteinern.

Mechanisch schließt sie die Wohnungstür. Ihr Körper ist leer und ihre Seele betäubt.

Sie braucht dringend ein Knock-out. Langsam geht sie zum Weinregal und lässt ihren Blick über die Flaschen schweifen.

Stopfst du wieder?, fragt Sebastian in ihren Gedanken.

Sie seufzt. Wenn sie heute nicht stopfen darf, wann dann?

Langsam sammelt sie die Ringe und Perlen im Flur ein, verschließt sie sicher im Safe und wäscht sich ihr Gesicht mit kaltem Wasser. Anschließend geht sie duschen. Als sie auf ihr Handy blickt, leuchtet ein entgangener Anruf von Melody auf. Sie ruft zurück. Melody meldet sich und gibt das Handy an Emilia im angrenzenden Hotelzimmer weiter.

Ihre Tochter sitzt auf einem überdimensional großen Bett. Sie sieht müde, aber überglücklich aus. »Hey, meine Süße! Tut mir leid, ich war gerade duschen, als du angerufen hast. Wie war dein Tag? Ist es nicht gerade mitten in der Nacht bei euch?«

»Ja!« Emilia jauchzt und scheint sich kein bisschen müde zu fühlen. »Wir waren den ganzen Tag Achterbahn fahren. Das Foto mit Pluto hab ich dir ja schon geschickt – der war so knuffig –, und abends haben wir mit Jess und seiner Family Burger gegessen in so einem megacoolen Restaurant. Also, wenn du denkst, dass du jemals einen großen Burger gesehen hast, dann warst du noch nicht in den USA …«

»Moment, wer ist Jess?« Eva kramt in ihrem Gedächtnis, ob Emilia den Namen bereits erwähnt hat, aber da ist nichts.

Zu ihrem Erstaunen läuft ihre Tochter rosa an und ist plötzlich ganz still.

O weh.

»Jess arbeitet im Park«, sagt sie dann. Ihre Stimme ist eine Nuance höher, als sie sein sollte. »Als Tarzan.«

Große Güte. Eva steht auf und greift nun doch zum Wein. Sebastian wird Verständnis haben. »Das heißt, es ist sein Job, den ganzen Tag lang halb nackt durch einen Vergnügungspark zu rennen und sich mit Kindern fotografieren zu lassen?« Es kommt gemeiner rüber als beabsichtigt. »Entschuldige«, schiebt Eva hinterher und trinkt einen Schluck. »Meine Nerven sind am Ende, ich hatte den schlimmsten Tag, den man sich vorstellen kann.«

»Schon gut«, meint Emilia. »Entschuldige dich niemals für deine Gefühle, oder was sagst du noch immer?« Man kann trotz ihrer Worte deutlich hören, dass Eva ihr einen Dämpfer verpasst hat.

»Aber für Unhöflichkeit darf man sich entschuldigen. Erzähl mir von Jess.«

»Jess ist cool, Mama.« Sie blüht wieder auf. »Und Papa kennt ihn ja auch, und der würde ganz bestimmt nicht zulassen, dass er mit zum Essen kommt, wenn er nicht in Ordnung wäre.«

Vielleicht stimmt das. Ganz sicher wird zumindest Melody ein Auge auf ihn haben.

»Außerdem war seine ganze Familie mit. Also, nicht die ganze, sondern seine Eltern und seine Schwester Aurelia. Die ist vor Kurzem sechzehn geworden.«

»Und du verstehst sie alle?«, hakt Eva erstaunt nach. Zwar war Englisch noch nie ein Problem für ihr kleines Mädchen, das plötzlich mit großen Schritten Richtung erwachsene Frau schreitet, aber sich mit einem Einheimischen zu unterhalten, erfordert viel Mut und Kenntnisse.

»Mit Händen und Füßen geht es.«

»Wie alt ist Jess?«

»Einundzwanzig.«

»Uff.«

»Papa und du seid auch fünf Jahre auseinander.«

»Ja, und du siehst, wo es endet.« Die Worte fallen ihr förmlich aus dem Mund. »Entschuldige.« Noch eine Entschuldigung. Was ist nur los mit ihr? Hat sie sich so wenig im Griff, dass sie es nicht einmal ihrer Tochter recht machen kann? »Ich glaube, ich sollte mich hinlegen. Der Tag wird nicht mehr besser.«

»Wir können doch morgen noch mal telefonieren«, schlägt Emilia in einem freundschaftlichen Ton vor.

»Ja, gute Idee. Tut mir leid, dass ich so komisch bin heute.« Sie ringt mit sich, ob sie von Willis Tod erzählen soll, hält es aber für besser, Emilia damit nicht jetzt zu belasten. Sie mochte ihn zwar, aber Eva war die Einzige mit einer derart engen Verbindung zu ihm.

»Ach, jeder hat mal einen schlechten Tag. Schlaf nachher gut und bis morgen!«

Eva lächelt und dankt dem Universum in Gedanken für das Geschenk dieser Tochter. Sie trinkt das Glas aus, trinkt ein weiteres und sehnt sich danach, endlich müde genug zu werden, um einschlafen zu können, obwohl es noch nicht einmal acht Uhr ist. In der weißen Hängeapotheke im Badezimmer findet sie Valium. In Kombination mit dem Wein nimmt sie vorsichtshalber nur eine Vierteltablette, kippt sie mit einigen Schlucken Wasser hinunter und zieht sich aus. Die Couch ist seit ihrer Wiederkehr zum Bett umgebaut, in das sie sich nun genüsslich legt. Träge und mit wütenden Kopfschmerzen steckt sie das Handy an den Strom. Halb im Einschlafen meint sie das Display aufleuchten zu sehen, aber sie ist zu kraftlos, um gegen die Schwere in ihrem Körper anzukämpfen.

Morgen sollte sie das Ding wirklich aus dem Fenster werfen. Es überbringt nur schlechte Nachrichten.

Kapitel 24

SEBASTIANS GEHEIMNIS

Gib jedem Tag die Chance, der beste deines Lebens zu werden. Dieser Spruch hängt in Form einer Postkarte an Emmis Spiegelschrank. Dort steht Eva am Donnerstagmorgen mit ihrem Kaffee in der Hand und wünscht sich, ihre Tochter endlich wieder in die Arme schließen zu können. Den besten Tagen ihres Lebens traut sie nicht mehr, da auf jedes Glück noch größeres Leid folgt. Sie trinkt aus, schluckt eine Kopfschmerztablette und macht sich für die Arbeit fertig. Ihr Handy lässt sie im Flugmodus, um wenigstens eine Stunde lang mal Ruhe zu haben. Es ist unwahrscheinlich, dass Emilia oder Sebastian ausgerechnet während dieser einen Stunde anrufen werden.

Fünfmal sieht sie aus Gewohnheit auf das Display, während sie sich auf den Weg zur Praxis macht, Markus begrüßt und dann den Computer hochfährt. Erst um zehn schaltet sie es wieder für Anrufe und Messenger-Benachrichtigungen ein.

Prompt hat sie eine Nachricht von Sebastian.

Ihr Magen hüpft aufgeregt. Doch bevor sie sie lesen kann, klopft Markus an die Tür.

»Ja?«

Er kommt herein. »Ich wollte fragen, ob wir nächste Woche etwas Wichtiges besprechen können.«

Eva fixiert ihn. Seine Brille ist das Markanteste an ihm, der ansonsten ziemlich unauffällig ist. »Ich habe dich noch nie gefragt, ob du hier eigentlich gern arbeitest«, sagt sie nachdenklich.

Markus wird zartrosa. »Doch, ja, ich arbeite hier gern.«

»Du bist eine wirklich große Stütze, weißt du das? Ich glaube, ich sage das zu selten. Ohne dich wäre ich schon lange untergegangen.«

»Ach was, du bist doch so eine starke Frau«, erwidert er mit belegter Stimme.

Die Tür im Eingangsbereich läutet. Markus dreht sich um und geht. Eva hört ihn jemanden begrüßen. Eine Frauenstimme.

Sekunden später steht Franka in der Tür. Eva, die gerade den Text von Sebastian geöffnet hat, zuckt ertappt zusammen.

Franka kommt zu dir in die Praxis, lautet die Nachricht.

»Hey!«, sagt Eva und versucht krampfhaft, sich daran zu erinnern, was sie aus Frankas Sicht wissen kann und was nicht. Sie würde sie am liebsten umarmen und ausfragen, was in Italien los war, aber Franka hat ihr offiziell nichts von der Reise erzählt. »Was verschafft mir die Ehre?«

Franka sieht abgekämpft aus. »Können wir reden?«

»Selbstverständlich.« Sie gibt bei Markus zwei Kaffee in Auftrag und bittet ihre Freundin, sich auf einem der Rattanstühle niederzulassen. »Du siehst kaputt aus, wenn ich das sagen darf.«

»Tut mir leid, dass ich unseren Termin Dienstag nicht abgesagt habe.«

Eva kann sich gär nicht daran erinnern, überhaupt einen ausgemacht zu haben. »Schon gut«, sagt sie. »Was ist denn los?«

Franka presst die Lippen aufeinander und starrt auf ihre Hände. Sie ist nicht mehr die glänzende Erscheinung, die sie auf der Jubiläumsfeier war. »Ich war spontan in Italien, um in Ruhe über alles nachzudenken.«

Eva hört aufmerksam zu.

»Als ich Christoph davon erzählt habe, hat er einen Flug gebucht und ist mir nachgekommen.«

»Oh.« Ob Christoph und Sebastian wohl aufeinandergetroffen sind?

»Ich hätte mich freuen sollen, oder? Gut zwanzig Grad, kaum Touristen, Sonnenuntergang am Kolosseum … aber die ganze Zeit über habe ich nur an Basti gedacht und daran, was ich ihm antue.«

Evas Magen rollt sich um sich selbst.

»Er ist dann nach nur einer Nacht wieder abgereist, nachdem wir uns richtig heftig gestritten haben. Ein Teil von mir war darüber sehr froh, aber gleichzeitig war ich auch traurig. Ich …« Sie seufzt. Es fällt ihr sichtlich schwer, darüber zu sprechen. »Ich habe es beendet.«

Scheiße.

»Wie fühlst du dich damit?«, hakt Eva nach. Ihre Stimme ist dünn wie ein Seidenfaden.

»Ich habe Liebeskummer, glaube ich. Samstag war der Streit, und Sonntag bin ich mitten im Frühstücksraum zusammengebrochen. Ich glaube, das ist das Peinlichste, was ich je erleben musste. Das Hotelpersonal hat einen Arzt gerufen und mich mit einem Krankenwagen einliefern lassen. Kannst du dir das vorstellen?«

»Erinnert mich an so eine Verrückte, die mal in der Sauna zusammengeklappt ist.« Evas Versuch fruchtet und entlockt Franka ein Lächeln. »Bist du richtig ohnmächtig geworden?«

»Nervenzusammenbruch, meint der Arzt. Die haben mich erst wieder gehen lassen, als Sebastian nachkam. Ich glaube nicht, dass das rechtskonform war.«

»Dein Mann ist extra nach Italien geflogen?« Es tut ihr körperlich weh, diese Heuchelei aufrechtzuerhalten. »Das ist doch ein … schönes Zeichen von ihm. Oder wie siehst du das?«

Franka nickt. »Ja, und er hat sich so liebevoll um alles gekümmert. Das hat mir gezeigt, dass er der einzige Mensch ist, auf den ich mich wirklich verlassen will. Ich meine, Basti ist nach wie vor anstrengend, aber irgendwie …« Sie sucht nach passenden Worten. »Weißt du, ich glaube, es gibt noch den Hauch einer Chance. Keine Ahnung, wie wir unsere Ehe kitten sollen, aber ich will es zumindest versuchen.«

Evas Mund ist staubtrocken. Ihre Kehle schnürt sich zusammen, sodass sie kaum noch Luft bekommt.

»Alles in Ordnung?«, fragt Franka mit besorgtem Blick. »Du bist so blass wie an dem Tag in der Sauna. Soll ich deinen Assistenten holen?«

Eva schüttelt den Kopf. »Mir ist nur schlecht … entschuldige mich kurz.« Sie springt vom Stuhl, reißt die Tür zum Flur auf und hechtet auf die Toilette, wo sie sich zweimal übergibt.

Das war es. Sie kann und wird dieses Spiel nicht länger mitmachen. Dieses Tauziehen reißt ihre Seele entzwei.

»Eva?« Es ist Markus.

»Eine Minute«, antwortet Eva gepresst. Sie erhebt sich, wäscht sich den Mund aus und starrt ihr erschöpftes Spiegelbild an. Ihr Körper ist schweißgebadet. Dunkle Augenringe lassen sie krank aussehen.

Sie kann das nicht mehr.

Zurück im Büro steht der fertige Kaffee auf dem Tischchen zwischen den Stühlen. Franka dreht sich zu ihr um, als sie den Raum betritt. »Ich kann auch gehen, wenn du dich nicht gut fühlst.«

»Ach, geht schon. Hab nur irgendwas Falsches gegessen.«

»Ich habe diese Woche eh frei, passt es morgen besser?«

»Ich glaube schon.«

Franka steht auf. »Letzten Dienstag wollte ich eigentlich mit Basti ins Kino, was wir schon seit Jahren nicht mehr gemacht haben, aber er war unterwegs. Hast du nicht vielleicht Lust, heute Abend mit mir den neuen Film mit Kate Winslet zu sehen? Also, nur wenn es dir besser geht.«

Das Einzige, was ihr dazu einfällt, ist Kate Winslets Durchbruch mit *Titanic*. »Ich glaube, eher nicht.«

Wenn du springst, spring ich auch.

Eine neue Übelkeitswelle bahnt sich an.

Dann stutzt Eva. »Wann bist du wiedergekommen?«

Franka überlegt. »Montag ist Basti angekommen, und wir sind am selben Abend abgereist – allerdings mussten wir über Frankfurt fliegen und haben dort noch eine Nacht geschlafen, sind dann mit dem Zug nach Hamburg gefahren und mit zwei Autos wieder hierher.«

Also war er schon wieder in Deutschland, als er Eva gestern erzählt hat, dass er im Krankenhaus sei.

Er hat gelogen.

Die Temperatur in ihr sackt schlagartig um einige Grad ab.

»Eva?« Frankas Stimme scheint etliche Kilometer entfernt zu sein. Die Welt fühlt sich an wie in Watte gepackt. Als hätte sie seinen Motorradhelm auf.

»Ich möchte dich nicht rauswerfen«, sagt sie mechanisch, und Franka versteht sie sofort.

»Kein Problem, ich bin ja hier eingedrungen. Lass uns doch telefonieren wegen heute Abend oder wegen eines Termins nächster Woche. Gute Besserung.«

»Danke.« Sie geht einen Schritt zur Seite, und Franka rauscht mit einer Leichtigkeit an ihr vorbei, die ihr ein Rätsel ist. Sie versucht noch immer, zu verstehen, was sie gerade hergeleitet hat.

Das muss ein Missverständnis sein.

Eva schließt die Bürotür und tut das Einzige, das Klarheit bringen kann: Sie ruft Sebastian an.

»Eva!« Wie er ihren Namen ausspricht, ist Musik. »Ich muss mit dir sprechen.«

»Komisch«, hört sie sich tonlos sagen, »das Gleiche hatte ich auch vor.«

»Ist etwas passiert?« Er klingt alarmiert.

»Sag du es mir. Was ist los, Sebastian?«

Ein paar Sekunden lang herrscht gespannte Stille. »Was meinst du?« Die Skepsis ist nicht zu überhören.

»Franka war gerade hier und hat mir gesagt, dass sie seit Dienstag wieder hier ist.«

»Ja, genau genommen seit Montagabend. Wir haben in Frankfurt übernachtet.«

»Und warum gibst du dann vor, in Italien zu sein?«

»Hä?« Er klingt ernsthaft irritiert. »Ich verstehe nur Bahnhof.«

»Du hast mir gesagt, dass du im Krankenhaus bist und der Arzt gleich kommt«, erinnert sie ihn mit wütender Flüsterstimme. Sie will ihn anschreien, aber die Wände sind zu dünn.

Der Groschen scheint auf der anderen Seite des Telefons zu fallen. »Ach, das meinst du. Genau darüber muss ich mit dir sprechen, aber nicht am Handy. Können wir uns sehen?«

»Und Franka?«

»Übernehme ich. In einer halben Stunde bei dir.«

Das Gespräch ist beendet, ehe sie auflegen kann. Sie stützt den Kopf in die Hände. Regungslos verharrt sie unendlich lange Augenblicke in dieser Position, bis sie sich aufraffen kann. Draußen braut sich ein Herbststurm zusammen, der auch in ihrem Inneren tobt. Sie stopft sich ein Stück belgische

Schokolade in den Mund und erklärt Markus beim Hinausgehen, dass sie sich hinlegen muss. »Ich kann dir nicht sagen, wie dankbar ich dir bin, dass du die Stellung hältst«, sagt sie.

Er lächelt schüchtern. »Gute Besserung.«

Vor der Praxis wirbelt der Wind trockene Blätter auf und reißt an Evas Mantel. Sie konzentriert sich auf den Schokoladengeschmack auf ihrer Zunge. Der Wagen blinkt zweimal auf, als sie ihn per Zündschlüssel öffnet, und sie rettet sich vor dem kalten Grau ins Innere. Um ihre Gedanken nicht hören zu müssen, stellt sie das Radio so laut ein, dass es kaum erträglich ist. Lauthals singt sie die Lieder mit, antwortet der Moderatorin, die ihr irgendetwas von der Verkehrslage erzählen will, und ist froh, als sie endlich zu Hause ankommt. Alles, was sie ablenkt, ist jetzt genau richtig.

Doch die Freude verpufft mit der letzten Note. Das Hochhaus steht vor ihr wie ein unbezwingbarer Berg. Sie will sich nicht mit der Lüge auseinandersetzen, die Sebastian ihr aufgetischt hat. Seine Ausflüchte nicht hören.

Sie will nicht verletzt werden.

Ihn nicht verlieren.

Mittlerweile kennt sie das Gefühl, das einem Tränenmeer vorausgeht. Es ist eine sich aufbauende Welle, ähnlich wie damals bei Emilias Geburt, als sie gespürt hat, dass eine neue Wehe im Anmarsch war. Wie ein Pegel steigen die Tränen immer höher auf.

Noch schafft sie es, den Ausbruch zu verhindern.

Eva hastet in den Aufzug und drückt den Knopf mit der Elf. Gegen ihren Willen denkt sie an keuchende Münder und sich windende Körper. »Verdammter Fahrstuhl«, knurrt sie und flüchtet aus der Kabine, sobald sich die Türen öffnen. Nächstes Mal nimmt sie die Treppen.

Ihre Wohnung liegt wie der bedrohliche Schlund eines

Raubtieres vor ihr. Sie hat Angst vor dem, was auch immer kommen wird. Es ist gerade diese Ungewissheit, die sie verrückt macht. Worauf soll sie sich einstellen? Wird Sebastian ihr eröffnen, dass er ihre knospende Liebe zerstören will?

Geht er zurück zu Franka?

Gibt es eine vierte Person in ihrem Bunde?

Die Türklingel reißt sie aus ihren Befürchtungen. Wie kann es sein, dass er schon da ist? Eva nimmt den Hörer der Gegensprechanlage ab. »Ja?«

»Vier-Käse-Pizza für Frau Lange-Albrecht.«

Tatsächlich muss sie lachen, obwohl sie in einem Meer unterschiedlichster Emotionen badet, in denen Freude gerade nicht verfügbar ist. Eine halbe Minute später steht er vor ihr. Ohne Pizza, dafür mit einem Schnellhefter in der Hand.

»Sorry, den konnte ich mir nicht verkneifen«, sagt er. Zwar lächelt er, aber seine Augen huschen über sie hinweg. Nervös spielt er mit dem Schlüsselbund in der anderen Hand. Seiner Aufmachung nach zu urteilen, hat er sein Motorrad noch nicht für den Winter vorbereitet.

»Komm rein.«

Er zieht die Stiefel aus, hängt die Lederjacke auf und folgt ihr ins Wohnzimmer.

Eva setzt sich auf die Couch, die noch immer zum Bett umgebaut ist.

»Hier habe ich noch nie gesessen«, sagt er grinsend, aber Eva ist nicht nach Small Talk zumute. Sie räumt mit schnellen Handgriffen ihre Bettdecke zur Seite und lehnt dann mit den Armen auf ihren Knien. Mit wie zum Gebet gefalteten Händen wartet sie ab. Was ihr zu Beginn ihrer Beratungstätigkeit schwergefallen ist, beherrscht sie inzwischen: Sie schweigt.

So aufgeregt wie jetzt hat sie Sebastian noch nicht erlebt. Er steht wieder auf und geht umher, dabei streicht er wiederholt seine Hände an der Jeans ab. Sein Gesicht ist rot, und er schwitzt.

»Geht es dir gut?«, fragt Eva mit zusammengekniffenen Augen. Er sieht nicht gesund aus.

Sebastian lacht nervös auf. »Wie schön, dass du gleich den entscheidenden Punkt ansprichst. Zuerst einmal tut es mir leid, dass ich mich nicht gemeldet habe. Du denkst vielleicht, ich hätte dich vergessen, aber das Gegenteil ist der Fall.« Wieder läuft er vor ihr auf und ab. Er presst die Hände erst in die Hüften, kreuzt sie dann über dem Kopf und bleibt stehen. Es fällt ihm sichtlich schwer, sie anzusehen. Er schüttelt die Finger aus und fängt erneut zu gehen an.

»Sebastian, bitte.« Eva erhebt sich und nimmt seine Hände in die ihren. Sie sind schweißnass und glühend heiß. »Sei ehrlich zu mir. Ich weiß, dass du nicht im Krankenhaus warst. Was ist los?«

Dann sieht sie die Tränen. Sein Schmerz drückt ihr die Kehle zu. Er wirkt wie ein angeschossenes Reh, das den Fängen seines Jägers entkommen will, aber zu schwer verletzt ist, um zu laufen.

Ist aus ihr, dem verängstigten Rehkitz, etwa eine Jägerin geworden? Sie schüttelt den Kopf. »Was es auch ist, du kannst es mir sagen.« Eva steht auf, stellt sich direkt vor ihn und streichelt seine Wange.

Endlich gibt er sich einen Ruck. »Ich werde bald sterben.« Seine Unterlippe zittert, und Tränen rinnen ihm über das Gesicht.

Eine Schockwelle überrollt Eva. Die Worte hallen in ihrem Kopf wider wie ein Bergecho, ergeben jedoch keinen Sinn.

Sie hat mit allem gerechnet, nur damit nicht.

Kapitel 25

DIE DIAGNOSE

Donnerstag

Ich … ich weiß nicht, was ich sagen soll.« Eva spürt, dass ihr Gehirn versucht, die Information zu verstehen, aber kläglich an der Aufgabe scheitert.

»*Scheiße* wäre ein Anfang.«

»Was … wie … also … wann …«

»Ja.« Sebastian nickt und wischt sich die Tränen aus den Augen. »Ungefähr so habe ich dem Arzt auch geantwortet.«

Eva will nicht einfach nur vor ihm stehen und nach Atem ringen, aber ihr wollen keine Worte einfallen, die irgendeinen Sinn ergeben. »Ich muss was trinken«, sagt sie und wendet sich ihrem Spirituosenregal zu. Wein ist heute nicht stark genug. Da sie eine persönliche Abneigung gegen Rum hat, nimmt sie einen achtzehn Jahre alten Single Malt Whiskey hervor, den sie bei der Trennung aus Andys Vorrat als Schmerzensgeld hat mitgehen lassen.

»Ich auch«, sagt Sebastian.

»Darfst … du das denn?«, fragt sie zögerlich. Sie will wissen, was er ihr zu sagen hat, aber gleichzeitig hat sie auch so große Angst vor der Wahrheit, dass sie lieber nackt in ein Becken voller Stecknadeln springen würde, als sich die Diagnose anzuhören.

Sebastian zieht eine Augenbraue hoch. »Was ist schon das Schlimmste, was passieren kann? Dass ich sterbe?«

Er hätte Willi gemocht.

»Hör auf, Zynismus steht dir nicht.« Sie gießt ihnen weit über die Hälfte ein und lässt sich wieder auf die Couch sinken. Mit Blick zu ihrem Angebeteten trinkt sie drei große Schlucke. Der Alkohol brennt einen Teil der Schmerzen weg. Sie betrachtet ihn dabei, wie er das Glas ansetzt, ebenfalls einige Schlucke trinkt und sie dann ansieht. Das neue Wissen treibt ihr wieder Tränen in die Augen.

Er setzt sich neben sie und greift nach ihrer Hand. Mit ineinandergekreuzten Fingern sitzen sie ein paar Atemzüge lang da. »Willst du die Hintergründe hören oder nur die Konsequenzen?«

Am liebsten würde sie hören, dass das alles ein makaberer Scherz ist. »Sag mir alles, was du weißt«, flüstert sie. Die Panik in ihrem Brustkorb bläht sich auf, als wolle sie ihn zum Platzen bringen. Ihr Herz fühlt sich so taub an wie ihre Beine.

»Ich hätte vielleicht öfter Lotto spielen sollen«, sagt Sebastian. »Denn anscheinend habe ich ein gutes Händchen für geringe Wahrscheinlichkeiten.«

»Mir ist wirklich nicht nach Lachen zumute.«

»Schon gut.« Er trinkt einen weiteren Schluck. »Tut mir leid. Ich vergesse, dass ich schon ein paar Wochen Zeit hatte, mich auf die neue Situation einzustellen. Also: Bei mir wurde eine sehr seltene Krankheit diagnostiziert. Die häufigste Form davon betrifft ältere Menschen, es gibt aber eine Variante, die auch Jüngere betrifft. Es handelt sich um eine Hirnerkrankung. Kennst du noch BSE?«

Sie nickt. An die Zeit des sogenannten Rinderwahnsinns erinnert sie sich noch gut. Die Medien hatten sie verrückt gemacht mit der Warnung vor britischem Rindfleisch.

Sebastian nickt auch. »So ungefähr ist das. Mein Gehirn löst sich auf.«

Eva wird so schlecht, dass sie sich zum dritten Mal heute übergeben will. »Ich kann das einfach nicht glauben.«

»Frag mich mal. Es scheint so, als hätte ich die sogenannte vererbte Variante. Im Nachhinein bin ich mir sehr sicher, dass mein Vater diese Krankheit hatte. Wir hatten ihn damals wegen Demenz ins Heim gegeben, und es hat ihn regelrecht dahingerafft. Leider wurde er post mortem nicht auf Creutzfeldt-Jakob getestet, daher kann ich mir nicht absolut sicher sein, aber alles spricht dafür.«

»So heißt die Krankheit?«

Er nickt. »Creutzfeldt-Jakob-Krankheit. CJK.«

»Was sind die Symptome? Hast du Schmerzen?«

Langsam schüttelt er den Kopf. »Eigentlich war ich beim Arzt, weil ich den Verdacht auf Depression hatte. Das war vor drei Wochen. Franka hat immer wieder betont, wie sehr ich mich in den letzten Monaten verändert hätte, und ich stimme ihr zu. Ich vergesse zudem ständig alles, von meinem Schlüssel über Namen bis hin zu Inhalten, die ich gerade im Fernsehen gesehen habe. Ich dachte sogar, dass ich dich vergessen würde. Aber das ist erst der Anfang. Ich will dir keine Angst machen, die habe ich schon selbst zur Genüge.«

»Gibt es keine Chance auf Heilung?«, haucht Eva. Ihre Finger fühlen sich eiskalt an.

»Nein. Die Sterberate liegt bei einhundert Prozent. Die Krankheit ist einfach zu selten, als dass sie großartige Forschungsgelder bekäme, um eine Therapie zu entwickeln. Einer von einer Million Menschen erkrankt.«

Eva ist entsetzt. Wie kann das Leben eines Menschen von Geld abhängen? Eine Spur Wut mischt sich unter ihre Angst und Erschütterung. »Wie lange noch?« Ihre Worte sind so leise, dass sie kaum verständlich sind.

Sebastian drückt ihr einen Kuss auf den Handrücken. »Wahrscheinlich habe ich nur noch ein paar Monate. Man weiß es nicht genau … es geht am Ende sehr schnell.«

Stumm schreiende Tränen laufen über ihre Wangen. »Was wird passieren?«, flüstert sie.

»Ich weiß nicht, ob ich das sagen will.«

Eva schnieft, wischt sich die Tränen aus dem Gesicht und drückt seine Hand. Sie lässt ihm Zeit. Sie hat eine vage Idee, wie es sein könnte, wenn sich Hirnzellen auflösen, aber sie will es von ihm hören.

Nach einigen Atemzügen ringt er sich zu einer kurzen Erklärung durch. »Ich erspare dir Details. Es wird mit einer Art Demenz beginnen, die ich schon jetzt spüre. Dazu kommen häufig Muskelzuckungen und unkontrollierte Bewegungen. Ich werde irgendwann nicht mehr gehen können, werde dich oder Franka nicht mehr erkennen, immer mehr verfallen, bettlägerig werden und dann sterben.«

»Mein Gott.« Eva hält sich die Hand vor die Lippen, um einer aufkommenden Übelkeitswelle den Weg abzuschneiden. Alles in ihr schreit: Das will ich nicht miterleben!

Noch nie in ihrem Leben hat sie eine solche Ungerechtigkeit ertragen müssen. Im Vergleich kommen ihr die verlorenen Jahre mit Andreas und ihr damit verbundenes Leiden fast lächerlich vor. Sie hat nie ernsthaft um ihr Leben fürchten müssen.

»Was machen wir jetzt?«

Sie schweigen sich an.

Zwischen ihren Ohren hört Eva nur Rauschen.

»Ich kann verstehen, wenn du mich nicht mehr wiedersehen möchtest. Wer will schon einem Menschen beim Sterben zusehen?«

»Nein!« Die Heftigkeit ihrer Reaktion überrascht sie selbst.

»Nein«, wiederholt sie noch einmal leise. »Ich möchte dich nicht verlieren. Schon gar nicht freiwillig.« Ihr Körper spricht eine andere Sprache und geht in den Fluchtmodus. Am liebsten würde sie aufstehen, sich Schuhe und Mantel anziehen und in den nächsten Flieger steigen, um ans Ende der Welt zu fliehen. Ihre Kraftreserven sind am Ende. Was ihr in den letzten vierundzwanzig Stunden passiert ist, ist schlimmer als das, was manche Menschen in ihrem ganzen Leben zu ertragen haben.

Er legt das Gesicht in die Hände. Heftige Schluchzer fahren durch seine Finger. Seine Schultern zucken. »Ich habe eine Scheißangst.« Die Worte sind kaum zu verstehen, aber seine beklemmende Panik verstärkt ihre. Ihr ist, als wäre pure Angst aus seinen Poren geströmt und zöge allen Sauerstoff aus ihren Lungen. »Komm her.« Sie nimmt ihn in den Arm wie ein kleines Kind.

Bereitwillig lässt er sich von ihr trösten.

Ihr schießen so viele Gedanken und Fragen durch den Kopf, dass sie sie wie ein mächtiger Strudel in den Abgrund zu reißen drohen. Das gleiche Ohnmachtsgefühl wie neulich in der Sauna bahnt sich an.

Und dennoch ist das sicherlich nichts im Vergleich zu den Gefühlen, die Sebastian durchleben muss. Sie kann sich nicht im Entferntesten vorstellen, durch welche Hölle er in den vergangenen Wochen gegangen ist. Zu wissen, dass man sehr bald sterben wird, nimmt einem alles, worauf man sich verlassen hat.

Nach einer Weile ebbt sein Schluchzen langsam ab. Sebastian atmet ruhiger. Verharrt in ihren Armen, rührt sich nicht. Eva denkt schon, er sei womöglich eingeschlafen, da richtet er sich auf und wischt sich die Tränen weg. Dann sieht er sie an. Ein angedeutetes Lächeln huscht über seine

Lippen, aber dann friert es ein. Sorgenvoll zieht er die Augenbrauen zusammen und streichelt über ihre Wange. »Hey«, sagt er leise. »Was ist denn los? Habe ich etwas Falsches gesagt?«

Als Eva versteht, dass er sich nicht mehr an ihr Gespräch erinnern kann, bricht sie in Tränen aus.

Kapitel 26

EIN ABSCHIED

Eva kann Sebastians Gedanken hinter der Stirn arbeiten sehen.

»Du hast mir von deiner Diagnose erzählt«, sagt sie traurig. »Und ich bin schockiert.«

Der Schmerz auf seinem Gesicht ist heftiger, als sie erwartet hat. »Ich wollte es dir nicht sagen.«

»Wieso nicht?«

Er zuckt mit den Schultern und sinkt noch tiefer in sich zusammen. »Aus Angst vor deiner Reaktion. Aus Angst, dass ich dich damit in eine Situation bringe, in der du nicht sein willst.«

Sie steht von der Couch auf. Sebastian folgt ihr nach. Mit ernster Miene fixiert sie ihn. »Du musst es unbedingt Franka sagen.« Mit Sicherheit hat er sie im Unklaren gelassen, sonst hätte sie Eva von der Diagnose erzählt.

»Auf keinen Fall. Das kann ich ihr nicht antun.« Er verschränkt die Arme vor der Brust.

Sie sieht ihn weiterhin an. Ihr konnte er es antun.

»Nein«, sagt er.

»Das verändert alles, Sebastian. Zwischen uns, zwischen euch … Sie hat es verdient, das zu wissen.« Eva wechselt in ihre Rolle als Beraterin. »Gib ihr Zeit, mit eurer Situation klarzukommen, und lass sie nicht ins offene Messer rennen.«

»Netter Vergleich.«

Sie schluckt eine giftige Erwiderung hinunter. »Wie fändest du es, wenn sie plötzlich dement ist und in ein paar Monaten stirbt und du dann erfährst, dass sie es dir nur nicht gesagt hat, damit du nicht im Vorfeld leidest?«

»Rücksichtsvoll«, antwortet er tonlos.

Sie ist sich nicht sicher, ob er es ernst meint oder ob er aus Trotz so antwortet.

»Du würdest lieber wollen, dass Franka von heute auf morgen stirbt, als dass du dich auf die Situation vorbereiten kannst?«, hakt sie nach.

Sebastian verlagert das Gewicht von einem Bein auf das andere. Er scheint nicht zu wissen, was er mit seinen Händen machen soll, die er zunächst vor der Brust verschränkt hält, dann aber in die Hosentaschen steckt, nur um sie wieder zu verschränken. »Ja, ich denke schon.«

»Das kann nicht dein Ernst sein!« Eva wird lauter. »Du nimmst ihr die Chance, sich auf die schlimmste Zeit ihres Lebens vorzubereiten!«

»Ach ja?«, ruft er nun, und seine Stimme überschlägt sich. »Glaubst du, ich weiß nicht, wie es ist, sich auf die schlimmste Zeit seines Lebens vorzubereiten? Glaubst du, ich will, dass Franka monatelang nicht mehr schlafen kann, weil sie in ständiger Angst um mich ist? Ich will nicht, dass sie sich meinetwegen die Augen ausheult und sich Vorwürfe macht, weil unsere Ehe den Bach runtergegangen ist. Ich will nicht, dass sie schlimmstenfalls noch herausfindet, dass ich bei dir war, als ich eigentlich im Krankenhaus hätte sein sollen. Ich will weder eure mitleidigen Blicke noch eure Hilfe, verstanden? Scheiße, ich wusste, dass es ein Fehler war, es dir zu sagen.« Aufgebracht läuft er vor ihr hin und her und verschießt giftige Pfeile mit seinen Worten. »Ich hätte einfach abhauen sollen. Keine Ahnung, was mich geritten hat, dich einzuweihen. Vielleicht dachte ich, als psychologisch geschulte Beraterin könntest du verstehen, wie ich handle. Dass ich nicht mit offenen Karten spielen *kann*. Ich zerstöre sie, Eva. Ich zerstöre ihren Neuanfang, wenn ich es ihr jetzt sage. Es war ein Glücksfall, dass sie über eine Trennung nachdenkt. Wir ziehen das durch, und sie ist geschützt.«

Sie will ihm sagen, was ihr Franka heute anvertraut hat. Dass es Hoffnung gibt. »Und wenn sie keinen Neuanfang will?«, fragt sie. »Was, wenn sie noch immer eure Ehe will?«

»Tja, das wird sich bald erledigt haben.«

»Du bist unmöglich.«

»Ich bin realistisch.«

Eva schüttelt den Kopf. »Und wie lautet dein Plan? Soll ich dir beim Sterben zusehen? Bin ich dir nicht so viel wert wie Franka?« Die plötzliche Wut in ihrem Bauch überrascht sie. Ihr kommt ein Gedanke. »War das alles nur Spaß für dich? Ein bisschen emotionale Abwechslung neben der eingefahrenen Ehe und deiner Diagnose? Warum hast du dich auf mich eingelassen, wenn du wusstest, dass du stirbst? Du hast gesagt, dass du es vor wenigen Wochen erfahren hast und dachtest, du würdest mich wieder vergessen.«

Obwohl Sebastian den Kopf schüttelt, sprechen seine überrascht geweiteten Augen Bände. Möglicherweise hat er vergessen, was er ihr alles anvertraut hat, und wundert sich über sich selbst. »Nein … ich … die Sache mit uns hat mich völlig kalt erwischt. Bitte denke nicht, dass alles nur gespielt war. Ich mache mir immense Vorwürfe, weil ich dich mit reingezogen habe.«

Eva knetet ihre Hände. »Ich weiß nicht, was ich denken soll. Es ist eben sehr einfach, anzunehmen, dass du dich unter anderen Umständen nicht auf mich eingelassen hättest.«

Sebastian schließt sie in seine Arme und drückt sie fest an sich.

Der Körper unter seinem Hemd glüht. »Gehört diese Hitze

auch zum Krankheitsbild?«, fragt sie. Ihr fällt ein, dass ihr schon auf Helgoland sein ständiges Schwitzen aufgefallen war.

»Hitzewellen, Schüttelfrost … ich dachte erst, ich bin in den Wechseljahren.«

»Das ist nicht witzig.«

»Doch, ein bisschen schon.« Er küsst sie. »Hör zu, wenn ich wüsste, wie die nächsten Schritte aussehen, würde ich es dir sagen, aber ich weiß es nicht. Dir kann ich mich anvertrauen, weil es bei uns normalerweise nicht gleich zu einem Streit kommt. Aber will ich, dass du mich beim Sterben begleitest? Auf keinen Fall. Und dann wieder doch. Es ist alles scheiße. Und wegen Franka: Ich glaube nicht, dass sie in der mentalen Verfassung ist, das zu überstehen. Mir ist lieber, dass sie mich verlässt, als dass sie mich sterben sieht. Und du kannst dabei helfen.«

Sebastians ganz eigener, betörender Körpergeruch löst ein Kribbeln in ihrem Bauch aus. Unter anderen Umständen wäre es die Erfüllung ihres Traums gewesen, Sebastian von Franka zu trennen, aber sie kann es nicht. »Ich könnte nicht damit leben, wenn du es Franka nicht sagst. Stell dir mal vor, wir würden unsere Beziehung, oder was auch immer das zwischen uns ist, öffentlich machen. Sie würde davon erfahren. Wir hätten ein paar Monate zusammen, die eigentlich Franka vergönnt sind. Ihr habt euch geschworen, euch in guten und schlechten Tagen gegenseitig zu tragen. Willst du wirklich auf deinem letzten Gang von jemandem begleitet werden, den du gerade erst kennengelernt hast und den du vielleicht bald vergisst? Franka mag angeschlagen sein, aber mit einer begleitenden Beratung und Trauerbewältigung wird es möglich sein, dass sie an dieser Herausforderung wächst. Sie liebt dich noch, Sebastian, auch wenn du das vielleicht nicht siehst.«

Ein paar Atemzüge lang sagt niemand etwas.

Sebastian löst ihre Umarmung. »Ich hasse dich.«

Eva lächelt. »Manchmal muss ich den Finger in die Wunde legen. Tu das Richtige. Bitte.«

Sebastian nickt. »Ich glaube, ich muss jetzt eine Menge nachdenken. Du hast schon recht, wenn ich mir eine Person aussuchen kann, die mich beim Sterben begleitet, dann kann ich Franka nicht ausschließen. Sie ist meine beste Freundin, meine Vertraute. In den letzten Jahren haben wir beide nicht sehr gut aufeinander achtgegeben, aber deshalb sind unsere Gefühle nicht einfach verschwunden.«

Eva gibt Sebastian einen sanften Kuss auf die Lippen. »Franka liebt dich noch immer, und ich glaube, wenn du mich außen vor lässt, finden sich da auch noch Gefühle tief in dir drin. Denk darüber nach und gib ihr eine Chance.«

»Ich will dich nicht verlieren.« Er streicht über ihre Wange. »Andererseits verliere ich euch alle ohnehin bald.« Eine Träne läuft ihm über die Wange. »Ich will einfach die Zeit anhalten und das genießen, was wir hatten. Können wir einfach so tun, als sei alles gut?«

Evas Magen zieht sich zusammen.

»Bitte.« Er umschließt sie mit seinen Armen und vergräbt das Gesicht in ihren Haaren. »Franka rechnet heute nicht mehr mit mir. Ich kann ihr sagen, dass ich bei Hendrik bin, das ist mein bester Freund.«

»Lügen, Lügen, immer nur Lügen«, nuschelt Eva, wünscht sich aber gleichzeitig, dass er tatsächlich bei ihr bleibt.

Sie küssen sich. Seine heißen Lippen hinterlassen eine Spur aus Glut auf ihrer Haut. Er saugt liebevoll an ihrem Hals. Ihre Knie werden weich. »In Ordnung«, haucht sie und zieht ihn zum Sofa. »Wir bleiben in unserer eigenen Welt. Nur noch bis morgen.«

Kapitel 27

WENN DIE KATZE AUS DEM HAUS IST …

Freitag

Es war die letzte Nacht mit ihm. Sie spürt es, als sie am Freitagmorgen Kaffee macht und dann mit ihm zusammen in der zerzausten Bettdecke sitzt. Er blättert durch den Schnellhefter, den er ihr mitgebracht hat. Medizinische Texte über seine Krankheit, Diagramme und Grafiken, Erfahrungsberichte … und ein handgeschriebener Notizzettel, auf dem »Eva weiß es« steht. Sie hat die Papiere durchgeblättert, als er noch geschlafen hat, aber alles in ihr wehrt sich dagegen, sich damit zu beschäftigen.

Es ist zu viel.

Sebastian legt den Hefter beiseite und nimmt dankbar den Kaffee entgegen. Seine Hände zittern, sodass Eva Angst hat, er könne sich verbrennen.

»Geht schon«, sagt Sebastian, atmet konzentriert durch, und das Zittern legt sich nach ein paar Sekunden. »Schade, dass *morgen* immer so schnell kommt.«

»Unsere Zeit war wundervoll.«

Er nickt. »Glaubst du, dass Franka mich noch liebt?«

Die Aussetzer in seiner Erinnerung werden häufiger. Die Krankheit beginnt mit Gedächtnisverlust wie bei einer Demenz, schreitet aber schneller voran und wird bald begleitet von Muskelzuckungen, Verwirrtheit, Depression und Desorientierung. Laut den Unterlagen neben Sebastian wird aus seinem Gehirn ein löchriger Schwamm.

Zwei Luftblasen im Milchschaum sehen aus wie kleine Augen. Eva trinkt sie weg, um ihre Tränen zu unterdrücken. »Ich denke, ihr habt eine Chance, wenn ihr es beide wollt.«

Die Blase ihrer intimen Zweisamkeit ist zerplatzt. Seit gestern ist alles anders. Auf Helgoland hatte sich ihre gemeinsame Zeit wie das Paradies angefühlt, bis diese Seifenblase geplatzt ist, und seit heute Morgen ist ihr klar, dass die ganze Verliebtheit zu Sebastian zerplatzen muss.

Auch Sebastian scheint zu merken, dass etwas zu Ende gegangen ist. Schweigsam trinkt er seinen Kaffee, dann zieht er sich an und macht sich zum Gehen bereit. Eva wickelt sich die Decke um den Körper und begleitet ihn zur Haustür. Jedes Wort fühlt sich falsch an. Sie greift nach seiner Hand und haucht einen Kuss auf seinen Handrücken. »Ich kann nicht sagen, was ich alles sagen will.«

»Geht mir genauso.«

»Wie kann es sein, dass ich so glücklich mit dir bin und es nicht sein darf? Warum wird ein Mensch wie du mit einer solchen Krankheit bestraft?«

Sebastian seufzt. »Das frage ich mich seit Wochen. Mittlerweile glaube ich, dass es einfach Zufall ist. Ich habe Pech gehabt. Einer von einer Million Menschen erkrankt, und ich habe das Los gezogen. Vielleicht sollte ich häufiger Lotto spielen.« Er grinst, aber Eva wird noch trauriger, weil er den gleichen Witz bereits am Vortag gemacht hat.

»Ich will die Zeit nutzen, die mir bleibt. Mehr als zuvor.« Er wartet ein paar Sekunden, ehe er weiterspricht. »Vielleicht heißt das wirklich, dass ich mit Franka reden muss.«

»Lass mich mit ihr reden. Ich lade sie für heute Nachmittag in meine Praxis ein. Das mit uns war wunderbar, aber wir müssen es jetzt beenden.«

Sebastian nickt. »Ich liebe dich trotzdem.«

»Ich weiß nicht, ob es Liebe ist oder die Tatsache, dass es etwas Neues und Aufregendes ist. Kann man da schon von Liebe sprechen?«

Mit hängenden Schultern öffnet Sebastian die Haustür. Ihre Worte scheinen ihn getroffen zu haben. »Vielleicht hast du recht«, sagt er. Dann beugt er sich zu ihr und küsst sie so sanft, dass der Welpe in ihrem Bauch munter seinem Schwanz nachjagt.

Abschiedsworte sparen sie sich. Es reicht ihnen, so lange Blickkontakt zu halten, bis sich die Fahrstuhltüren öffnen und Sebastian als Liebhaber aus ihrem Leben verschwindet.

Dies ist er. Der Moment, in dem Eva klar wird, dass sich etwas ändern muss. Zu lange hat sie sich herumschubsen lassen und nur daran gedacht, dass es anderen gut geht. Die Zeit mit Sebastian hat ihr gezeigt, wie wertvoll sie ist. Sie hat es verdient, geliebt zu werden. Wenn nicht von ihrer Mutter oder von einem Mann, dann von sich selbst. Jahrelang hat sie ihre Bedürfnisse unterdrückt, aber das ist vorbei.

Eva kuschelt sich tiefer in ihre Decke. Für ein neues Leben braucht sie Geld.

Und sie weiß, woher sie es bekommen kann.

Vor lauter Angst zieht der Welpe zitternd den Schwanz ein.

***

Sie weiß selbst nicht, woher sie plötzlich den Mut hat, aber eine innere Stimme in ihr feuert sie an: *Du kannst das. Du machst das Richtige. Weiter so!* Und das am helllichten Tag, allerdings zu einer Zeit, in der die meisten Menschen arbeiten und mit sich selbst beschäftigt sind.

Sie hätte nicht gedacht, dass der Ersatzschlüssel tatsächlich einmal zum Einsatz käme. Fünf Jahre ist es her, dass sie die

Kopie hat anfertigen lassen, nachdem Andreas sie abends nach einem besonders heftigen Streit sprichwörtlich aus dem Haus geworfen und nicht wieder hereingelassen hat. Zunächst hatte sie noch versucht, ihn zur Vernunft zu bringen. Nach einer halben Stunde vor heruntergelassenen Jalousien war ihr klar, dass er keine Gnade kannte. Es war ihr peinlich gewesen, bei Willi und Elisabeth zu klingeln, aber eine Dezembernacht ohne Jacke oder Decken wäre keine Alternative gewesen. Schon damals hatte Willi angedeutet, dass es auch ein Leben ohne Andreas geben könnte, aber Eva hatte nichts davon wissen wollen. Zu groß war ihre Angst vor den Konsequenzen gewesen.

Jetzt schließt sie hinter dem Haus die Tür zum Hauswirtschaftsraum auf. Dass Andreas die Schlösser nach ihrem Auszug nicht hat austauschen lassen, beweist ihr, wie sicher und überlegen er sich fühlt. Sie hofft, dass weder Nadine noch Frau Rebscheid sie gesehen hat. Der Raum ähnelt dem, den sie gemeinsam mit Andreas eingerichtet hat. Vorratsschränke mit säuberlich beschrifteten Verpackungen, Gläsern und Kartons säumen die komplette Wand. Obwohl niemand zu Hause ist, schleicht Eva über die Fliesen und fühlt sich wie eine nächtliche Einbrecherin. Noch immer hängt Melodys Parfum in der Luft. Sie verlässt den Raum und steht im Flur. Rechts geht es hinab zum ausgebauten Wohnkeller, links zum Wohn- und Esszimmer, und geradeaus ist die Küche. Das niederschmetternde Gespräch von letzter Woche kommt ihr wieder in den Kopf. Verbissen stopft sie die Erinnerung weit nach hinten in ihr Gehirn.

»Konzentrier dich«, flüstert sie.

Eva richtet sich nach rechts, wo es von der kleinen Diele zum Windfang im Eingangsbereich geht. Von dort folgt sie der Holztreppe in den ersten Stock. Als Emilia neun war, ist sie mit ihrer Bettdecke die Treppe heruntergerutscht wie auf einem Schlitten. Eva lächelt bei diesem Blick in die Vergangenheit.

Es war nicht alles schlecht damals.

Die Stillleben, die Eva im Treppenaufgang aufgehängt hatte, sind verschwunden. Stattdessen säumen Urlaubsschnappschüsse den Weg nach oben. Melody vor einem Sonnenuntergang am Meer. Melody und Andreas fröhlich lächelnd auf Kamelen, an einem Pool, beim Skifahren. Von allen Seiten scheinen sie Eva zu beobachten. Mit jedem Schritt schlägt ihr Herz schneller, und sie bekommt kaum Luft. Das Haus ist mucksmäuschenstill, als würde es selbst den Atem anhalten. Obwohl ihr vieles so vertraut vorkommt und sie einen Schlüssel benutzt hat, weiß sie, dass sie widerrechtlich eingedrungen ist. Sie fühlt sich, als würde jede Sekunde eine ohrenbetäubende Sirene losgehen, die ihr die Polizei auf den Hals hetzt.

Nach der letzten Stufe erstreckt sich vor ihr ein Flur mit vier abgehenden Türen. Ihr Ziel ist die hinten links. Mit zittrigen Fingern drückt sie die Türklinke herunter und betritt die Höhle des Löwen.

Es riecht nach Schweiß und abgestandener Luft. Sie hatte etwas Sanftes, Blumiges erwartet, aber Andreas ist überpräsent. Das riesige Bett in der Mitte des Zimmers zieht ihren Blick auf sich. Es sieht aus wie gerade frisch bezogen. Dieser Schlafplatz ist definitiv größer als ihr alter. Eine richtige Spielwiese, wie es ihm gefällt. Mit Schaudern denkt sie an die unzähligen Male zurück, in denen er über ihr abgestützt in ihr Gesicht gekeucht hat, nass geschwitzt und selbstvergessen. Was für ein Unterschied zu der Zeit mit Sebastian.

Wehmütig wünscht sie sich an seine Seite. Eine Umarmung, ein sanfter Kuss, einfach seine Nähe würden ihr jetzt den Mut geben, den sie braucht, um weiterzumachen.

Aber er ist nicht da.

Heute nicht und morgen nicht. Sie muss ihn vergessen.

Nur mit Mühe kann sie die Bilder nackter Körper verdrängen. Aufmerksam lässt Eva den Blick durch das Zimmer gleiten.

An einer Wandseite steht ein riesiger Schminktisch mit drei klappbaren Spiegeln. Einige Utensilien scheinen zu fehlen. Wahrscheinlich hat Melody sie mitgenommen. Eva setzt sich aus Neugierde auf die gepolsterte Sitzbank und zieht nacheinander alle Schubladen des Tischchens auf. Sie findet kartonweise Lippenstifte, Mascara, Puder, Feuchtigkeitscreme, Make-up, Rouge, zu allem passende Pinsel, Abschminktücher, Kajalstifte, Augenbrauensets, falsche Wimpern und kurioserweise zwei Tampons. Dass sie hier nicht findet, was sie sucht, ist ihr klar. Sie steht auf.

Eva schiebt eine große Spiegeltür des Kleiderschranks zur Seite. Es kommen Röcke, Sommerkleider, Jacken und Blusen zum Vorschein. Sie öffnet die andere Seite. Riesige Pullover, Jacken und Hemden. Auf dem Boden des Kleiderschranks stehen Schuhkartons. Eva holt ein paar hervor, aber außer ein paar Slippern und Halbschuhen findet sie nichts.

Sie erhebt sich und stemmt die Arme in die Hüfte. Angestrengt denkt sie nach. Früher war der Safe in ihrem Kleiderschrank gewesen.

Evas Blick fällt auf eine Kommode neben dem Fenster.

Da ist er. Doch die erste Euphorie verfliegt sogleich.

Das hier ist ein neuer Tresor.

Der, den Andreas in ihrer Ehe benutzt hat, war ein weißer, klobiger Klotz, hässlich und unästhetisch, mit einem simplen Schlüssel. Dieses Ding ist tiefschwarz, hochglanzlackiert und hat ein verdammtes PIN-Code-Feld.

»Verdammt«, sagt Eva erst leise und wiederholt es dann

noch mal laut. Wütend betrachtet sie den Safe. Garantiert liegt darin Vatis Uhr. Das einzig halbwegs Wertvolle, das ihre Familie besitzt, nur eine Armlänge entfernt.

Auf gut Glück tippt Eva Andreas' Geburtsdatum in das PIN-Feld ein. Die Tasten piepen unerträglich laut, als Eva die vier Zahlen eintippt. Jeder Ton sticht messergleich in ihren Bauch.

Ein rotes Lämpchen blinkt auf. Die Tür bleibt verschlossen.

»Mist.«

Auch mit Emilias Geburtsdatum klappt es nicht.

Das Geburtsdatum von Melody kennt sie ebenso wenig wie den Tag ihres Beziehungsjubiläums. Als letzten Versuch gibt sie ihr gemeinsames Hochzeitsdatum ein.

Die rote Lampe blinkt. Nichts tut sich.

Ob es ihr eigenes Geburtsdatum sein könnte?

Als Eva auf die erste Zahl drückt, ertönt kein weiteres Piepen. »Scheiß Zeitsperre«, knurrt sie. Drei falsche Versuche, und eine erneute Eingabe ist nicht möglich. Sie kennt das aus Andreas' Erzählungen, als er ihr damals davon erzählt hat, was mit einem teuren Safe alles möglich wäre. Letztlich hat er sich dann doch für einen mit Schlüssel entschieden, damit er immer die volle Kontrolle darüber hatte. Sie hat bis heute keine Ahnung, wo er den Schlüssel immer aufbewahrt hat.

Eine Sekunde lang überlegt sie, ob es andere Wertgegenstände gibt, die sie mitnehmen könnte und die leichter zu erreichen sind, aber dann schüttelt sie den Kopf. Sie ist keine Diebin, sondern nur hier, um zu holen, was ihr gehört.

Mutlos starrt sie den Tresor an. Wie lange dauert es wohl, bis sie drei neue Versuche hat? Und ist der Safe an irgendein System angeschlossen, das Andreas Bescheid gibt, wenn er geöffnet wird? Heutzutage gibt es sicherlich alle möglichen Sicherheitsvorkehrungen. Eine gute Minute lässt sie verstreichen, ehe sie sich eingesteht, dass sie versagt hat. Ihre Schultern werden von unsichtbaren Gewichten heruntergezogen. Ein Mantel aus Blei legt sich um ihren Körper.

Was macht sie hier eigentlich?

Kopfschüttelnd dreht sie sich um und flüchtet aus dem Zimmer. Was für eine dämliche Idee, einfach herzukommen und zu denken, dass sie problemlos eine Uhr, die etliche Tausende wert ist, mitnehmen kann.

Eva fliegt die Treppe hinunter, zwei Stufen auf einmal nehmend, als wären scharfe Hunde hinter ihr her. Melody und Andreas verschwimmen an den Wänden. Sie läuft durch die Diele, durchquert den Hauswirtschaftsraum und knallt die Hintertür zu. Die kühle Luft befreit sie von ihrer Beklemmung. Durch sich auftürmende Wolken strahlt ihr die Sonne ins Gesicht. Sie lehnt sich an die Tür und atmet tief durch. Ihr Herz springt aufgeregt in ihrem Brustkorb, und ihre Lungen keuchen. Sie schließt das Haus zweimal ab, so wie sie es vorgefunden hat, und geht langsam um das Gebäude herum.

»Eva?«

Abrupt bleibt Eva stehen, als wäre sie auf der Stelle eingefroren.

Nadine winkt ihr rauchend vom Treppenabsatz ihrer Haustür zu.

Scheiße.

Ihr wird heißer als mit Pelzmantel im Hochsommer. Zögerlich hebt sie die Hand und erwidert den Gruß. Die Flucht nach vorne ist ihre einzige Rettung. »Hallo, Nadine.« Eva zwingt sich zu einem Lächeln.

Ihre alte Nachbarin sieht sie abwartend an. Als Eva nichts weiter sagt, bohrt sie nach. »Warst du gerade im Haus?«

Eva zuckt betont gelassen mit den Schultern. »Für Emilia. Sie ist mit Andreas und Melody in Florida und hat mich angerufen, weil sie was liegen gelassen hat, aber ich hab es nicht gefunden. Keine Sorge, Andreas weiß Bescheid.« Die Lüge bereut sie sofort. Damit hat sie sich selbst ein Bein gestellt.

Nadine zieht an ihrer Zigarette und nickt. »Schusselige Teenies.«

Eva lacht gekünstelt auf. »Ja, zum Glück ist ihr Kopf angewachsen. War schön, dich gesehen zu haben.«

»Ebenso. Wo ist dein Auto?«

»Bin heute mit Öffis hier, der Wagen ist beim TÜV.«

Lügen gebären neue Lügen. Das Spiel wiederholt sich.

Nadine nickt. »Dann liebe Grüße an Emilia und bis bald.«

»Liebe Grüße auch an Michi.« Eva versucht, so unschuldig wie möglich auszusehen, als sie am Haus der Nachbarin vorbeigeht. Ob Willi wohl den Kopf schüttelt, falls er sie beobachtet?

Willi … Eva schluckt einen Kloß hinunter. Sie vermisst ihn unbeschreiblich.

Am Auto angekommen, das sie in einer Querstraße geparkt hat, lässt sich Eva in den Sitz sinken und überlegt, was sie machen soll. Einen weiteren Bankkredit wird sie nicht bekommen. Ihre Mutter hat selbst kein Geld, das sie ihr leihen könnte. Emilia hat noch ungefähr zweitausend Euro auf ihrem Sparbuch von ihrer Konfirmation, aber das Geld ist für ihren Führerschein vorgesehen.

Eva startet den Wagen und lässt sich vom fließenden Verkehr mitreißen wie ein Stück Treibholz. Ziellos folgt sie den roten Lichtern vor sich.

Es ist ihre Uhr. Warum hat sie sie nicht mitgenommen, als sie ihre Sachen gepackt hat? Ob es möglich ist, die Uhr einzuklagen? Aber wenn sie scheitert, steckt sie noch tiefer in den

Schulden und hat Andreas erst recht gegen sich. Wolfgangs Forderungen stehen auch noch immer aus. Die Welt hat sich gegen sie gestellt. Wie soll sie Emilia das alles nur erklären? Vielleicht es ist tatsächlich an der Zeit, in eine noch kleinere Wohnung zu ziehen.

Das hieße dann allerdings auch, eine Wohngegend zu wählen, in der sie ihre Tochter nach dem Abendessen nicht alleine nach draußen gehen lassen kann.

»Das ist doch alles ganz großer Mist«, sagt sie zum Fahrer vor sich.

Sie hätte wissen müssen, dass Andreas sich neu aufgestellt hat, als er mit Melody zusammengezogen ist. Sie bringt selbst gutes Geld nach Hause und hat sicherlich das eine oder andere Schmuckstück im Hochglanzsafe liegen. Vielleicht ist es sogar ihrer. Wie naiv von ihr, anzunehmen, dass alles beim Alten geblieben ist, wo sich doch alles verändert hat.

Nachdenklich biegt sie links in die Straße ab, in der man sie und Emilia seit der Trennung findet. Trost- und leblos ragt das Hochhaus in den wolkenverhangenen Himmel. Mit den je zwei Mehrparteienhäusern links und rechts daneben wirkt es wie ein überdimensionaler Mittelfinger, der sie hämisch begrüßt.

Du mich auch.

Eva parkt, bleibt aber noch sitzen. Der Plan, das Einzige an sich zu bringen, was ihr in dieser Misere hätte helfen können, ist gescheitert. Die Wände ihres Lebensraums rücken immer näher und drohen, sie und ihre Tochter zu zerquetschen.

Aufgeben wäre jetzt das Einfachste.

Ihr Herz schrumpft in sich zusammen. Sie hat auf ganzer Linie versagt. Am liebsten würde sie Sebastian anrufen und sich von ihm aufbauen lassen, aber er hat gerade wichtigere

Probleme zu lösen. Außerdem ist sie noch immer verletzt, weil er Franka schützen wollte und sie nicht.

Willi würde sie fragen, warum sie weitermachen will. Warum sie eben nicht aufgibt, obwohl es die verlockendere Alternative ist.

Darüber denkt Eva schwer atmend nach. Ihr ganzes Erwachsenenleben lang hat Andreas bestimmt, was sie getan und gelassen haben. Wenn sie ein neues Kleidungsstück kaufen wollte, hat sie das Geld nur bekommen, wenn es ihm an ihr gefallen hat. Er hat sie immer in der Hand gehabt, anfangs auf vielen Ebenen, heute noch finanziell.

Diese letzte Mauer will sie einreißen.

Neue Zuversicht keimt in ihrer Brust und drängt die bedrohlichen Wände zur Seite. Sie ist Andreas nicht hörig.

Sie ist fünfundvierzig Jahre alt. Nicht fünf. Niemand außer ihr selbst hat ihr vorzuschreiben, wie sie lebt, was sie tut und wofür sie ihr Geld ausgibt. Hat sie nicht gerade erst entschieden, dass sie es wert ist, ein erfülltes Leben zu führen? Ja! Ja, verdammt, sie ist es wert!

Mit frischem Mut angelt sie nach ihrem Handy und tippt auf einen Namen, bei dem ihr vor Aufregung fast übel wird. Es dauert ein paar Sekunden, bis der Anruf entgegengenommen wird. »Hey, hier ist Eva«, sagt sie. »Hast du nachher Zeit?«

Kapitel 28

DIE SITZUNG

Freitag

Seine Hand zittert, als er versucht, die Lederjacke auszuziehen und sie im Flur der Praxis an die Garderobe zu hängen. Hier arbeitet Eva also. Ein hübscher Altbau mit hohen Decken, weißen Stuckwänden und dunklen Dielen. Ein schwarzhaariger Mittdreißiger mit interessanter, eckiger Brille hat ihn und Franka willkommen geheißen und ihnen Kaffee angeboten.

»Alles klar?«, fragt Franka mit skeptischem Blick in seine Richtung. Sie steht bereits vor der offenen Zimmertür am Ende des Flurs.

»Reißverschluss klemmt«, lügt Sebastian. Mit einem beherzten Ruck zieht er das Ding endlich auf und entledigt sich der Jacke. Sein Herz hämmert so stark gegen seine Brust, dass ihm schwindelig wird. Er kann sich nicht erklären, welcher Irrsinn ihn geritten hat, diesem Treffen überhaupt zuzustimmen. Seine Frau und seine Affäre in demselben Raum, nur eine Armlänge voneinander entfernt … er muss aufpassen, dass er nichts sagt, was sein Konstrukt zum Zusammensturz bringt, was unter normalen Umständen schon eine Herausforderung wäre. Mit den immer größer werdenden Lücken in seiner Erinnerung scheint es ihm fast unmöglich.

Mit langsamen Schritten geht er zum Praxisraum. Leises Lachen ist zu hören. Sebastian schüttelt den Kopf, aber das hilft nicht, um den Nebel darin zu lichten. Er spürt jeden

Tag, wie es ihm langsam schlechter geht. Zuerst waren es verlegte Schlüssel, aber heute hat er beim Kochen vergessen, dass die Pfanne mit dem heißen Fett auf dem Herd stand. Das nächste Mal, als er die Küche betreten hat, war der Raum bereits voll von beißendem Qualm gewesen. Nicht mehr lange, und Franka wird merken, dass etwas Ernsthaftes dahintersteckt.

Sebastian tritt ein. Sein Blick fällt auf Eva, und prompt fliegen seine Mundwinkel nach oben, und die Luft um ihn herum wird leichter. Sie steht auf und hält ihm ihre Hand hin. »Eva Lange-Albrecht«, stellt sie sich vor. »Lang ist's her.«

Für den Bruchteil einer Sekunde ist Sebastian verwundert. Er schüttelt ihre Hand, obwohl er sie am liebsten in den Arm nehmen und jeden Millimeter ihrer Haut mit Küssen übersäen will. »Sebastian Schneider.«

»Ich erinnere mich.« Eva deutet auf einen leeren Stuhl Franka gegenüber und setzt sich zwischen die beiden.

Ungefragt tauchen Bilder in seinem Kopf auf. Evas entzückender Rücken mit dem kleinen Muttermal am Schulterblatt. Seine Hände, die sich in ihren Haaren verlieren. Ihre Arme, die sich um seinen Bauch schlingen, während sie die Landstraßen auf seiner Maschine erkunden.

Eva beginnt das Gespräch. »Ich danke Ihnen beiden, dass Sie sich Zeit genommen haben, um miteinander über Ihre Ehe zu sprechen. In Anbetracht unserer Verbindung halte ich es für angemessen, wenn wir das Ganze per Du machen.« Sie sieht ausschließlich Franka an. »Einverstanden?«

Franka nickt. »Klar.«

Obwohl sie ihn nicht fragt, nickt Sebastian ebenfalls.

Hat sie sich ihm überhaupt offiziell vorgestellt? Er denkt nach. Als er eben eingetreten ist, hat sie ihm die Hand ausgestreckt, oder nicht? Hat er sich gleich hingesetzt, oder haben sie sich begrüßt? Es wäre auffällig, wenn sie sich nicht vorgestellt hätten … vielleicht hat Eva es vergessen. Franka wird Verdacht schöpfen. Sicherheitshalber räuspert er sich. »Ich bin übrigens Sebastian«, sagt er lächelnd.

Franka wirft ihm einen irritierten Blick zu.

Mist.

»Ja, ich weiß«, sagt Eva. »Wir haben uns eben begrüßt.«

»Ja, ich weiß.« Sebastian lacht etwas zu offensichtlich. »Ich meinte das auf das Du bezogen. Das macht man doch oft so, dass man noch mal seinen Vornamen sagt, wenn man auf das Du umsteigt.« Die Schlinge um seinen Hals zieht sich immer weiter zu.

Eva lacht nun ebenfalls. »Ach so! Ich dachte schon, du hättest vergessen, dass wir uns eben vorgestellt haben. Also: Ich bin Eva. Gut, wollen wir anfangen?«

Sebastian wischt sich über das schweißnasse Gesicht. Diese elende Hitze. Er spürt, dass sein Unterhemd bereits klitschnass ist und an seiner Haut klebt.

Franka beugt sich nach vorne, die Hände wie zum Gebet gefaltet.

Genau so hat Eva auf ihrer Couch gesessen, als Sebastian ihr von der Diagnose erzählt hat.

»Wir sind seit über zwanzig Jahren verheiratet«, erklärt Franka, obwohl jeder Anwesende darüber Bescheid weiß. »Wahrscheinlich ist es normal, aber bei uns ist – wie sagt man? – einfach die Luft raus. Seit Jahren leben wir nebeneinanderher. Im Alltag sind wir ein eingespieltes Team, aber … wir haben uns als Paar verloren. Um ehrlich zu sein …« Nun sieht sie Sebastian in die Augen. »Ich habe lange darüber nachgedacht, ob wir uns nicht lieber trennen sollten.«

Ihm ist, als hätte er einen Tennisball verschluckt. Franka war schon immer eine Person, die offen ausspricht, was sie belastet, aber diese Worte dermaßen deutlich von ihr zu hören, setzt ihm mehr zu, als er gedacht hätte.

Franka setzt eine Erklärung nach. »Doch in den letzten Tagen bin ich zu dem Entschluss gelangt, dass ich unsere Ehe nicht zerstören möchte. Ich möchte, dass wir uns wieder so lieben, wie wir es früher getan haben. Dass wir wieder zueinanderfinden. Wir sind keine fünfundzwanzig mehr. Unsere Liebe ist irgendwo zwischen Karriere und Selbstverwirklichung stecken geblieben, und das macht mich traurig.«

Eva nickt und macht sich Notizen auf einem Schreibblock. »Wie geht es dir, wenn du das hörst, Sebastian?«, fragt sie ihn dann mit fremder Stimme.

Sie wirkt distanziert. Unnahbar, als hätte sie gestern nicht seine Tränen getrocknet. Als hätte sie ihn nicht mit ihren Küssen im Herzen berührt.

Als würde sie ihn wirklich nicht kennen.

»Ich, äh …« Er räuspert sich. »Das stimmt schon. Früher war sehr viel Feuer zwischen uns, aber mittlerweile ist da nur noch ein Aschehäufchen.«

»Wie fühlt sich das für dich an?«, hakt Eva nach.

Er zuckt mit den Schultern. »Scheiße.«

Eva nickt und stellt ihre nächste Frage offen in die Runde. »Was glaubt ihr, warum hat es sich so entwickelt? Wann fing das an?«

Franka streicht sich durch die blonden Locken. »Ich würde sagen, seit wir uns jobtechnisch auseinanderentwickelt haben.«

Sebastian schnaubt, was Franka sofort innehalten lässt. »Was soll das heißen?«

»Das heißt, dass ich nach dem Studium meine Karriere begonnen habe, während du lieber darüber sinniert hast, welche Aufgabe du im Leben haben könntest.«

»Lieber suche ich nach meiner Aufgabe, als irgendwelchen Bonzen Schlösser zu verkaufen.«

»Moment.« Eva schaltet sich ein. Sie lächelt freundlich, aber distanziert. Wie schafft sie es bloß, so leidenschaftslos zu sein? »Zunächst einmal sollten wir uns darauf einigen, dass wir einander aussprechen lassen, auch wenn es schwerfällt. Franka sagt also, dass eure Distanz zueinander möglicherweise begonnen hat, als ihr mit dem Studium fertig ward und ins Berufsleben gestartet seid.«

»Ich bin durchgestartet«, präzisiert Franka. »Basti hat nur rumgelegen.«

»Franka, auch wenn ich merke, dass da viel Frust bei dir ist, lass uns versuchen, die Dinge neutral auszudrücken. Sebastian, wie kommt das bei dir an, wenn Franka sagt, du hättest nur rumgelegen?«

Sebastian lehnt sich zurück und verschränkt die Arme. Hat er sich Eva überhaupt schon vorgestellt? Es wäre höchst verdächtig für Franka, wenn er und Eva miteinander umgehen, als würden sie sich schon ewig kennen. Er denkt nach. Da sie schon mitten im Gespräch sind, muss es eine Art von Einleitung gegeben haben. Genervt reibt er sich über die Augen. Diese Krankheitsscheiße treibt ihn noch in den Wahnsinn. Er nimmt seine ganze Konzentration zusammen und überlegt, welche Frage Eva ihm eben gestellt hat.

Glücklicherweise fällt es ihm wieder ein. »Es fühlt sich an, als würde sie mich nicht wertschätzen.«

»Ach!« Franka hebt theatralisch die Hände in die Höhe. »Das hat doch damit nichts zu tun!«

»Du magst es nicht, wie ich mein Leben führe«, erklärt Sebastian.

»Wenn du wenigstens mit irgendetwas Erfolg hättest, würde ich es vielleicht anders sehen«, kontert seine Frau.

Der Stich sitzt. Sebastian presst die Lippen aufeinander. »Wenn du weniger erfolgsorientiert wärst, würde dir vielleicht auffallen, was für ein gefühlloser Klotz aus dir geworden ist.«

»Okay«, mischt sich Eva nun ein, »ich unterbreche hier mal. Ihr seid aufgewühlt, und viele Dinge haben sich über die Jahre in euch angestaut, das ist okay. Wir werden darüber sprechen, aber bitte macht euch nicht gegenseitig Vorwürfe, das führt nur zu Verletzungen. Wie habt ihr euch eigentlich ineinander verliebt damals?«

Sebastian ist, als könnte er den Schmerz auf ihrem Gesicht sehen. Es ist der gleiche Schmerz wie der, der jetzt seine Brust füllt. Warum er sich überhaupt auf dieses Treffen eingelassen hat, ist ihm schleierhaft. Vielleicht, weil er Eva auf diese Weise wiedersehen kann. Oder um Franka einen Gefallen zu tun. Sein Blick wandert zu der Frau, mit der er das letzte Vierteljahrhundert verbracht hat. Sie hat ihre lockigen Haare zu einem lockeren Zopf gerafft, der langsam aus der Form geraten ist. Die blaue Bluse, die sie immer sehr seriös aussehen lässt, schlabbert unförmig an ihrem dünnen Körper. Sie sieht wirklich müde aus. Als hätte sie die Arbeit von Atlas übernommen und würde nun die Welt auf ihren Schultern tragen. Kein Wunder, dass ihre Klamotten wie Kartoffelsäcke aussehen, sie muss mindestens fünf Kilo weniger wiegen als normalerweise.

In ihrer Verfassung kann er ihr unmöglich die Wahrheit sagen und von seinem bevorstehenden Tod erzählen.

Wäre es nicht für alle Beteiligten besser, wenn sie sich hier und heute trennen würden? Er weiß, dass er mit Eva darüber gesprochen hat, aber kann sich nicht mehr wirklich an das Gespräch erinnern. Franka hätte Zeit, um über die Trennung hinwegzukommen, und sein Tod würde ihr Leben nicht mehr so stark beeinflussen wie heute. Und Eva weiß Bescheid, sie kann sich darauf einstellen.

Vermutlich wird es so das Beste sein.

»Sebastian?« Franka sieht ihn fragend an. »Willst du es erzählen?«

»Bitte?«

»Wie wir uns kennengelernt haben.«

»Ach so, ja.« Er rutscht auf dem Stuhl herum, bis er eine Position gefunden hat, die etwas weniger ungemütlich ist als vorher. »Ich studierte schon zweieinhalb Jahre in München, als Franka nach ihrem Abi die Zusage für ihr Studium bekommen hat. An der Uni habe ich einen Zettel ausgehängt, dass ich einen Mitbewohner suchte, und Franka hat sich gemeldet. Als sie vor der Tür stand, bin ich fast aus den Latschen gekippt. Franka! Hier in München! Ich kannte sie ja noch vom Gymnasium. So wie dich.« Er nickt in Evas Richtung und sieht, dass ihre Wangen sich zartrosa färben. Nur mit viel Anstrengung schafft er es, ein Lächeln zu unterdrücken. »Ich fand sie … umwerfend.« Er sieht Franka an und schenkt ihr ein ehrliches, liebevolles Lächeln, was er seit Monaten nicht mehr gemacht hat.

Sie erwidert es, und für den Bruchteil einer Sekunde stehen sie wieder in dieser schäbigen Münchener Studentenbutze, die sie sich auch zu zweit kaum leisten konnten. »Schon in der Schule war sie mir aufgefallen. Franka strahlte immer wie die Sonne.«

»Stimmt«, pflichtet Eva bei.

»Und auch wenn das kitschig klingt: Franka hat diese Sonne mit in mein Leben gebracht. Endlich hatte ich jemanden, mit dem ich all die Dinge besprechen konnte, die mir durch den Kopf gingen. Wir haben nächtelang über das Leben philosophiert, dabei billigen Wein von Supermarkt getrunken und Zigaretten geraucht. Sie ist im Grunde vom Fleck weg eingezogen, und wir waren seither nie getrennt.«

Bis auf die paar Tage, als er mit Eva auf Helgoland und Franka allein in Italien war.

Franka streckt ihre Hand nach seiner aus.

Er umschließt sie mit seinen warmen Fingern. Auch das ist Monate her.

»Es war, als hätte ich meine fehlende Hälfte gefunden«, sagt Franka zu ihm.

»Ja, das ging mir auch so.« Beide lächeln.

Sie waren wirklich unglaublich verliebt gewesen. Es hatte einfach gepasst.

Was war nur mit ihnen passiert?

Franka drückt seine Hand. »Seit diesem Aufeinandertreffen waren wir unzertrennlich.«

»Rückblickend betrachtet würde ich sagen, dass wir wie siamesische Zwillinge waren, die sich ein Herz geteilt haben: Wir schlugen im gleichen Rhythmus. Wir wollten die Welt bereisen, erobern und verändern. Alles war perfekt.« Einem Impuls nachgebend, drückt er Frankas Handrücken einen sanften Kuss auf. Er fragt sich, ob die alte Franka noch irgendwo in dieser leeren Hülle steckt.

Eva schreibt etwas auf ihren Notizblock. Falls ihr die Szene wehtut, verbirgt sie es gut. Er muss unbedingt in einem unbeobachteten Moment mit ihr darüber sprechen. »Das ist eine echt schöne Geschichte.« Eva erzählt ihnen etwas darüber, wie wertvoll es sein kann, sich an Gemeinsamkeiten und die erste Zeit zu erinnern, und schlägt vor, in den kommenden Tagen etwas zu unternehmen, das ihnen Spaß macht.

Die Zeit vergeht wie im Fluge. Nach einer Dreiviertelstunde beendet Eva die Sitzung. »Lasst uns doch Montag an dieser Stelle weitermachen, wenn es euch passt. Und ich möchte euch eine kleine Hausaufgabe aufgeben: einen Fragebogen.« Sie holt zwei Blätter hervor und reicht sie ihnen. »Jeder beantwortet die Fragen schriftlich zunächst für sich, aber dann möchte ich euch bitten, eure Antworten nächste Woche auch zu teilen. Bis dahin behaltet alles für euch.« Eva blickt in eine Ecke hinter ihm und Franka, dann steht sie auf. »Leider ist die Zeit schon um. Macht mit Markus gerne einen Termin am Montag aus. Ich fände es hilfreich, wenn wir uns nächste Woche sogar jeden Tag für eine halbe Stunde oder Stunde sehen würden. Ich habe das Gefühl, wir dürfen nicht zu viel Zeit verlieren.« Ihr Blick streift seinen nur, aber das reicht, um sein Herz springen zu lassen – jedoch nicht aus Liebe, sondern Angst.

Der Tod steht zwischen ihnen wie eine Wand.

Franka nimmt Eva zum Abschied in den Arm. »Danke für alles«, sagt sie und sieht tatsächlich eine Spur gesünder aus.

Auch Sebastian umarmt Eva, aber nur sehr flüchtig und mit angehaltenem Atem. Ihr Duft würde ihn sich vergessen lassen. Es erstaunt ihn, wie sehr sich Eva an ihre Rolle halten kann. Keine Geste, kein Blick lässt darauf schließen, was hinter ihren Augen wirklich passiert.

Auf dem Weg nach draußen nimmt Franka Sebastians Hand. »Du glühst ja«, stellt sie fest.

»War ja auch ganz schön warm«, meint er.

Du musst es ihr sagen, hört er Evas Echo in seinem Kopf.

Aber das kann er nicht.

Kapitel 29

ES IST AUS

Freitag

Eine Amputation ohne Betäubung ist ein Spaziergang gegen eine solche Beratungsstunde. Nachdem Sebastian und Franka gegangen sind, lässt sich Eva wie erschlagen auf den Stuhl hinter ihrem Schreibtisch fallen und legt den Kopf auf die Tischplatte. Selbst zum Weinen ist sie zu traurig. Die mentale Mauer, die sie vorsorglich vor dem Gespräch hochgezogen hat, bröckelt erst und zerfällt dann. Nie und nimmer wird sie es aushalten, die beiden zusammenzubringen.

Es tut einfach zu weh.

Sie zieht eine Schublade auf und findet einen Rest belgischer Schokolade neben einem Haufen Gummibändern und Büroklammern. Sekundenlang schweben ihre Finger über den Süßigkeiten, aber dann zieht sie zwei Gummibänder hervor. Sie passen perfekt um ihr Handgelenk.

»Ich schwöre hiermit feierlich, dass ich nicht mehr stopfen werde. Weder Zucker noch Alkohol.« Sie legt ein blaues und ein rotes Gummiband an. Sie sehen aus wie Armbänder.

Diese Bänder sind ihr Gelöbnis. Wann immer sie in Versuchung ist, es zu brechen, wird ihr Blick auf die Bänder fallen, und sie wird sich aufs Neue dafür entscheiden, dass sie von nun an anders leben will.

Und wenn sie doch mal einknickt, wandert das Band auf den anderen Arm. Blau ist Schokolade, rot ist Alkohol.

Sie hat von dieser Methode in einem Buch über Psychologie gelesen und wollte es schon immer mal selbst testen. Nun hat sie etwas gefunden, bei dem sie tatsächlich den starken Willen hat, den Weg auch zu gehen.

Auf dem Flur vor ihrem Büro hört sie zwei Männer. »Ich hab nur etwas vergessen«, erklärt eine vertraute Stimme. Sekunden später klopft es. Sebastian steckt den Kopf zur Tür herein.

Evas Herz klopft schneller. »Was fällt dir ein?«, flüstert sie.

Sebastian schlüpft durch den Spalt und schließt die Tür hinter sich. »Ich kann nicht gehen, ohne noch einmal mit dir gesprochen zu haben.«

»Sebastian …«

»Bitte. Ich habe dir gestern reinen Wein eingeschenkt, und du hattest einiges, über das du nachdenken musstest, aber wir haben nicht darüber gesprochen, wie es mit uns weitergeht.«

Eva schüttelt den Kopf. »Doch, wir haben beschlossen, dass es kein *Uns* geben kann. Was wir hatten, war eine wundervolle Zeit, und ja, wir haben uns ineinander verliebt. Aber diese wenigen Tage wiegen nicht auf, was du mit Franka in über zwanzig Jahren erlebt hast.«

Er kneift verbittert die Lippen zusammen.

»Glaub mir, es bricht mir das Herz, euch beide hier zusammen zu sehen, weil sich alles in mir danach sehnt, mich in deine Arme zu werfen, aber ich kann und will das so nicht. Franka verdient die Wahrheit, wenigstens über deine Gesundheit. Ihr solltet die Monate, die euch bleiben, nutzen, um eure Punkte zu klären und euch auf den Abschied vorzubereiten.« In Evas Körper fühlt es sich an, als hätten sich alle Knochen und Organe aufgelöst und wären durch stürmische See ersetzt worden. Die Wogen ihrer Liebe peitschen an die Innenwände ihres Körpers, der nur mit Mühe Sebastians schmerzerfülltem Blick standhält. Obwohl sie kaum zwei Meter voneinander entfernt sind, trennen sie Welten.

Sebastian steckt die Hände tief in seine Hosentaschen. »Es ist also aus zwischen uns?«

Man kann fast hören, wie sein Herz bricht.

Eva nickt. »Ihr gehört zusammen.«

Es vergehen schweigsame Sekunden. Niemand von beiden scheint recht zu wissen, was noch gesagt werden kann.

Dann zieht Sebastian die Augenbrauen zusammen und deckt sein Gesicht mit einer Hand ab. Er schluchzt.

Diesen großen Mann so verletzlich zu sehen, treibt Eva auch die Tränen in die Augen. Sie will ihn umarmen und trösten, aber die Angst vor dem, was daraus erwachsen könnte, hält sie zurück. »Es tut mir so leid.«

Er blickt auf und sieht sie fragend an. »Es ist also aus zwischen uns?«

Ein scharfer Nadelstich trifft ihr Herz. »Ja, Sebastian, es ist aus. Franka wartet draußen im Auto auf dich.«

»Aber sie weiß nichts von uns, oder?«

Eva schüttelt den Kopf. »Nein. Aber du solltest ihr von deiner Krankheit erzählen.«

Er wischt sich die letzten Tränen aus den Augen und schnäuzt in ein Taschentuch. »Ich kann nicht.«

»Sie wird es eh herausfinden. Dein Kurzzeitgedächtnis fällt ständig aus. Sag es ihr, bevor sie merkt, dass du es verschwiegen hast.«

Der Mann, von dem sie vor ein paar Tagen noch gedacht hat, dass er die Chance auf ein neues Leben wäre, sieht sie sekundenlang an. Zu gern wüsste sie, welche Gedanken sich hinter seiner Stirn abspielen. »Ich denke darüber nach.«

»Okay. Und nun geh, bitte. Wir sehen uns nächste Woche beim nächsten Termin.«

Gefasst nickt Sebastian. Ein letztes Mal wischt er sich über die Augen, zieht die Nase hoch und atmet tief durch. Er hebt die Hand, als wolle er ihr winken, und lässt sie dann schlaff heruntersinken. In Zeitlupe dreht er sich um, öffnet die Tür und geht ohne einen weiteren Blick zu ihr hinaus.

Erst als die Tür ins Schloss gefallen ist, lässt Eva ihren Tränen freien Lauf. Sie setzt sich mit dem Rücken an die Bürotür und vergräbt den Kopf zwischen den Armen. Ist es wirklich richtig, das Richtige zu tun, wenn es auf Kosten des eigenen Herzens ist? Ihr fallen etliche Liebespaare ein, die ihr etwas anderes vorleben. Romeo und Julia natürlich. Orpheus und Eurydike. Tristan und Isolde. Sie alle haben sich für die Liebe entschieden.

Und sind alle gestorben.

Eva schüttelt den Kopf. So sehr sie Literatur und Geschichten liebt, das hier ist das wahre Leben. Sie will einer unwissenden Frau nicht den sterbenden Mann wegnehmen. Wenn sie Franka wäre, würde sie eine Chance wollen, die letzten Monate gemeinsam zu verbringen. Letztlich ist es die Entscheidung von Sebastian und Franka, ob es diese Chance geben wird.

Aber Eva kann ihnen helfen, sich richtig zu entscheiden.

Kapitel 30

EIN NEUER TIEFSCHLAG

Samstag

Emilias Wiederkehr am nächsten Tag ist ein Lichtstrahl am Himmel eines trüben Oktobersamstags. Sie scheint die Sonne Floridas eingepackt und mitgebracht zu haben. Tatsächlich ist sie braun gebrannt wie nach einem Mittelmeerurlaub, und als sie ihre Tochter wieder in die Arme schließt, kommt es Eva so vor, als sei sie ein großes Stück erwachsener geworden.

Andreas steht mit ihrem riesigen Koffer im Flur. Auch er ist braun geworden. Seine Sonnenbrille hat er aufbehalten, was ihn noch unberechenbarer aussehen lässt. Wie ein Kiez-Zuhälter steht er breitbeinig vor ihr, es fehlen nur ein Goldkettchen und eine Zigarette. »Hab sie heile wieder hergebracht«, sagt er und spielt damit auf ihren immerwährenden Vorwurf an, dass er nicht gut genug auf seine Mitmenschen achtgibt.

»Ich hoffe, ihr hattet eine schöne Zeit.«

»*It was amazing!*«, ruft Emilia aus. »Ich werde dir alles haarklein berichten.«

Eva wendet sich an ihren Ex-Mann. »Was ist mit diesem Jess?« Hoffentlich gibt es ihn nicht mehr in Emmis Leben.

Wieder antwortet ihre Tochter. »Mama, mach dir keine Sorgen, Jess ist ein ganz toller Typ. Oder, Papa?«

Andreas zuckt mit den Schultern. »Ami halt.«

»Was heißt das?«, fragt Eva.

»Ja, was heißt das?«, will auch Emilia wissen.

Andreas regt sich kaum, während er über seine Antwort nachzudenken scheint. »Du kennst doch die Amis. Er jobbt als Maskottchen, aber wird natürlich Millionär, wenn er groß ist. Papi ist irgendein Immobilienguru, Mami macht sich den ganzen Tag die Nägel und lästert über die armen Schlucker, die nicht einmal Champagner zum Frühstück trinken können.«

»Schön, dass ihr eine gute Zeit hattet«, sagt Eva und leitet damit die Verabschiedung ein. Sie wird Emilia ganz genau ausfragen, was dieser Jess für ein Typ ist und ob sie sich Sorgen machen muss.

Andreas verlagert sein Gewicht auf das andere Bein. »Eine Sache noch. Emilia, gehst du bitte mal in dein Zimmer? Ich muss mit Mama alleine reden.«

Emilia zieht skeptisch die Augenbrauen zusammen, nimmt dann aber ihren Koffer und verschwindet wortlos.

Andreas wartet, bis er hört, dass die Zimmertür mit einem Knall geschlossen wird. Er nimmt die Sonnenbrille ab. Seine Augen wirken etwas zu klein für den großen Kopf und fixieren sie feindselig. »Emilia hat mir so einiges erzählt«, sagt er langsam. »Dass du trinkst, zum Beispiel.«

»Ich trinke nicht.« *Nicht mehr,* ergänzt Eva in Gedanken.

»Oh, das klang aus Emilias Mund aber ganz anders. Sie meinte, dass du häufig tagsüber zu Hause bist, statt zu arbeiten, und dass du morgens verschläfst, weil du am Abend zuvor eine Weinflasche gekillt hast.«

Gegen ihren Willen steigt Hitze in Evas Gesicht, und sie schwitzt. Sie hat das Gefühl, bei einer Lüge erwischt worden zu sein. »Das Thema haben wir doch schon besprochen.«

Andreas erkennt sofort, dass sie sich schämt. Hämisch grinst er. »Weißt du, Melody liebt Kinder. Sie ist liebevoll, ordentlich, diszipliniert, einfühlsam und verdient einen Haufen Asche. Sie ist eine fantastische Mutter für Emilia und ein sehr viel besseres Vorbild, als du es je sein wirst.«

Es wäre nicht schmerzhafter, wenn Andreas mit einer Nagelpistole direkt in Evas Oberkörper schießen würde.

»Die beiden waren ein Herz und eine Seele in der letzten Woche. Was glaubst du wohl, wie die Behörden reagieren werden, wenn ich ihnen sage, dass du trinkst und dich nicht um Emilia kümmern kannst?«

»Wag es ja nicht«, knurrt Eva. Sie glaubt nicht, was Andreas ihr da sagt. »Ich sorge gut für Emmi, und das weißt du.«

»So? Denkst du, es ist ein gutes Vorbild für ein junges Mädchen, zu sehen, wie die eigene Mutter ihr Leben nicht im Griff hat?« Er geht zwei Schritte auf sie zu und scheint dabei noch größer zu werden.

Eva sieht zu ihm hoch. Am liebsten würde sie sich auf ihn stürzen und ihn aus dem elften Stock werfen.

»Was hattest du in meinem Haus verloren?« Er flüstert die Frage in einem derart bedrohlichen Ton, dass sich Evas Härchen an den Armen aufstellen.

Ihr Magen sinkt herab, und das durchbohrte Herz hört einen Moment lang auf zu schlagen.

Er weiß es.

Diese verdammte Nadine.

Ihre Hände zittern. Angst vibriert in ihrem Körper.

Ihr Herz erinnert sich an seine Funktion und schlägt nun doppelt so schnell wie sonst, als würde es davonlaufen wollen. Evas Zunge klebt am Gaumen.

Andreas grinst zufrieden. Er genießt es sichtlich, sie in der Hand zu haben und langsam zuzudrücken. »Was ist dir lieber: Wenn ich zur Polizei gehe und dich wegen Hausfriedensbruch und versuchtem Diebstahl anzeige oder wenn ich zum Jugendamt gehe und Kindeswohlgefährdung melde?«

Eva will sich vor ihm nicht noch schwächer zeigen, aber sie kann gegen die Tränen nicht ankämpfen.

Ein gefundenes Fressen für Andreas. »Oh, heulst du jetzt rum? Ist total scheiße, wenn man für seine Taten auch Verantwortung übernehmen soll, oder? Ich sag dir, wie es läuft: Emilia kommt zu uns. Dafür bin ich so rücksichtsvoll und gehe nicht zur Polizei. Wenn du dich querstellst, reiche ich Klage auf Sorgerechtsentzug ein.«

»Damit kommst du nicht durch.« Die Worte kommen nur als Hauch aus ihrem Mund. Sie will ihn anschreien, dass er ihr nicht ihr Baby wegnehmen kann. Dass er überhaupt kein Recht hat, sich irgendetwas von ihr zu nehmen. Aber selbst in ihren Ohren klingt ihre Erwiderung schwach und unsicher.

Was, wenn er recht hat? Kann ihr das Sorgerecht entzogen werden, weil sie Alkohol getrunken hat oder weil sie mit ihrem eigenen Hausschlüssel in das Haus gegangen ist, das ihr jahrelang gehört hat?

Andreas geht einen Schritt zurück und ruft in die Wohnung. »Emmi!«

Eva zuckt zusammen.

Die Zimmertür wird nach ein paar Sekunden geöffnet, und Emilia erscheint.

Andreas wirkt wie der freundlichste Eisverkäufer, als er mit ihr spricht. »Es gibt eine Planänderung: Pack deinen Koffer aus und hol dir neue Klamotten, du kommst mit zu uns.«

Überrascht weiten sich Emilias Augen. »Wieso?« Sie umfasst Evas Arm. »Wir sind doch gerade erst wieder hier.«

»Es gibt ein paar Dinge, die deine Mutter regeln muss, und so lange bleibst du bei Melody und mir.«

»Wie lange?«, hakt Emilia nach. Sie klingt skeptisch.

»Das kann ich noch nicht sagen. In der Praxis geht es grad

drunter und drüber. Da steht unerwartet eine Menge an. Ich würde es dir gerne im Detail erklären, aber das geht nicht. Vertrau mir bitte, dass ich nur das Beste für dich möchte.«

Emmi kneift die Lippen zusammen. »Länger als die Ferien?«

Andreas wirft Eva einen Blick zu.

Eva streichelt Emilias Arm. Mit letzter Kraft formuliert sie eine Antwort. »Erst mal bis zum Geburtstag, okay?«

»Das ist ja eine ganze Woche!«

»Ich setze alles daran, dass ich bis dahin alles geregelt habe. Wenn die Schule wieder startet, ist alles beim Alten.« Sie umarmt ihre kleine, zarte Tochter, als sei es ein Abschied für immer.

Emilia ist sichtlich verwirrt und traurig. »Ich wollte dir doch alles erzählen und Fotos zeigen und so weiter.«

»Und es bricht mir das Herz, dass wir das verschieben müssen. Ich habe dich unendlich vermisst, meine Maus. Entschuldige bitte.«

Eva hasst sich dafür, so schwach zu sein und vor Emilia so zu tun, als hätte Andreas recht. Die dünnen Arme ihrer Teenagertochter drücken sie fest an sich. Alles in Eva schreit, dass sie sie Andreas nicht mitgeben darf, aber sie hat Angst, damit alles zu verschlimmern.

»Können wir gleich los?«, fragt Andreas ungeduldig. »Melody hat vorgeschlagen, dass wir nachher Pizza bestellen und einen Filmabend machen können. Und bestimmt bist du auch ziemlich erledigt von der Zeitverschiebung, oder? Mama hilft dir eben beim Packen, und dann geht es los.«

Gehorsam geht Eva mit Emilia in ihr Zimmer. Sie möchte sich ohrfeigen. Wiederholt entschuldigt sie sich bei Emilia und verspricht ihr, dass sie alles an ihrem Geburtstag nachholen.

Wenig später drückt Eva ihrer Tochter einen dicken Kuss auf die Wange. Andreas und Emmi verschwinden im Fahrstuhl.

Nun hat Eva nichts mehr in ihrer Nähe, für das es sich zu leben lohnt.

Sie geht ins Wohnzimmer. In der Vitrine steht noch der angebrochene Whiskey, den sie vor zwei Tagen mit Sebastian getrunken hat.

Kapitel 31

MARGRET

Samstag

Nein.

Sie starrt auf die Flasche, die jetzt nicht mehr so elegant und geheimnisvoll auf sie wirkt wie in den vergangenen Jahren, als sie noch ihren Triumph über Andreas symbolisierte. Der Drang, die Öffnung direkt anzusetzen und alles in einem Zug zu leeren, ist überwältigend. Nervös zieht sie das rote Armband einige Zentimeter nach oben und lässt es zurückschnappen.

Autsch.

»Ich hatte eigentlich gesagt, dass ich dich nicht mehr will«, sagt sie zu der Flasche. Ob es ein Zeichen dafür ist, dass sie allmählich durchdreht, wenn sie Selbstgespräche führt?

Sie greift an die Gesäßtaschen, aber das Handy ist nicht dort. Mit wachsender Panik fliegt ihr Blick umher. Wenn sie es nicht in wenigen Sekunden findet, ist ihr Vorsatz dahin.

Es liegt neben dem Fernseher.

Als müsste sie einen Notruf tätigen, gleiten ihre Finger über das Display und suchen Manuelas Nummer heraus. Und irgendwie ist es ja auch ein Notfall.

Bei Manuela klingelt es, aber sie nimmt nicht ab. Lebt diese Frau überhaupt noch?

Sofort tut ihr der Gedanke leid. In ein paar Monaten wird Sebastians Handy klingeln, wenn unwissende Leute seine

Nummer wählen, und er wird keinen Anruf mehr entgegennehmen können.

Eva wird immer nervöser. Sie greift nach der Flasche, hält sie eine Armlänge von sich entfernt und eilt in die Küche. Der Whiskey-Geruch steigt ihr in die Nase. Er bedeutet wohlige Wärme, angenehme Betäubung der Realität. Mit ihm lässt sich das Leben besser ertragen.

»Scheiße«, flüstert Eva und stellt die Flasche kopfüber ins Spülbecken. Fast panisch springt sie ein paar Schritte zurück, als hätte sie sich verbrannt. Das rhythmische Gluckern der auslaufenden Flasche klingt falsch. Als würde sie Gold wegspülen. Mit dem Alkohol will sie auch ihr Verlangen in die Kanalisation befördern. Aufgewühlt trommelt sie mit den Fingern auf der Arbeitsplatte. Sie muss mit jemandem sprechen.

Dringend.

Zuerst fällt ihr Willi ein, und sofort bleibt ihr die Luft weg.

Sie wird nie wieder mit Willi sprechen können.

Und bald auch nicht mehr mit Sebastian.

Sie wird seine warmen Hände nicht mehr auf ihrem Körper spüren.

Wolfgangs Altmännerhand drängt sich in ihre Gedanken und gleitet ihren Oberschenkel hinauf. Ihr Mund wird trocken. In wenigen Schritten ist sie bei der Spüle und holt die Flasche hervor. Ein gutes Drittel ist noch erhalten geblieben.

Zögernd starrt sie auf die durchsichtige Flüssigkeit.

Ihr ist, als stünde Andreas direkt hinter ihr, bedrohlich aufgebaut und nur Millimeter von ihrem Ohr entfernt. »Nur zu, trink. Das ist ausnahmsweise mal etwas, das du draufhast. Ein paar Schlucke, und wir alle verschwinden. Ist es nicht das, was du willst? Oder soll ich dir lieber Schokolade holen, damit du dich so richtig damit vollstopfen kannst, du fette Sau?«

»Geh weg!«, schreit Eva die Luft hinter sich an, und ein Urschrei, wie er ihr bei Emmis Geburt entfahren ist, sucht sich seinen Weg nach draußen.

Sie schreit Andreas zu Luft. Sie schreit so verzweifelt, dass die Nachbarn vermutlich gleich klingeln oder die Polizei rufen werden, aber es ist ihr egal. Der Schmerz muss raus.

Mit viel zu viel Kraft rammt sie die halb leere Flasche auf die Arbeitsplatte.

Von Weinkrämpfen geschüttelt, bricht Eva auf dem Fußboden zusammen.

Sie hat alles verloren.

Andreas hat den jahrelangen Kampf gewonnen. Sie gibt auf.

Sie hat gekämpft und verloren. Ihr Herz ist verkrüppelt, ihr Körper gegeißelt von den vielen Verletzungen der letzten Jahre. Eine vernarbte Seele ohne Hoffnung.

Eva liegt auf den kühlen Fliesen. Ihre Augen brennen, ihre Nase läuft, und sie winselt wie ein angefahrener Hund. Ewige Minuten lässt sie ihr Leben an sich vorbeiziehen.

Sie hat so große Träume gehabt, als sie sich vor ein paar Jahren für die Umschulung entschieden hat. Sie wollte Menschen helfen, ein besseres Leben zu führen. Klarheit zu haben. Glücklich zu werden. Wie soll sie das schaffen, wenn sie selbst nicht in der Lage ist, sich gegen ihren Ex zu behaupten? Wie soll sie ohne Sebastian glücklich werden?

Sie kann nicht mehr.

Wenn Emmi nicht wäre, würde Eva am liebsten die Packung Valium holen und dem ganzen Dilemma ein Ende setzen.

Sie hört zu weinen auf und setzt sich hin. Das ist doch verrückt. Hat dieser Irre sie so weit gebracht, dass sie es tatsächlich für besser hält, nicht mehr auf dieser Erde zu sein?

Unsinn!

Aus einer Schublade holt Eva ein Taschentuch und schnäuzt hinein. Indem sie sich in Selbstmitleid suhlt, tut sie genau das, was Andreas glücklich macht.

Ein klackendes Geräusch lässt sie aufmerken. Jemand hantiert am Türschloss herum. Eva wischt sich über das Gesicht und geht in den Flur. Die Wohnungstür wird geöffnet. »Mama?«

Margret Kohlmann schleppt zwei Supermarkttaschen mit sich. Mühevoll ächzend kommt sie in die Wohnung und stellt die Tüten ab. »Da bist du ja!«

Evas Augen brennen. »Was machst du hier?« Sie hat noch nie ihren Schlüssel für diese Wohnung benutzt.

Margret stemmt die Arme in die Hüften und betrachtet ihre Tochter. Fragend zieht sie die Augenbrauen zusammen. »Hast du gerade Zwiebeln geschnitten, oder heulst du?«

Eva will stark sein, die Situation überspielen und ihre Mutter elegant aus der Wohnung bugsieren, aber stattdessen bricht sie wieder in Tränen aus. Sie kann sich nicht halten und lässt sich auf das Laminat sinken.

Ihre Mutter kniet sich neben sie. Der dicke Mantel fällt zu ihren Füßen auf den Boden. Margret streichelt ihrer Tochter über den Rücken.

Eva krabbelt zu ihr und legt ihren Kopf auf die Beine ihrer Mutter, wie sie es als Kind getan hat, wenn sie von Albträumen wach gehalten worden ist. »Ich habe bei allem versagt, bei dem man versagen kann«, erklärt sie. »Und ich verachte mich für das, was ich aus meinem Leben gemacht habe.«

»Na, na«, sagt Margret mit ungewohnt sanfter Stimme. »Sei nicht so streng mit dir. Was ist denn passiert? Ist was mit Emilia?«

»Emilia ist bei Andreas. Er droht, mir das Sorgerecht zu entziehen, weil er meint, ich hätte ein Alkoholproblem.«

»Muss er gerade sagen, der alte Säufer.«

Eva lächelt. Es ist das erste Mal seit Langem, dass ihre Mutter negativ über Andreas spricht.

»Hast du denn ein Alkoholproblem?«, fragt Margret dann.

Beim Hinsetzen füllt sich ihr Gehirn mit einem Bienenschwarm. Sie schüttelt langsam den Kopf. »Ich weiß es nicht genau. Er hat recht, dass ich öfter mal etwas trinke, wenn es mir nicht gut geht, aber ich trinke nicht jeden Tag. Außerdem habe ich heute eh beschlossen aufzuhören.«

»Seine Forderung ist absurd. Damit kommt er niemals durch.«

Zuspruch aus dem Mund ihrer Mutter kommt für Eva einer Geistererscheinung gleich. Vielleicht hat sie die Whiskey-Flasche doch ausgetrunken und erlebt gerade einen bizarren Traum. »Da ist noch etwas.« Sie holt tief Luft und erzählt ohne Namensnennung davon, dass sie sich in den Mann einer Klientin verliebt hat, deren Ehe sie eigentlich retten soll, und dass dieser Mann, in den sie sich verliebt hat, eine tödliche Krankheit in sich trägt. »Er wird sterben, Mama. In wenigen Wochen oder Monaten. Und ich weiß gerade nicht, ob es schlimmer ist, ihn an seine Frau zu verlieren oder an den Tod.«

Margret streichelt über ihre Hand. »Lass dir von jemandem, der sein Leben lang seinen kranken Mann gepflegt hat, eine Sache sagen: Ein Abschied kann auch die Tür zu einem neuen Lebensabschnitt sein.«

Eva setzt sich neben ihre Mutter. Beide lehnen an der Wand und starren auf die Wohnzimmertür. »Wünschst du dir manchmal, dass Vati stirbt?«

Sie hat mit ihrer Mutter nie offen über das Thema gesprochen. Seit sie die Grundschule beendet hat, kennt sie ihren Vater nicht anders als bettlägerig und nicht ansprechbar. Für sie ist er über die Jahre mehr und mehr zu einer menschlichen Hülle ohne Charakter geworden.

»Ja, manchmal«, gibt Margret zu. »Vor allem um seinetwillen. Ich weiß nicht, wie viel er von allem mitbekommt. Es gibt Nächte, da liege ich stundenlang wach, weil ich mir vorstelle, dass er die ganze Zeit bei vollem Bewusstsein ist und jahrzehntelang an die Decke starren muss, weil niemand von uns es mitbekommt.«

Der Gedanke erdrückt Eva. Die Ärztinnen und Ärzte haben ihnen immer wieder gesagt, dass Vati höchstwahrscheinlich nichts von seiner Umgebung mitbekommt.

Ihre Mutter knibbelt an einem Fussel. »Was ich neulich im Tierheim gesagt habe, tut mir leid, aber es ist wahr. Ich hätte es vielleicht anders sagen sollen, aber deine Frage hat mich kalt erwischt.«

Erstaunt dreht Eva den Kopf zu ihr. »So kenne ich dich gar nicht.«

»Du hast mich gefragt, ob ich bereue, dich bekommen zu haben, und es tut mir weh, dass ich das mit Ja beantworten muss. Wahrscheinlich war ich nicht die beste Mutter, die man sich vorstellen kann. Es tut mir auch leid, dass ich dir nie gesagt habe, dass ich dich liebe. Liebe ist für mich so ein schwieriges Thema. Aber ich möchte, dass du glücklich bist. Dich jetzt so zu sehen, tut weh.«

Mehr als diese Liebesbekundung wird sie von ihrer Mutter nicht bekommen, das ist Eva bewusst. Es ist mehr, als sie in den letzten fünfundvierzig Jahren bekommen hat.

»Ich weiß nicht, was ich tun soll«, antwortet Eva. »Mein Leben lang habe ich mich so verhalten, dass ich gemocht wurde. Ich habe immer versucht, die Tochter zu sein, die du sehen wolltest, und nicht danach gefragt, was ich eigentlich will. Dann habe ich alles für Andreas getan und natürlich für Emilia. Seit ich diesen neuen Mann kenne, überlege ich zum ersten Mal, ob ich mein Leben eigentlich so führe, wie ich es führen will.«

»*Das Leben ist kein Wunschkonzert,* heißt es nicht so?«

»Und wenn doch? Wer sagt denn, dass ich immer nur Opfer der Umstände bin?«

»Ich.« Margret lächelt. »Das ist eine Sache, die ich gelernt habe.«

Eva schüttelt den Kopf. »Das will ich nicht. Ich will mir nicht mehr sagen lassen, wie mein Leben verlaufen soll. Ich will nicht mehr auf Situationen reagieren, sondern selbst Fakten schaffen.«

»Na, dann.« Margret erhebt sich. »Ich hoffe, du schaffst es. Das hoffe ich wirklich.«

Eva umarmt ihre Mutter. Auch eine Sache, die so lange her ist, dass sie sich kaum daran erinnern kann. »Warum bist du eigentlich hergekommen?«

Margret zeigt auf die beiden Supermarkttaschen. »Wir haben uns so lange nicht gehört, da hab ich gedacht, du könntest Hilfe gebrauchen. Hab für dich eingekauft. Fünfundvierzig siebenundfünfzig.«

Es dauert ein paar Sekunden, bis Eva begreift, dass das der Preis ist, den ihre Mutter von ihr nun erstattet haben möchte. Sie seufzt innerlich. Die meisten Menschen ändern sich nie.

Aber sie. Eva kann sich ändern.

Entschlossen drückt sie ihrer Mutter einen Fünfziger in die Hand. »Behalte den Rest. Danke, dass du da warst. Wir sehen uns dann Samstag beim Geburtstag.«

Das Telefon im Flur klingelt. Erschrocken zuckt Eva zusammen.

»Bis Samstag«, sagt Margret und verlässt die Wohnung. Ein ungewohnt friedliches Gefühl breitet sich in Eva aus.

In dem Moment zeigt das Display des Festnetztelefons eine unbekannte Nummer.

»Lange-Albrecht«, meldet sie sich.

»Olaf Wartmann hier, hallo. Ich wollte Sie auf den neuesten Stand wegen der Beerdigung meines Vaters bringen. Störe ich gerade?«

Es dauert zwei Sekunden, bis Eva den Namen von Willis verlorenem Sohn eingeordnet hat. Sie lässt den Blick in die Küche schweifen, wo die fast leere Whiskey-Flasche neben dem Waschbecken steht. »Nein, alles gut. Ich bin etwas erkältet«, sagt sie, um wegen ihrer belegten Stimme nicht zu verraten, wie es tatsächlich um sie bestellt ist.

»Normalerweise dauert das ganze Prozedere ziemlich lange mit der Obduktion, Einäscherung, Trauerfeier und so weiter, aber ich kenne über zwei Ecken einen Rechtsmediziner bei Ihnen da oben, der mir einen Gefallen geschuldet hat.«

Eva hasst es, dass Herr Wartmann über Willis Tod spricht, als ginge es um die Organisation einer Geburtstagsfeier. »Was heißt das?«

»Das heißt, dass Montag um neun das Schiff ablegt.«

»Was?« Mit einem Schlag ist sie in Alarmbereitschaft. In ihrem Nacken zittern unzählige aufgestellte Härchen.

»Oh, entschuldigen Sie … ich weiß, Sie hatten angeboten, die Seebestattung zu organisieren, aber mein Rechtsmediziner spielt mit dem Kapitän Handball, und wir haben für Willi eine Fahrt bekommen, die eigentlich nicht vorgesehen war … wie auch immer, ich danke Ihnen sehr für Ihr Engagement.«

Eva hat Schwierigkeiten, dem Gespräch zu folgen. Sie will auf kein Schiff.

»Ich werde es nicht schaffen, aber vielleicht können Sie

mich vertreten. Ich konnte bisher keine weiteren Freunde in Erfahrung bringen. Ist Ihnen noch jemand eingefallen?«

»Herr Wartmann, ich … ich kann das nicht. Als Kind bin ich auf einer Schifffahrt immens seekrank geworden, und seither wird mir schon schlecht, wenn ich nur ein Papierboot in eine Pfütze setzen würde. Ich kann unmöglich an Bord gehen.«

»Aber …« Ihr Gesprächspartner klingt verwundert. »Haben Sie nicht gesagt, Willi hätte sich eine solche Bestattung gewünscht?«

»Ja, schon …« Aber sie hatte nicht damit gerechnet, dass es umgesetzt wird.

»Und es war sein letzter Wunsch, wenn wir dem Dokument in seinem Haus Glauben schenken.« Er wartet zwei Sekunden ab. »Sie müssen ja nicht hingehen. Letztlich ist doch wichtig, was mein Vater gewollt hat, nicht wahr? So eine Bestattung kann auch unbegleitet geschehen. Ist ja nicht so, dass er es wirklich mitkriegen würde.«

Das sieht Eva anders. »Ich fühle mich überrannt«, gibt sie zu und geht in die Küche. »Ich muss erst einmal nachdenken.« Sie starrt die auf der Arbeitsfläche stehende Flasche an und kippt den restlichen Inhalt entschlossen in die Spüle.

»Montag um neun Uhr legt das Schiff ab, mit Ihnen oder ohne Sie.« Herr Wartmann macht sie mit dem Ablaufplan vertraut, den er mit dem Kapitän der *Rose* vereinbart hat, und gibt ihr den Tipp, nicht zu üppig zu frühstücken.

Sehr mitfühlend. Kurz und knapp verabschiedet sie sich und legt auf. Unvorstellbar, dass dieser distanzierte Klotz ein Sohn von Willi sein soll.

»Ich will dir deinen Wunsch wirklich erfüllen«, sagt sie, als stünde ihr alter Freund neben ihr. »Aber ich weiß nicht, ob ich das kann.«

Nachdenklich beobachtet sie die Tropfen im Spülbecken.

Sie hat sich gegen ihren Willen in Sebastian verliebt, den sie in absehbarer Zeit auf die eine oder andere Weise verlieren wird. Sie will ihrer Freundin alles Glück der Welt gönnen, und als Beraterin und aus freundschaftlicher Sicht ist sie mit Hingabe dafür, die Ehe zu retten.

Ihr Herz will sie jedoch aus dem Weg haben.

An Wolfgang und Andreas möchte sie gar nicht denken.

Oder an den Abschied, der ihr in zwei Tagen viel zu schnell bevorsteht.

Ein paar Sekunden lang beobachtet sie die Flasche. Mit dem letzten *Gulp*-Geräusch versickert auch ihr Selbstmitleid. Ein drückender Schmerz pocht hinter ihrer Stirn.

Das muss aufhören. Sie will nicht mehr.

Nicht mehr weglaufen.

Nicht mehr stopfen.

»Nicht mehr stopfen«, wiederholt sie laut. »Nicht mehr stopfen.«

Es fühlt sich an, als hätte die Zeit vergessen weiterlaufen.

Große Entscheidungen werden im Geheimen getroffen, unbeobachtet und still. Dies ist ein solcher Moment.

»Genug«, flüstert sie.

Genug der Flucht, genug des Duckmäusertums.

In ihrer Brust entfaltet sich die Blüte der Entschlossenheit.

Von einem Augenblick auf den anderen ist ihr alles klar.

Sie weiß, was sie tun muss.

Kapitel 32

GUTE REISE, WILLI

Montag

Am Wasser geht immer Wind. Dieses Mal trägt sie eine Mütze. Eva hat den Wagen auf dem dafür vorgesehenen Parkplatz abgestellt und sucht mit den Augen den Hafen ab. Eine Möwe schreit auf dem Dach des kleinen Restaurants *Kogge* und streitet sich mit anderen um den besten Platz.

Kaum vorstellbar, dass das ganze Wochenende ohne einen Tropfen Alkohol und ohne Schokolade vergangen ist, dafür aber mit viel Musik, Putzmittel und einigen Tanzeinlagen. Die Nachrichten von Sebastian fehlen ihr nicht so sehr wie der Kontakt zu Emilia. Zwar hat sie gestern angerufen und glücklicherweise Melody erwischt, die das Telefon an Emilia weitergegeben hat, aber natürlich war das Gespräch kein Ersatz für einen Mutter-Tochter-Abend, wie sie ihn ursprünglich geplant hatte. Es wird Zeit, dass Emilia ein neues Handy bekommt.

Die *Rose* ist ein unscheinbares Monster aus blauem und weißem Eisen. In zehn Minuten sollen sie ablegen. Das letzte Mal, als Eva das Meer beobachtet hat, wurden ihre Hände von Sebastian gewärmt.

Die Übelkeit in ihrem Magen saugt die schöne Erinnerung auf wie ein nasser Putzlappen.

»Frau Lange-Albrecht?«

Sie dreht sich um und sieht einem Mann in dunkelblauer Uniform ins Gesicht. »Ja.«

Er nimmt seine Mütze ab. »Käpt'n Egon Marquardt. Mein Beileid.«

Eva nickt. Sie hat Angst, sich sofort vor Kapitän Marquardts Füße zu übergeben, wenn sie den Mund öffnet.

»Sie haben gute Verbindungen«, fährt er fort. »In den letzten Jahren habe ich Sonderfahrten vielleicht drei-, viermal gemacht. Es war gerade so, als sollte es so sein. Bin ich richtig informiert, dass Sie die Einzige heute sind?«

Wieder nickt sie.

Der Kapitän beäugt Eva kritisch. »Ihnen ist nicht gut.«

Sie schüttelt den Kopf. »Ich bin nicht allzu seefest.«

Ihr Gegenüber nickt wissend. »Kommen Sie mit. Sie haben vermutlich nichts gegessen?« Er deutet auf die schmale Eisenrampe, die den Steg mit dem kleinen Schiff verbindet, und geht voraus. Kapitän Marquardt entfernt das kleine Absperrseil und geht dann voran. Eva folgt ihm. Bei jedem Schritt, der sie näher zum Schiff bringt, wird ihr noch etwas übler. Am liebsten würde sie sich umdrehen und sofort nach Hause fahren.

Der Kapitän dreht sich an Bord um und reicht ihr seine Hand. »Vorsicht.«

Eva lässt sich von ihm von der Rampe führen und läuft dann ein paar Schritte auf dem Holzboden des Schiffes. Es schwankt ein wenig.

»Am besten essen Sie gleich einen Apfel, bevor wir losfahren, und dann begleiten Sie mich auf die Brücke. Oder möchten Sie lieber gleich in den Saal mit der Urne?«

Es hat etwas Unwirkliches, diese Unterhaltung zu führen. »Das entscheide ich nach dem Apfel.«

Etwas zu essen, ist genau der richtige Tipp gewesen. Eva steckt sich anschließend zwei Reisekaugummis in den Mund

und lässt sich von Kapitän Marquardt erklären, wie das Schiff gelenkt wird und worauf er beim Steuern zu achten hat. Er versteht es, sie von ihrem Unwohlsein abzulenken. Die Übelkeit ist weiterhin da, wie ein halb volles Glas, dessen Wasser hier und da gegen die Wand schwappt, aber je mehr sich Eva auf den Kapitän konzentriert, desto besser fühlt sie sich. Die Übelkeit macht immer mehr Platz für Trauer.

Eine Offizierin taucht im Türrahmen auf. »Möchten Sie, dass ich Sie in den Saal geleite? Wir werden noch etwa eine halbe Stunde lang fahren.«

Evas Bauch wird hart. Die bisher unterdrückte Trauer wird zu einem schweren Stein, der genau dort liegt, wo eigentlich ihr Bauchnabel sein sollte. Dennoch nickt sie und folgt der Frau. Das Schiff kippt unter ihren Füßen nach links und rechts. Eva krallt sich am Eisengeländer fest, während sie Schritt für Schritt die Stufen von der Brücke hinabgeht.

Im Schiffsinneren gibt es einen großen Raum, in dem Bänke und Tische fest mit den Schiffsdielen verschraubt sind. Am Kopfende des kleinen Salons steht auf einem Tisch eine weiße Urne auf einem schwarzen Chiffontuch. Drei weiße Rosen liegen daneben, und zwei Kerzen brennen. Eva fragt sich, wer das organisiert hat. Sie muss zugeben, dass es Willi gefallen würde.

Die Offizierin entfernt sich und lässt Eva mit Willis Asche allein.

Der Schiffsmotor donnert unter ihr. Sie fühlt die sanften Schwankungen, wenn sie über eine Welle fahren, aber sie sind hier unten angenehmer als draußen.

Liebevoll lässt Eva ihre Finger über die kalte Urne fahren. »Ach, Willi«, flüstert sie. Wieder fühlt es sich an, als stünde er neben ihr und würde die Urne ebenfalls betrachten.

Sie stellt sich vor, dass er seine faltige Hand auf ihre legt und ihr zulächelt. »Es ist okay«, scheint er zu sagen.

Eva spürt marineblaue Traurigkeit, die aus weiter Tiefe zu ihr hochsteigt und sich in ihrer Seele ausbreitet wie ein Tintenklecks im Wasser. Wabernd färbt das Gefühl von Schmerz, von Verlust und Abschied auf sie ab. Es fällt ihr schwer, zu atmen.

Ich bin mein Leben lang weggelaufen, aber das ist nun vorbei, erzählt sie ihm stumm. *Weißt du, ich habe jemanden kennengelernt, der mir viel beigebracht hat. Ich habe mich in seine Lebensfreude verliebt. Er nimmt das Leben so leicht und genießt jede Sekunde, die ihm noch bleibt. Am meisten imponiert mir, dass er Dinge macht, vor denen er Angst hat. Wenn ich Angst habe, flüchte ich. Ich flüchte zu meinem Rotwein und zu meiner Schokolade. Mir war das gar nicht so bewusst, bis Sebastian mir auf Helgoland sagte, dass ich meine Gefühle zustopfe. Das trifft es auf den Punkt. Du hast mir das auch oft gesagt, Willi. Du sagtest, ich hätte Angst vor Schatten, und ja, das stimmt. Danke, dass du nie die Geduld mit mir verloren hast. Auch wenn ich jetzt nicht mehr mit dir sprechen kann, sollst du doch wissen, dass ich mich ändern werde. Geändert habe. Der Alkohol ist weg.*

Eva zupft an ihren Gummibändern. *Ich werde ein gutes Vorbild für meine Tochter sein und ihr zeigen, dass es nicht schlimm ist, negative Gefühle zu haben. Du hast mich immer ermutigt, mein Leben so zu führen, wie ich es mir wünsche. Du hast mir sogar geraten, Andreas zu verlassen, und obwohl ich noch immer Angst vor ihm habe, weiß ich, dass es die richtige Entscheidung war. Doch noch bin ich nicht frei. Es gibt so viel zu tun, Willi, so viel.*

Sie legt den Kopf schief. *Wenn ich wirklich mein Leben gestalten will, dann werde ich wohl lernen müssen, auch die Schatten zu ertragen.*

Neben sich spürt Eva Willi zustimmend nicken.

Weißt du, was mir gerade bewusst wird? Ich glaube, ich muss mich trauen, mich selbst vollkommen kennenzulernen. Irgendwie habe ich das Gefühl, dass der Schlüssel zu meinem Glück nicht in Sebastians Händen liegt. Ich dachte wirklich, dass ich mich in Sebastian als Menschen verliebt habe, aber in den vergangenen Tagen wurde mir immer klarer, dass es jeder hätte sein können – ich habe mich in die Leichtigkeit des Lebens verliebt. Wenn ich dafür auch die Schatten durchstehen muss, ist es das wert.

Ein Gewicht wie von einem schweren Stein hebt sich von Evas Lungen. Sie atmet tief ein, als hätte sie eine Apnoe-Taucheinheit hinter sich gebracht. Dieser Moment vibriert in der ganzen Luft um sie herum.

Ich muss Frankas und Sebastians Ehe retten, auch wenn es mir das Herz bricht. Es ist das Richtige. Danke, dass ich dich ein Stück auf deinem Weg begleiten durfte, Willi. Bestimmt sitzt du jetzt mit Elisabeth irgendwo an einem wundervollen Platz und genießt den Frieden, nach dem du lange gesucht hast. Vielleicht erzählst du mir irgendwann die Geschichte, wie es zu Olaf kam.

»Leb wohl.«

Eva wischt sich eine Träne aus dem Auge. Sie betrachtet die Urne und erinnert sich an die vielen Momente, die sie mit Willi teilen durfte. Wie er ihr gleich am Einzugstag helfend zur Seite eilte, um Kartons ins neue Heim zu tragen. Wie oft er ein Pläuschchen mit ihr über die Hecke hinweg gehalten hat. Wie er für Emilia Ostereier in seinem Garten versteckt hat, seit sie ein kleines Mädchen war. Wie er und Elisabeth die ganze Nachbarschaft in ihr kleines Wohnzimmer gequetscht haben, um ihre goldene Hochzeit zu feiern.

Wie sie seine Hand gehalten hat, als sie Elisabeth zu Grabe getragen haben.

Hinter ihr erscheint Kapitän Marquardt. »Wir erreichen nun die Stelle.« Er stellt sich neben sie und mustert sie aufmerksam. »Wie geht es Ihnen?«

»Besser, danke.« Die Übelkeit ist nicht weg, aber nach dem Austausch mit Willi glaubt sie, das Gefühl besser aushalten zu können. Was ist schon das Schlimmste, das passieren kann? Sich zu übergeben, bringt sie nicht um. Ihre Angst ist lediglich die Angst vor dem Gefühl. Das macht sie sicher.

Dann nimmt er die Urne in seine behandschuhten Hände. Die Offizierin trägt einen Korb voller Blütenblätter und erwartet die beiden an der Tür. Eva folgt ihnen nach draußen.

Der Schiffsmotor verstummt. Das Plätschern des Meeres ist nun deutlich hörbar. So weit draußen fliegt kaum noch eine Möwe am Himmel. Nur der Wind und die See sind in einem berührenden Duett zu hören. Auf dem Weg zum Achterdeck fällt Eva auf, dass die Flaggen auf halbmast hängen. Sie ist erleichtert, dass diese Seebestattung stattfinden kann.

Willi hätte es so gewollt.

Kapitän Marquardt positioniert die Urne auf einem Stehtisch. Ein Kranz aus weißen Rosen umrahmt sie.

Der Wind zieht an Evas Jacke. Es ist recht kühl, was ihr lieber ist als der Hochsommer. Vor ihrem geistigen Auge sieht sie Willi in seiner Uniform neben dem Kapitän stehen und lächeln.

Plötzlich bricht die Sonne durch die Wolken und scheint den Anwesenden ins Gesicht. Eva muss lächeln. Willi liebte große Auftritte.

»Wir wollen heute gemeinsam unseren lieben Verstorbenen Wilfried Bademeyer auf seine letzte Reise begleiten. Fünfundachtzig Jahre lang hat er diese Erde mit seiner Anwesenheit beglückt. Heute denken wir noch einmal ganz intensiv an ihn. Leider gibt es nicht mehr viele Menschen, die heute die Fahrt auf sich nehmen konnten, um sich zu verabschieden. Wir spüren aber ihre guten Gedanken.« Der Kapitän nimmt eine schwarze Mappe in die Hand, in der vermutlich Notizen abgeheftet sind. Er sieht sie an. »Frau Lange-Albrecht, wir sind heute ja in ganz kleinem Kreise hier, und ehrlich gesagt war es in der Kürze der Zeit unmöglich, einen vollständigen Lebenslauf zu erhalten. Möchten Sie selbst ein paar Worte über Willi sagen?«

Eva vergisst zwei Atemzüge lang, ihre Lungen mit Sauerstoff zu füllen. Spontane Trauerreden sind noch furchterregender als Abifeier-Ansprachen (und dieses Mal ist sie dabei nüchtern). Aber erst vor wenigen Minuten hat sie Willi versprochen, trotz ihrer Angst mehr Dinge zu wagen, also lässt sie sich darauf ein.

»Willi war der hilfsbereiteste Mensch, den ich je kennengelernt habe. Er ist 1938 geboren worden. Soweit ich weiß, war das in Schlesien, und er war der zweite von drei Söhnen. Seine Familie floh an die Nordsee, wo er sich sofort in das Meer verliebte. Er wurde Seefahrer und bereiste die ganze Welt. Oft hat er mir von seiner Äquatortaufe erzählt und von allerlei fragwürdigen Ritualen, die es auf See anscheinend gibt.«

Kapitän Marquardt und die Offizierin schmunzeln.

»Doch eines Tages passierte das, was er nicht für möglich gehalten hatte: Er verliebte sich in ein Mädchen vom Lande. Elisabeth war wirklich sein Ein und Alles. Seither, so sagte er mal, blieb sein Herz immer an Land, wenn er auf See war. Leider waren den beiden keine Kinder vergönnt. Sie beschlossen, ein Leben zu führen, wie es ihnen nur als Paar möglich war. Sie erkundeten alle Winkel der Welt, immer abseits der ausgetretenen Touristenpfade. Willi hatte immer ein Auge auf das Wohlbefinden seiner Mitmenschen. Wenn es jemandem schlecht ging, bemerkte er es. Er machte keinen Wind darum, sondern schenkte dieser Person einfach nur seine Aufmerksamkeit, ein paar aufbauende Worte und hier und da ein Tässchen Kaffee oder Gläschen Wein. Mit Willi verlässt ein Licht die Welt, und es ist dunkler, seit er weg ist. Der Tod von Elisabeth hat ihn sehr mitgenommen, und seither hat er beständig abgebaut. Wenn es eine Sache gibt, die Willi mir beigebracht hat, dann ist es, Hoffnung zu haben. Er war ein unverbesserlicher Optimist.« Eva lacht auf. »Egal, worum es ging, Willi fand eine gute Seite daran. Er hat dem Leben ins Gesicht gelacht, und es lachte zurück. Ich hätte gern früher von seinem Sohn erfahren und gewusst, welche Geschichte sich dahinter verbirgt, aber das gehört zu den Dingen, die er für sich behalten hat. Willi war ein stiller Beobachter mit messerscharfem Verstand, der genau im richtigen Moment sagte, was er zu sagen hatte. Ich bin unglaublich dankbar, seine Bekanntschaft gemacht zu haben. Er hat die Welt zu einem besseren Ort gemacht.« Eva legt eine Hand auf die Urne und lächelt. Eine Welle inneren Friedens erfüllt sie. Willis Freundschaft ist etwas, von dem sie noch lange zehren wird.

»Danke.« Kapitän Marquardt nickt ihr zu und befestigt dann ein Seil an der Urne. Anschließend hebt er das Gefäß behutsam hoch und lehnt sich über die Reling. Eva beobachtet ihn genau. Grünes Meerwasser spritzt am Schiff hoch und verwirbelt sich zu weißen Schaumkronen.

Klavierklänge ertönen und werden vom Wind in die Luft getragen. Eine Pianoversion von Rod Stewarts *Sailing*, die Eva spontan gestern Abend in den Sinn kam. Sie kommt aus einer kleinen Musikbox, die Eva versteckt in der Dekoration findet.

Die Urne tritt ins Wasser ein und sinkt. Ein paar Sekunden

lang ist sie als weißer Fleck zu sehen, dann verschluckt das Meer das Gefäß mitsamt der Asche. Der Blumenkranz schwimmt auf der Wasseroberfläche und wird von der Strömung hin und her geschubst. Eva nimmt eine Handvoll Blütenblätter aus dem bereitstehenden Korb und wirft sie ins Wasser. »Gute Reise«, murmelt sie.

Viermal läutet Kapitän Marquardt anschließend die Schiffsglocke, was das Zeichen für »Wachablösung« ist. Wenige Augenblicke lang ist alles still. Ein unwirklicher Moment, in dem sich zwei Welten zu berühren scheinen.

Der Motor startet wieder. Das Schiff umkreist die Grabstelle dreimal, dann wird wieder Kurs auf den Heimathafen genommen.

Ohne Willis Überreste.

Eva steht gedankenverloren am Heck und betrachtet den Blumenkranz und die Spuren, die das Schiff hinterlässt. Wie von Geisterhand verschmelzen sie mit dem Meerwasser. Das Schiffshorn reißt sie aus ihren Gedanken. Dreimal dröhnt ihr langer Ton durch die Luft. Evas Augen suchen die Blüten, die noch auf dem Wasser schwimmen müssen, aber es ist nichts mehr zu sehen.

Gute Reise, Willi. Ich werde dich nicht enttäuschen.

Kapitel 33

ANNÄHERUNG

Montag

Nach der Seebestattung fühlt Eva sich seltsam entrückt. Die Fahrt war wie eine Reise in einen zeitleeren Raum, und nur mit Mühe kann sie sich auf die anstehenden Aufgaben dieses Montags konzentrieren. Die Autofahrt ist wie ein Portal zurück in den Alltag.

In der Praxis angekommen, sitzt Markus verlässlich wie ein Uhrwerk am Empfang. Er sieht abgekämpft aus.

»Ist alles gut bei dir?«, fragt sie statt einer Begrüßung.

Markus setzt ein Lächeln auf und zuckt mit den Schultern. »Ich wollte eh mit dir reden, warum also nicht jetzt.« Die Mundwinkel senken sich. »Ich habe mich nach anderen Stellen umgesehen.«

Evas Herz rutscht eine Etage tiefer. Nicht auch noch Markus.

»Und es gibt zwei Angebote, die sehr reizvoll sind. Ich wollte mit offenen Karten spielen und dir davon erzählen.«

Eva räuspert sich. »Das ist rücksichtsvoll, danke.« Sie spürt deutlich den Fluchtimpuls in sich. Noch mehr Probleme ist das Gegenteil dessen, was sie gerade braucht. »Warum willst du gehen?«

»Ganz ehrlich: Ich weiß nicht, ob es uns in einem halben Jahr oder einem Jahr noch gibt, und da schaue ich mich lieber frühzeitig um.«

Eine gehässige Bemerkung über Ratten, die das sinkende

Schiff verlassen, liegt ihr auf der Zunge, aber sie kann sie herunterschlucken. »Ich verstehe deine Angst«, sagt sie in gewohnter Manier, »und ich denke, du solltest tun, was du für richtig hältst. Ich für meinen Teil habe zwei Wochen hinter mir, die mein ganzes Leben verändert haben, und ich glaube, da kommt noch etwas Großes auf mich zu. Ich kann und werde nicht von dir verlangen, etwas zu tun, was du nicht willst. Wann musst du dich entscheiden?«

»In zwei Wochen. Es tut mir wirklich leid«, sagt Markus mit dünner Stimme.

Eva nickt. »Überlege dir, wofür dein Herz schlägt.« Sie lächelt und ist stolz auf sich, weil sie nicht in Panik verfallen ist. »Gleich kommen Herr und Frau Schneider, du kannst sie gerne reinschicken.«

»Mach ich. Und danke für dein Verständnis.« Markus sieht aus, als wären gerade zwei Sorgenberge von seinen Schultern genommen worden.

Eva zieht sich in ihr Büro zurück. Sie ordnet ihre Papiere, sortiert die anfallenden Aufgaben und zieht gedankenlos die oberste Schublade der rechten Seite auf. Ein Stapel Briefe gerät durcheinander. Sie nimmt den obersten in die Hand. »Letzte Mahnung« steht in roten Buchstaben im Adressfeld. Ihr wird flau im Magen. Die Rechnungen hat sie ganz vergessen. Beherzt holt sie den Stapel hervor und öffnet mutig einen Brief nach dem anderen. Sie klappt den Laptop auf, der ihr als Ersatz dient, seit ihr Computer den Geist aufgegeben hat, und bezahlt alles.

Wider Erwarten tut es nicht weh.

Ihr ohnehin so bescheidener Kontostand schrumpft. Vorwurfsvoll fragt sie die kleine Zahl auf dem Bildschirm, wovon sie im Laufe der Woche Essen zu kaufen gedenkt – oder einen Kuchen für Emilias Geburtstag. An Geschenke ist gar nicht zu denken. Sie nimmt die Schokolade aus der anderen Schublade und läuft damit zu Markus nach vorne.

»Schoki?«, fragt sie, und sein Gesicht erhellt sich. Sie gibt ihm alles, was sie noch hat.

Im selben Moment betreten Franka und Sebastian die Praxis.

Bei seinem Anblick schwillt ihr Herz an. Sie kann nichts dafür, dass sie weiterhin Gefühle für ihn hat.

»Hallo, ihr zwei«, begrüßt sie sie freundlich. »Kommt mit.«

Je weniger sie ihm in die Augen sieht, desto leichter wird ihr die Stunde fallen.

Franka und Sebastian setzen sich auf dieselben Stühle wie beim vergangenen Mal. Die Stimmung ist schwer zu fassen. Franka lächelt Sebastian immer wieder an – etwas, das sie beim letzten Mal nicht getan hat.

»Und, wie geht es euch?«, fragt Eva mit neutraler Stimme. Sie holt sich ihr Klemmbrett mit einem Notizblock vom Schreibtisch und setzt sich zwischen das Ehepaar.

Franka lächelt. »Die Hausaufgabe war sehr erhellend für mich.«

»Teil gerne, was du geschrieben hast.« Eva blickt zu Sebastian, der nervös mit den Fingern auf der Stuhllehne trommelt. Er wirft ihr einen Blick zu, den sie schnell meidet. Stattdessen konzentriert sie sich lieber auf Franka.

»Also«, beginnt diese. »Ich überspringe mal die Angaben zu meinem Geburtstag und so weiter. Am Anfang ging es auf dem Fragebogen ja nur um einen selbst. Soll ich das trotzdem erzählen?«

Eva nickt. »Kannst es ja kurz zusammenfassen.«

»Okay. Ich bin jetzt fünfundvierzig Jahre alt und seit zwanzig Jahren mit Sebastian verheiratet. Wir haben keine Kinder. Ich arbeite als Immobilienmaklerin, und die Frage nach der aktuellen Einschätzung unserer Beziehung habe ich überschrieben mit ›*Die Luft ist raus*‹.« Sie wirft Sebastian einen kurzen Blick zu, aber er starrt auf seine knetenden Hände. »Auf die Frage, welche gemeinsamen Interessen wir haben, habe ich Folgendes geantwortet: Wir fahren gern gemeinsam auf der Überholspur des Lebens. Wir lieben gute Geschichten, lange Gespräche, Filmabende und Kino, Reisen in alle Teile der Erde, sowohl zu den touristischen Highlights als auch zu Zielen abseits des Mainstreams.« Das erinnert sie an Willi und Elisabeth. Einen Moment lang stellt Eva sich die beiden als ergrautes Ehepaar vor. Sie hätte es ihnen so sehr gegönnt.

Sebastian gluckst. »Viermal Rom ist nicht die Welt.«

»Hören wir doch mal zu, was Franka zu sagen hat, ohne es zu bewerten«, schlägt Eva vor. Aufmunternd lächelt sie ihre alte Freundin an.

»Wir haben zumindest früher sehr gerne philosophiert und uns die großen Fragen des Lebens gestellt«, fährt sie fort. »Wenn wir uns mit Freunden getroffen haben und es zu tiefergehenden Gesprächen kam, sind viele nach zwanzig, dreißig Minuten ausgestiegen, weil es ihnen zu anstrengend wurde, über kleinste Details zu diskutieren. Uns macht das Spaß. Auch wenn mich diese Diskussionen an anderer Stelle in den Wahnsinn treiben.«

»Hört, hört«, flüstert Sebastian.

»Wenn ich mal wirklich den Kern unserer Ehe betrachte, würde ich sagen, dass wir das gleiche Leben führen wollen. Wir wollen im Überschwang das Leben auskosten, spontan sein, lachen, lieben, lernen …«

»Also, Moment mal.« Sebastian fixiert seine Frau mit zusammengezogenen Augenbrauen. »Von was für einer Ehe erzählst du bitte? Das ist so was von fernab der Realität.«

»Ich beantworte die Frage, wo ich unsere gemeinsamen Interessen sehe«, erklärt Franka nüchtern. »Was hast du denn geschrieben?«

Eva presst die Lippen aufeinander. Ihr Kopf weiß, dass es wichtig und richtig ist, Sebastian erkennen zu lassen, ob und wie er das Leben mit Franka sieht, aber eigentlich will sie es nicht hören. Sie hätte den Fall abgeben sollen. Spätestens seit sie Gefühle für ihn entwickelt hat, hätte sie die Reißleine ziehen müssen.

Wie konnte sie nur denken, dass es ihr nicht das Herz zerreißen würde, die beiden aneinander anzunähern?

Mit Bauchschmerzen kritzelt sie auf ihrem Block kleine Kreise und Kringel in eine Ecke, aber das hilft kaum, den Stress abzubauen.

Sebastian kramt seinen Zettel hervor und beginnt vorzulesen. »Franka und ich haben früher das Leben geliebt. Heute fällt es mir schwer, Gemeinsamkeiten zu finden. Wenn ich darüber nachdenke, fallen mir zuerst die Dinge ein, die zwischen uns stehen. In unserer Anfangszeit waren wir unzertrennlich. Zusammengehalten hat uns, dass wir die gleiche Auffassung vom Leben hatten, nämlich es in vollen Zügen zu genießen. Heute sieht Franka das anders.«

»Hä?«, wirft Franka ein. »Wieso glaubst du das?«

Sebastian sieht von seinem Blatt auf. »Heute ist dir doch nur wichtig, was die Leute von uns denken und welche Statussymbole wir präsentieren können. Wenn ich spontan einen Ausflug machen will, machst du daraus einen Staatsakt.«

Franka will zu einer Erwiderung ansetzen, aber Eva kommt ihr zuvor. »Sind dir denn noch Gemeinsamkeiten eingefallen?«

»Ja«, gibt er zu und liest weiter. »Wir wollen das Leben erobern und geben uns nicht mit dem zweiten Platz zufrieden. Widerstände und Hindernisse helfen uns, weiterzuwachsen, und wir sind beide der Meinung, dass die meisten Menschen zu schnell aufgeben.«

»Darf ich eine Zwischenfrage stellen?«, schaltet Eva sich erneut ein. »Was schätzt du an Franka?«

Sebastian blickt ihr ein wenig zu lange in die Augen. Zu gern wüsste sie, was in ihm vorgeht. Dann sieht er Franka an, und zum ersten Mal an diesem Tag sieht sie ihn lächeln. »Ich schätze an ihr ihre Authentizität. Was sie tut, tut sie immer im Einklang mit sich selbst. Sie ruht in sich und lässt sich normalerweise nicht von der Meinung anderer beeinflussen. Ich kann ihr vertrauen, und mein Leben war mit ihr an meiner Seite reicher und wertvoller als ohne sie.«

Eva ignoriert die Messerspitze, die sich in ihren Brustkorb bohrt.

»Sie kümmert sich. Um unser Haus, um unser Wohl, um unsere Finanzen, um alles, worauf ich keine Lust habe. Sie nimmt mir ab, was mich nervt, und meckert nicht, wenn ich zum hundertsten Mal eine Diskussion anfange. Ich schätze an ihr, dass sie so stark ist und weiß, was sie will, obwohl das oft zu Streit führt, wenn ich einen anderen Plan habe. Außerdem beeindruckt mich ihre Großzügigkeit. Nach außen hin wirkt sie oft nüchtern oder kühl, aber ihr Herz ist so groß, wie ich es von niemand anderem kenne. Oder sagen wir, von fast niemandem.« Er macht eine kurze Pause, in der Eva das Gefühl hat, dass er ihr am liebsten in die Augen blicken will. Doch er sieht weiter seine Frau an. »Ob es irgendwelche Tiere sind, denen sie helfen will, Hilfsbedürftige, Kriegsopfer oder wer auch immer: Franka ist zur Stelle und hilft, wo sie kann. Sie strahlt eine solche Kraft und Würde aus, dass ich das Gefühl habe, selbst davon zu profitieren. Um ehrlich zu sein, hat sie alles, was ich mir bei einer Frau wünsche.«

Franka hat Tränen in den Augen. »Ich glaube, das ist das Schönste, was du je über mich gesagt hast.«

Eva unterdrückt den Impuls, zu fragen, ob das sein Ernst ist. *In your face,* würde Emilia dazu sagen, und genauso fühlt es sich an: wie ein Schlag mitten ins Gesicht. Gebrochene Nase, gebrochenes Herz.

Sebastian streckt die Hand in Frankas Richtung aus, und sie ergreift sie mit einem Strahlen. »Es tut mir leid, dass ich in den letzten Jahren schwierig war«, sagt er.

Als Zeichen der Vergebung küsst sie ihn.

»Knüpfen wir da an.« Evas Stimme ist zerbrechlich wie eine Seifenblase. Sie räuspert sich. »Ihr seid hier, weil es bei euch zuletzt nicht optimal gelaufen ist. Worin seht ihr das Problem? Franka, machst du den Anfang? Und Sebastian, falls du widersprechen willst, halt dich bitte zunächst zurück. Franka darf ihren Gedanken freien Lauf lassen, und bestimmt wird der eine oder andere Satz dabei sein, der dich aufwühlt. Wir sprechen anschließend darüber.«

Dann legt Franka los. Eva hatte befürchtet, dass sie mit Vorwürfen um sich schmeißen könnte und dass die Stimmung kippen könnte, aber überraschenderweise ist Franka so, wie Sebastian gesagt hat: Sie wirkt nüchtern, als sie ihre Sicht der Dinge vorträgt. Sie erzählt vom Gefühl, allein gelassen zu werden und als Einzige die Verantwortung dafür zu tragen, dass die beiden ihr Leben so führen können, wie sie es wollen. Immer wieder betont sie, wie ungerecht es ihr erscheint, dass sie hart arbeitet und Sebastian nur tut, worauf er Lust hat. Dass sie sich Wertschätzung wünscht und in den letzten Jahren mehr und mehr das Gefühl entwickelt hat, eine tiefe Freundschaft, aber keine Liebe mehr zu empfinden.

Sebastian nickt und erwidert nichts. Geduldig lässt er die Kritik über sich ergehen. »Ich kann dich total verstehen«, sagt er nachdenklich.

Er hat einen verdammt guten Tag, stellt Eva fest und wünscht sich fast, dass es zu mehr Gedächtnisausfällen käme, damit Franka endlich die Wahrheit erfahren muss.

»Ich dachte eigentlich, dass du deinen Job sehr gern machst und dass es dir nichts ausmacht, viel zu arbeiten. Für mich hast du deine Berufung gefunden, und ich habe mich immer von einer Begeisterungswelle zur nächsten tragen lassen, ohne etwas zu finden, bei dem ich wirklich lange bleiben wollte.«

»Dieses Sprunghafte macht mich fertig«, gibt Franka zu.

»Warum?«, fragt Eva.

»Ich finde, wenn man erwachsen wird, kann man sich nicht mehr benehmen, als wäre man zwanzig. Das ist unreif.«

Sebastian rutscht unruhig auf seinem Stuhl herum. Es ist offensichtlich, dass er widersprechen will.

»Aber«, fährt Franka fort, »wahrscheinlich bin ich auch mit unrealistischen Erwartungen in die Ehe gegangen. Ich dachte, dass Sebastian sich schon ändern würde, wenn er älter wird. Dass wir in unseren Zwanzigern das Leben genießen und jung sind, aber irgendwann ruhiger werden und Dinge machen, wie für die Rente vorzusorgen.«

»Wir hätten vor der Hochzeit vielleicht mal über unsere langfristigen Pläne sprechen sollen«, wirft Sebastian ein.

»Mein Stichwort«, sagt Eva lächelnd. »Sich darüber Gedanken zu machen, was man in der Vergangenheit hätte machen können oder sollen, hilft uns heute wenig. Was wir verändern können, ist die Gegenwart und damit teilweise auch die Zukunft. Ich möchte euch gerne dazu anregen, zu Hause zu überlegen, was ihr in eurer Ehe als problematisch anseht und in welcher Situation euch dieses Problem zuletzt aufgefallen ist. Jede und jeder für sich, ohne darüber zu sprechen. Beim nächsten Mal werde ich Methoden mit euch üben, die euch helfen können, über eure Probleme zu sprechen und Lösungen zu finden. Außerdem möchte ich, dass ihr euch füreinander Zeit nehmt und darüber sprecht, wie eure Beziehung zueinander war, als noch alles in Ordnung war. Warum wart ihr glücklich? Was habt ihr gerne gemacht? Warum habt ihr euch ineinander verliebt? Und wenn ihr wollt, überlegt mal, wie ihr aus eurer aktuellen Routine ausbrechen könnt, um etwas zu tun, das euch wieder näher zusammenbringt.«

Franka macht sich Notizen auf ihrem Fragebogen, während Sebastian seine Hände besieht. Dann stehen alle auf und verabschieden sich voneinander.

Die Umarmung mit Sebastian fühlt sich freundschaftlich, fast oberflächlich an.

Franka drückt sie mit aller Herzenswärme. »Danke«, flüstert sie ihr ins Ohr.

Nachdem Eva die Bürotür geschlossen hat, spürt sie eine sich ausdehnende Leere in ihrem Körper. Am liebsten würde sie eine ganze Tafel Schokolade in sich hineinstopfen. Sie zupft an ihrem blauen Gummiband, bis es wehtut. Statt das Gefühl wegzufuttern, hält sie einen Moment inne und spürt nach, was sie wirklich fühlt.

Sie ist traurig. Diese Stunde ist gut gelaufen, und sie sieht gute Chancen, dass Sebastian und Franka sich einander wieder annähern, ehe sie sich für immer verabschieden müssen. Sie atmet tief ein und lässt die ganze Luft langsam aus ihrem Brustkorb strömen.

Sie lässt ihn frei. Sebastian ist nicht mehr Teil ihres Lebens. Das ist traurig und tut weh.

Und es ist völlig in Ordnung, dass es wehtut. Sie ist stark genug, es auszuhalten.

Markus klopft und händigt ihr die Post aus. Eva sieht die drei Briefe durch und stutzt. Sie öffnet den untersten Umschlag. Beim Überfliegen der Zeilen trocknet ihr Hals aus.

Ein Blitz zuckt durch ihren Körper.

Das ist unmöglich.

Kapitel 34

GEZÄHMT

Samstag

Es ist Samstag. Die Tage dieser Woche sind verflogen, als hätte man einfach eine Seite in einem Buch umgeblättert. Eva hat sich anwaltlich beraten lassen und glücklicherweise festgestellt, dass Andreas ihr nicht ohne Weiteres das Sorgerecht wegklagen kann – und selbst wenn, gäbe es noch immer ein Umgangsrecht. Die Anwältin war fürsorglich, verständnisvoll und hat ihr Mut gemacht. »Eine außergerichtliche Einigung wäre natürlich dennoch das Beste«, hat sie gesagt, und Eva stimmt ihr zu.

Es muss etwas passieren. So wie es in den letzten Jahren zugegangen ist, wird es nicht weitergehen.

Sie ist kein Spielball, sondern Spielerin. Und wenn Andreas sie herausfordert, darf er sich nicht wundern, wenn sie zu den Waffen greift, die ihr zur Verfügung stehen.

Nachdenklich schüttet sie Mehl in eine Schüssel, fügt Zucker, Milch, Butter und die übrigen Zutaten hinzu und backt Emilias Geburtstagskuchen. Draußen ist es stockdunkel, nur ganz hinten am Horizont lässt sich der nahende Tag erahnen. In ein paar Stunden wird die ganze Meute sich im Wohn- und Esszimmer verteilen: Andreas und Melody, Mutti, Wolfgang und Anneliese, Emilias Freundin Annalena und natürlich das Geburtstagskind selbst.

Als der Teig im Ofen ist, beginnt der Wohnungsputz. Die perfekte Gelegenheit für Eva, ihren Gedanken nachzuhängen und sich einen Plan für ihren Siegeszug zurechtzulegen.

Sie trägt noch immer Verantwortung für Emilia, auch wenn sie heute sechzehn wird. Viel zu lange hat sie Andreas handeln lassen, wie er wollte. Er diktiert ihr seit Jahren, wie die Dinge seiner Meinung nach zu laufen haben, und sie kann kaum glauben, dass sie alles bisher ohne große Gegenwehr mitgemacht hat. Andreas ist jemand, der von der Anerkennung seiner Mitmenschen und der Macht über sie lebt.

Sie wird ihn an seinem wundesten Punkt treffen.

Die Badarmaturen glänzen. Kein Staubkorn findet sich auf den weißen Regalen im Wohnzimmer. Die Wohnung ist von Kuchenduft erfüllt, und draußen singen die Vögel.

Der Tag der Entscheidung ist angebrochen.

Um neun Uhr ruft Eva mit gemischten Gefühlen auf ihrem alten Haustelefon an.

Eine mürrische, männliche Stimme nimmt ab. »Ja.«

Eva wird kalt. »Hier ist Eva. Ist das Geburtstagskind schon wach?«

»Nein.«

»Okay, dann ruf ich später noch einmal an.«

»Später frühstücken wir.«

Die Kälte wird von aufglimmender Wut aufgelöst. »Ich werde meiner Tochter ja wohl zum Geburtstag gratulieren dürfen.«

»Du siehst sie doch heute Nachmittag.« In Andreas' Stimme fehlt jegliches Mitgefühl. Dann ist die Leitung tot.

»Du bist so ein Arsch!«, brüllt Eva ins Telefon und legt ebenfalls auf. Zum Glück hat er es nicht mitbekommen. Der Gefühlsausbruch wäre für ihn wie rohes Fleisch für einen hungrigen Löwen gewesen. Sie versucht es auf Melodys Handy und erreicht sie wider Erwarten sogar.

»Hier ist Eva. Kannst du mir Emilia geben?«

Am anderen Ende hört sie förmlich Melodys Gedanken rasen. »Es tut mir leid, aber ich kann nicht«, flüstert sie mit Panik in der Stimme und legt auf.

Jetzt reicht es endgültig. Nie wieder wird ihr ein Mensch vorschreiben, was sie zu tun und zu lassen hat. Sie betrachtet den gedeckten Esszimmertisch. Beherzt räumt sie einige Teller, Tassen, Servietten und das Besteck wieder weg. Dann nimmt sie ihren Schlüssel, ihr Handy und zieht wenige Momente später die Tür hinter sich zu.

Es muss mindestens zwanzig oder fünfundzwanzig Jahre her sein, dass sie vor dem ebenerdigen Wohnhaus gestanden hat, das von kugelförmigen Buchsbaumbüschen in ausladenden Blumenkübeln flankiert wird. Die Überwachungskamera links über der Eingangstür ist neu. Eva klingelt. Bei diesem Wetter ist Anneliese vermutlich nicht im Garten, sondern sorgt drinnen für eine wohlige Atmosphäre.

Die Tür wird zögerlich geöffnet. Wolfgang schiebt seine Brille hoch. Eva hat ihn noch nie in Jogginghosen gesehen und ist für den Bruchteil einer Sekunde irritiert. So leger gekleidet wirkt er nahbarer, als sie sich eingestehen will.

»Meine Lieblingsnichte Evi«, begrüßt er sie.

»Ich heiße Eva, ein für alle Mal«, sagt sie. »Lässt du mich rein?« Zum Glück kann er ihr Herz nicht schlagen hören.

Er macht die Tür weiter auf, und sie folgt ihm ins Innere. Im Flur ist es dunkel und eng. Bilder von Blumenstillleben hängen an den Wänden, und es riecht nach Annelieses schwerem, orientalisch anmutendem Parfum. Ihr wird bewusst, dass Onkel Wolfgang mittlerweile die siebzig überschritten hat. Tatsächlich sieht er in diesem Moment alt aus und nicht wie der mächtige Mann, der ihr vor einer guten Woche ihren teuersten Besitz aus der Hand geschlagen hat.

»Lass es mich kurz machen«, eröffnet Eva das Gespräch. »Ich habe deine Miete überwiesen. Und ich habe hier meine Kündigung.« Sie gibt ihm einen Umschlag, den sie in ihre Gesäßtasche gesteckt hatte. »Nächsten Monat bin ich weg.«

Er weitet überrascht die Augen.

»Wie du mit mir umgehst, ist unter aller Sau, und ich werde das nicht mehr zulassen.«

»Die Kündigungsfrist beträgt drei Monate«, sagt er dann und gewinnt an Energie. Mit verengtem Blick betrachtet er sie abschätzig. »Woher hast du plötzlich das Geld?«

»Das hat dich nicht zu interessieren. Ich sag dir jetzt mal was: Ab sofort hältst du dich aus meinem Leben heraus. Du kommst zu keiner Geburtstagsfeier mehr, und wenn du dich meiner Tochter oder mir auch nur auf hundert Meter näherst, rufe ich die Polizei.«

Ein paar Sekunden lang starrt Wolfgang sie an.

Dann passiert etwas, das Eva völlig aus dem Konzept bringt: Er weint. Seine Augen laufen mit Tränen über, er wischt sie mit der Hand unter seiner Brille weg. Ein paar Sekunden lang fühlt Eva sich hilflos und überfordert. Sie hat damit gerechnet, dass er sie anschreit, wütend wird oder gleichgültig reagiert, aber diese Reaktion verwirrt sie.

Wolfgang fixiert die Decke und versucht, die Tränen wegzublinzeln. »Sorry«, sagt er mit brüchiger Stimme.

»Entschuldige dich nie für deine Gefühle«, entgegnet Eva automatisch. Sie beobachtet ihren Onkel noch immer, als sei er ein seltenes Zootier.

»Er hatte recht«, nuschelt Wolfgang kopfschüttelnd. Nachdem er ein paarmal geschnieft hat, beruhigt sich seine Atemfrequenz allmählich, aber er sieht keineswegs ruhig aus – eher ängstlich. Mit großen Augen behält er Eva im Blick. »Er hat gesagt, dass alles rauskommt und mich jeder im Stich lassen wird.«

Verwirrt zieht Eva die Augenbrauen zusammen. »Wovon sprichst du?«

»Andreas.« Wolfgang spuckt den Namen geradezu aus. »Er hat mich in der Hand.«

Eva versucht, einen Sinn in seinen Sätzen zu finden.

»Ich habe Schulden bei ihm«, gesteht Wolfgang, »deshalb brauchte ich unbedingt das Geld von dir. Es tut mir leid, dass ich so einen Druck gemacht habe, aber ich wusste mir nicht anders zu helfen. Er ruft ständig bei mir an und will seine Kohle. Neulich hat mich irgendjemand überrascht, als ich nach Hause kam, und mir ohne ein Wort einen Kinnhaken verpasst. Ich lege meine Hand dafür ins Feuer, dass der Kerl von Andreas geschickt worden ist.«

Eva erinnert sich an den blaugrünen Kiefer. Es wundert sie nicht, dass Andreas fähig ist, solche Dinge in Auftrag zu geben. Wie beim Tauziehen fühlt sie sich zwischen Mitgefühl und Verachtung für Wolfgang hin- und hergerissen. »Dass ich dich ausschließe, hat allein mit deinem Verhalten von vor fünfundzwanzig Jahren zu tun und nicht mit deiner Miete«, erklärt sie kalt. »An dem Tag bist du für mich gestorben, aber ich war nie stark genug, den Kontaktabbruch durchzuziehen. Spar dir deine Entschuldigungen«, setzt sie nach, als Wolfgang Anstalten macht, zu antworten. »Andreas hat keine Macht über dich, auch wenn er das anders sieht. Er denkt, er sei der Mittelpunkt der Welt. Begleich irgendwie deine Schulden, und dann schließ ihn aus deinem Leben aus, sonst wirst du ihn nie los.«

»Du musst mir helfen.« Wolfgang geht einen Schritt auf sie zu. Seine Verzweiflung ist fast greifbar. Wie ein Drogensüchtiger auf Entzug presst er die Hände zum Gebet zusammen und bettelt sie an. »Bitte, Eva, du musst mir helfen. Ich brauche mehr Geld. Bitte. Er bringt mich um, wenn ich ihm nicht gebe, was er will. Bitte, ich tu alles, was du willst.«

Sie weicht einen Schritt zurück, entsetzt von der Kreatur, zu der ihr Onkel geworden ist. Dass sie bis vor wenigen Tagen Angst vor ihm hatte, erscheint ihr geradezu lächerlich. Er greift nach ihren Händen, aber sie entreißt sie ihm sofort wieder. »Stopp!«

Er erstarrt und duckt sich wie ein Prügel erwartender Straßenhund.

»Wie hoch sind deine Schulden?«

Seine Augen füllen sich wieder mit Tränen. »Ihm gehört das Haus, in dem wir wohnen, und die beiden, die wir vermietet haben.«

»Meine Miete geht also in sein Portemonnaie?«, fragt Eva entsetzt. Zu dem Ekel und Mitgefühl, die sie ihrem Onkel gegenüber wegen seiner Unterwürfigkeit empfindet, gesellt sich Wut. »Willst du mir sagen, dass ich die ganze Zeit meinen Ex-Mann dafür bezahle, dass ich mir ein Leben ohne ihn aufgebaut habe?« Die Tatsache, dass er ihre Ausbildung bezahlt hat, ist bedrückend genug, aber zu wissen, dass er ihre Miete eingeheimst hat, macht sie rasend.

Wolfgang plappert allerlei Entschuldigungen und sagt immer wieder, dass Anneliese nichts weiß und all das nicht ans Tageslicht kommen dürfe und dass Andreas ihn über den Tisch gezogen hätte mit Wetteinsätzen und ausgiebigen Casino-Abenden.

»Wolfgang.« Eva hebt die Hand, als könne sie seine Worte mit dieser Geste daran hindern, seinen Mund zu verlassen.

Es funktioniert.

»Ich kann deinen Kampf nicht führen, aber wenn ich eine

Sache weiß, dann ist es, dass wir Andreas nicht damit durchkommen lassen dürfen. Es reicht. Er hat mir alles genommen, was mir im Leben wichtig ist.« Außer Sebastian. Wobei sie nicht ausschließt, dass Andreas auch an ihn Hand anlegen würde, wenn er wüsste, dass er sie damit verletzen kann. »Ich lasse mich nicht mehr von ihm wie ein minderwertiges Stück Fleisch behandeln. Du musst einen Weg finden, das Geld zu zahlen, das du ihm rechtmäßig schuldest, und dann verbann ihn aus deinem Leben.« Sie wendet sich ab, öffnet die Tür und dreht sich noch einmal zu ihrem Onkel um. »Was ich vorhin sagte, meine ich ernst: Du bist in unserer Familie nicht mehr willkommen, und das hat nichts mit Geld zu tun.«

Ein Teil von ihr hat geglaubt, dass er sich für damals entschuldigen würde. Aber letztlich ist es ihr egal, ob er seine Aktion bereut oder nicht: Sie hat sich von ihm befreit, und nichts wird daran etwas ändern.

Kapitel 35

DIE ABRECHNUNG

Samstag

Am Ende des Wendehammers parkt der rote BMW vor dem Grundstück. Andreas' Wagen steht vor der Garage. Der Wind hat die Wolken vertrieben und der Sonne Platz gemacht, dennoch fröstelt Eva am ganzen Körper. Die Kälte kommt von innen. Sie steigt aus ihrem Auto und geht auf ihr altes Haus zu, aber jeder Schritt fällt ihr schwer. Die Straße wird immer länger, und sie stolpert über Zweifel.

Ist es richtig, ihren Plan durchzuziehen, obwohl es Emmis Geburtstag ist? Sie will nicht, dass ihre Tochter ein Leben lang von schlechten Erinnerungen geplagt wird.

Ihr Blick fällt auf das verlassene Nachbarhaus, in dem Willi und Elisabeth jahrzehntelang gewohnt haben. Elisabeth hätte sie in den Arm genommen, und Willi würde ihr mit Sicherheit sagen, dass Emilia in ihrem Leben ohnehin nicht von negativen Erinnerungen verschont bleiben wird. Wichtig ist, dass sie von heute an in Frieden leben.

Hinter ihr kommt langsam ein Auto angerollt. Es stellt sich hinter Evas Toyota. Der Motor erstirbt, und Evas Herz springt immer schneller in ihrem Brustkorb auf und ab.

Franka steigt zuerst aus. Mit einem mitfühlenden Blick geht sie auf Eva zu und nimmt sie in den Arm. »Er hat mir von der Krankheit erzählt«, flüstert sie ihr ins Ohr. »Danke, dass du sein Geheimnis nicht verraten hast.« Als sie sie loslässt, hat Franka Tränen in den Augen.

Wahrscheinlich ist sie deshalb gefahren, obwohl Eva nur Sebastian angerufen hat. Die beiden scheinen miteinander zu sprechen.

Sebastian lächelt sie an. Äußerlich wirkt er kaum anders als sonst, aber in der Art und Weise, wie er auf sie zugeht, schwingt mehr Unsicherheit mit als noch vor wenigen Wochen.

»Steht dir«, sagt Eva und deutet auf sein Hemd und die schwarze Krawatte.

»Ich kann auch geschäftsmäßig aussehen.« Sie umarmen sich freundschaftlich.

»Ich warte im Auto«, sagt Franka. »Ruft mich, wenn was ist.«

Eva dankt ihr und macht sich mit Sebastian auf den Weg in die Höhle des Löwen. »Was ist das?« Sie schaut auf eine schwarze Dokumentenmappe in seiner Hand.

»Ich glaube, da sind Rechnungen drin. Oder vielleicht auch Altpapier. Dachte, es macht einen guten Eindruck.«

Sie lacht auf. Schweigsam gehen sie ein paar Schritte. »Du hast es ihr also gesagt.«

Er nickt. »Sie hat ein Recht auf die Wahrheit, wie du gesagt hast. Ich glaube, das war das schwierigste Gespräch, das wir je geführt haben, aber es hat auch so viel Last von mir genommen. Ich kann endlich offen damit umgehen, dass ich mich an viele Dinge nicht erinnere, und wir können gemeinsam die nächsten Schritte überlegen und entscheiden. Danke.« Er bleibt stehen und sieht sie ernst an. »Danke für alles, was du auf dich genommen hast. In den Beratungsstunden habe ich oft den Schmerz in deinen Augen gesehen. Ich habe Angst, dass ich bald unsere gemeinsame Zeit vergesse. Und das werde ich. Hoffentlich weißt du, dass ein Teil meines Herzens immer dir gehören wird.«

Sie lächelt. »Das kann ich zurückgeben. Es ist tatsächlich alles andere als leicht für mich, aber es ist richtig. Ich glaube, du passt mit Franka besser zusammen als mit mir. Wir hatten eine tolle Zeit, keine Frage, aber mit etwas Abstand habe ich Zweifel, ob es unter anderen Umständen für etwas Langfristiges ausgereicht hätte.«

Sebastian presst die Lippen aufeinander, dann nickt er. »Komm, bringen wir es hinter uns.«

Im Nachbargarten knien Nadine und Michi hinter dem Zaun und streichen das Holz. Eva kommt eine Idee. »Hallo, ihr zwei«, begrüßt sie sie mit fröhlicher Stimme.

Nadine setzt ihr Strahlegesicht auf. »Eva, wie schön!«

Michael erhebt sich, streift seine Hände an der Hose ab und reicht Eva die Hand. »Lange nicht gesehen.«

»Ich hätte eine Bitte an dich.« Eva skizziert den beiden ihr Vorhaben. Ihre Augen werden immer größer, und Nadine wirft dem Haus, in dem Andreas und Melody wohnen, immer wieder Blicke zu. »Hättest du Zeit?«, fragt Eva abschließend, und Michi nickt.

»Selbstverständlich. Gib mir drei Minuten.«

»Komm einfach nach.«

»In Ordnung.«

Nadine schüttelt den Kopf. »Und da denkt man, man wohnt in einer gesitteten, ruhigen Nachbarschaft.«

Eva denkt sich ihren Teil und geht nicht darauf ein. Mit Sebastian im Schlepptau wendet sie sich ihrem eigentlichen Ziel zu und klingelt Sekunden später.

Emilia öffnet und fällt Eva freudestrahlend um den Hals.

»Alles Liebe zum Geburtstag, mein Schatz!«, murmelt Eva noch auf der Türschwelle.

»Warum hast du nicht angerufen?«, fragt ihre Tochter. »Es ist schon voll spät!«

»Hab ich doch heute Morgen. Papa hat gesagt, du schläfst noch.«

»Pff, typisch Papa«, meint Emilia trotzig. »Holst du mich ab?«

»Gewissermaßen. Pack schon mal deine Sachen zusammen.«

Von weiter hinten donnert eine aggressive Stimme. »Moment.«

Emilia zuckt zusammen – was sie eigentlich nie tut. Eva betrachtet sie aufmerksamer. Wirkt sie unsicherer als sonst, oder bildet sie es sich ein?

Andreas taucht hinter ihr auf. Er scheint den ganzen Flur auszufüllen. Seine Präsenz nimmt ihr den Atem. Die kalte Angst, die in den vergangenen Minuten stille Beobachterin war, tritt jetzt wieder auf den Plan und kriecht durch ihre Adern.

Andreas stemmt die Arme in die Hüften. »Emilia bleibt hier.«

»Darf ich dir meinen Begleiter vorstellen? Das ist Dr. Arne Limperg, mein Rechtsanwalt.« Eva deutet auf Sebastian, der im Türrahmen steht.

Sebastian lässt sich das Schauspiel nicht anmerken. Selbstbewusst tritt er einen Schritt vor und streckt Andreas seine Hand hin. Der ist so überrumpelt von dem unerwarteten Besuch, dass er ihm tatsächlich die Hand schüttelt.

Sebastian nutzt das Überraschungsmoment. »Wenn Emilia mit ihrer Mutter nach Hause gehen will, können Sie sie nicht daran hindern, Herr Albrecht.«

In Andreas' Augen blitzt ein bedrohliches Funkeln auf. »Sie können mir nicht vorschreiben, was ich darf und was nicht.«

Sebastian bleibt gelassen. »Es gibt Regeln, und an die sollte man sich halten. Wenn Sie Sorge um Emilias Wohl haben, wenden Sie sich ans Jugendamt, aber ich kann Ihnen aus Erfahrung sagen, dass es ein langer, nervenaufreibender Weg ist, bei streitenden Eltern eine Einigung zu finden, und die Kinder leiden immer darunter. Wenn Ihnen tatsächlich etwas am Wohlergehen Ihrer Tochter liegt, dann lassen Sie sie selbst entscheiden, wo sie leben will.«

Er macht das derart souverän, dass Eva sich eine Sekunde lang fragt, ob Sebastian womöglich Erfahrungen in dem Bereich hat. Sie weiß nichts über seine Eltern oder darüber, wie er aufgewachsen ist.

Eigentlich kennt sie ihn gar nicht wirklich.

»Ich habe dein Geld«, sagt Eva und überreicht Andreas einen Scheck. »Willi hat mich in seinem Testament bedacht.« Noch immer bekommt sie Gänsehaut, wenn sie daran denkt. Der Brief vom Rechtspfleger hat ihr die ganze Woche versüßt und sie nach der Beratungsstunde am Montag aufgebaut.

Andreas fehlen die Worte, und Eva genießt den seltenen Moment der Überlegenheit.

Melody hat offenbar die Stimmen gehört und stößt zu der Gruppe. »Hallo«, sagt sie freundlich, aber ihre Augen verraten ihre Irritation.

Eva wittert ihre Chance. »Ist Andreas immer so perplex, wenn er einen Menschen plötzlich nicht mehr in der Hand hat?«

»Halt dein verficktes Maul«, nuschelt Andreas.

Eva lacht. »Sonst was?«

»Hallo, Nachbar!« Hinter Eva stellt Michi sich in die Haustür. »Du wolltest deiner Ex-Frau doch nicht gerade drohen, oder?«

»Verpiss dich aus meinem Haus, Michi.«

»Schatz …«, wirft Melody ein, aber er raunzt sie an. »Du

dich auch, Mel! Keiner will dich gerade hierhaben, okay? Hau ab und lass mich, verdammt noch mal, in Ruhe.«

Eva klatscht langsam Applaus. »Bravo, ein absoluter Vorzeigevater. Ich sag dir jetzt mal, wie es läuft: Emilia kommt mit zu mir. Du darfst sie sehen, wann immer sie es will. Wenn sie Nein sagt, heißt das Nein, und daran hältst du dich. Herr Limperg hier wäre ansonsten froh, unseren Fall vor Gericht zu verhandeln. Wir beide sind fertig miteinander. Du tauchst nicht mehr bei uns auf, außer wir haben es ausdrücklich abgesprochen. Wenn du zu einer Verabredung länger als fünfzehn Minuten zu spät kommst, ist die Verabredung hinfällig. Haben wir uns verstanden?«

Man sieht Andreas an, dass er kurz vor einer Explosion steht. Das Schlimmste, was ihm passieren kann, ist, dass seine gottähnliche Herrlichkeit zerbricht und deutlich wird, was für ein Wicht hinter der Fassade steckt.

Ohne ihre Zeugen wäre Eva jetzt verloren. Zu oft hat sie seine Wutausbrüche erlebt. Mit Angst denkt sie an die nächsten Tage. Es ist möglich, dass er sich rächen wird. Zwar ist er ihr gegenüber nie gewalttätig geworden, aber sie hat ihn auch noch nie derart bloßgestellt.

Michi schaltet sich ein. »Andreas, lass Emilia einfach mit Eva gehen, und dann mach dein Ding. Ist doch nicht notwendig, jetzt einen Rosenkrieg zu führen.«

Andreas beäugt ihn abfällig. »Ihr verlasst jetzt alle dieses Haus, sonst ruf ich Michis Kollegen und lass euch verhaften.«

»Da wäre noch eine Sache«, sagt Eva. »Die Uhr.«

»Was für eine verfickte Uhr?«

»Meine Mutter hat mir vor der Hochzeit eine Uhr geschenkt, und ich habe sie immer im Safe aufbewahrt. Als ich ausgezogen bin, hab ich sie nicht mitgenommen, weil du den

Schlüssel hattest. Es ist meine Uhr, und ich will sie wiederhaben. Jetzt.«

Sebastian nickt zustimmend, als hätte Eva ein rechtsgültiges Urteil verlesen.

Andreas ballt die Fäuste. »Du glaubst wohl, du wärst besonders schlau, was? Weißt du, was sie getan hat?« Er wendet sich an Michi. »Sie ist in mein Haus eingebrochen und wollte die Uhr aus dem Tresor stehlen.«

»Eva?«

Eva dreht sich halb zu ihm um, aber nur so weit, dass sie Andreas im Blickfeld behält. »Ich habe etwas für Emilia holen wollen.«

»Und was?«, fragt Andreas.

»Mein Handy.« Alle Augen richten sich auf Emilia, die mit ihrem Koffer und angezogener Jacke zur Abfahrt bereit ist. »Du hast es eingesackt, weil es kaputtgegangen ist, und ich wollte es wiederhaben, deshalb hab ich Mama angefleht, es zu holen, wenn wir nicht da sind, denn genau genommen hat sie es gekauft, und der Vertrag läuft auf ihren Namen.«

Schlaues Kind.

»Okay …« Michis Stimme spiegelt seine Zweifel wider. »Das klärt ihr vielleicht über eure Anwälte.«

Sebastian nickt wieder. »Das machen wir.« Er ist vollkommen in seiner Rolle.

»Können wir gehen?«, fragt Emilia.

Eva nickt. »Sofort.«

Emilia rauscht mit ihrem Riesenkoffer an ihrem Vater, Eva, Sebastian und Michi vorbei nach draußen, ohne sie eines Blickes zu würdigen.

»Ey!«, ruft Andreas ihr nach. »Würdest du dich mal verabschieden?«

»Ciao«, antwortet sie und zieht ihren Koffer hinter sich her.

»Die Uhr?«, fordert Eva.

Andreas lässt seinen Blick genervt zwischen den Beteiligten hin und her gleiten, ehe er sich einen Ruck gibt und Melody durch das Haus die Anweisung zuruft, »die hässliche Uhr mit dem Goldarmband« aus dem Tresor zu holen. »Ihr glaubt dieser Irren doch nicht etwa, oder?«, fragt er Sebastian und Michi. »Das ist alles inszeniert. Emilia ist gern bei mir. Ich liebe sie über alles, sie ist das Allerwichtigste in meinem Leben, und ich würde ihr nie etwas antun, das ihr Wohl gefährdet. Fragt Melody. Wenn hier jemand eine Gefahr darstellt, dann diese saufende Verrückte.«

Als Eva Andreas einige Sekunden lang in die Augen blickt, wird ihr klar, dass er nichts von dem verstanden hat, was zu dieser Situation geführt hat. Es hat keinen Zweck, gegen ihn anzukämpfen. Entscheidend ist nicht, ob sie Andreas irgendwie besiegt. Vielleicht ist das gar nicht möglich.

Entscheidend ist, ob sie in Frieden leben kann, und solange er in ihrem Kopf ist, wird sie keinen Frieden haben.

Andreas redet weiter. Er erzählt Sebastian und Michi von Evas Unzulänglichkeiten, und warum sie nicht vertrauenswürdig ist.

An Eva rauschen seine Worte vorbei, als hätte jemand die Lautstärke heruntergeregelt. Ihr wird klar, dass es immer so weitergehen wird, wenn sie an dem Gedanken festhält, auf Augenhöhe mit ihm kämpfen zu wollen.

Stell dir vor, es ist Rosenkrieg, und du gehst nicht hin.

Sie betrachtet den Mann, dem sie so viele Jahre ihres Lebens gewidmet hat. Sie hat ihn umsorgt, sein Ego gepflegt, sich kleingemacht, damit er sich groß fühlt. Sie hat sich als Fußbank benutzen lassen und mit größter Kraftanstrengung den Absprung geschafft – nur um festzustellen, dass die Fesseln keineswegs gesprengt waren, sondern zu einer langen Leine geworden sind.

Es gibt für sie nur einen Weg, aber der fällt ihr schwerer als die Konfrontation.

Sie wird ihn niemals ändern können, und er wird nicht auf die Idee kommen, dass sein Verhalten unangemessen ist.

Sie wird ihn niemals verstehen können.

Aber sie kann eine Grenze ziehen.

»Ich vergebe dir«, sagt sie mitten in Andreas' Redefluss hinein.

Der stoppt. »Bitte, was?«

Eva lächelt. »Wir beide werden nichts mehr miteinander zu tun haben. Wenn du Emilia sehen willst, machst du das mit ihr ab. Ich spreche nicht mehr mit dir. Aber ich vergebe dir, dass du bist, wie du bist, und ich vergebe mir, dass ich mich auf dich eingelassen habe.«

Andreas bricht in schallendes Gelächter aus. »Hab ich es euch nicht gesagt? Völlig durchgeknallt.«

Alle schweigen betreten. Man hört Melody die Treppe herunterkommen. Sie taucht hinter ihrem Partner auf und reicht Eva die Uhr.

»Danke.« Ohne eine weitere Verabschiedung dreht Eva sich um und verlässt das Haus, gefolgt von Sebastian und Michi.

Mit einem lauten Knall fliegt die Haustür ins Schloss.

»Uff.« Sebastian sieht sie mit aufgerissenen Augen an. »Das ist dein Ex?«

Eva zuckt mit den Schultern. »Er ist für mich nicht mehr existent.« Sie dankt Michi für seine Präsenz. »Ich glaube, es war wichtig, dass du da warst. Liebe Grüße an Nadine.«

»Sag Bescheid, wenn ich dir helfen kann.«

»Nicht nötig, aber danke.«

In ihrem ganzen Leben hat Eva sich nie so frei gefühlt wie in diesem Augenblick.

Emilia steht mit ihrem Koffer am Auto und unterhält sich mit Franka. Beide blicken in ihre Richtung, als sie sich nähern.

»Deine Tochter ist bezaubernd«, sagt Franka, und Eva stimmt ihr zu.

Sie breitet ihre Arme aus und drückt Emmi fest an sich. »Alles Gute zum Geburtstag. Ich liebe dich über alles auf der Welt.«

»Du erdrückst mich«, nuschelt Emilia, erwidert die innige Umarmung aber.

Aus dem Augenwinkel nimmt Eva wahr, dass Sebastian Franka einen Kuss gibt. Ihr Herz reagiert nicht. Es ist gefüllt mit Liebe zu Emilia und sich selbst.

Erst in diesem Moment wird es ihr klar.

Ich liebe mich, denkt sie zum ersten Mal in ihrem Leben und lächelt.

Kapitel 36

ABSCHIED UND EIN NEUBEGINN

Neun Monate später kommt die Nachricht, vor der Eva sich schon lange fürchtet: *Es ist so weit.*

Okay, danke, schreibt sie zurück. *Ich komme.*

Sie steckt das Handy in ihre Handtasche, fährt den Computer herunter und verlässt ihr neues Büro.

Markus hebt den Kopf.

»Es tut mir so leid«, sagt Eva, »aber ich muss unbedingt weg. Notfall.«

»Puh.« Markus blickt mit zusammengezogenen Augenbrauen auf seinen Bildschirm. »Das wird eine Herausforderung. Soll ich alle Termine heute verschieben? Das sind noch fünf Stück.«

»Ja, bitte, es ist wirklich wichtig.«

»In Ordnung. Kommst du heute noch einmal wieder?«

Eva verlagert ihr Gewicht von einem auf das andere Bein. Sie trägt ein weißes, geblümtes Sommerkleid. Ihre Oberschenkel kleben bei dieser Hitze aneinander. »Das weiß ich noch nicht. Ich melde mich später telefonisch bei dir, in Ordnung?«

»Alles klar.«

Sie geht an zwei Umzugskartons vorbei und verlässt das Gebäude. Die neuen Praxisräume sind zwar nicht so hübsch wie der Altbau, aber sie sind nur fünf Gehminuten von ihrer neuen Wohnung entfernt, in der sie endlich ihr eigenes Zimmer hat.

Der Anblick der ebenerdigen, einstöckigen Bungalows erinnert Eva jedes Mal an eine Ferienanlage. Es fehlen ein Spielplatz und schreiende Kinder – und die fehlen schmerzlich. Eva hat einen Kloß im Hals, wenn sie darüber nachdenkt, dass nur eine halbe Fahrtstunde entfernt ein Kinderhospiz ist. Die Glastür schiebt sich automatisch auf, als Eva auf sie zugeht. Ein lichtdurchfluteter Eingangsbereich mit Sitzgelegenheiten begrüßt sie. Obwohl alles in hellen Farben gehalten ist und wohnlich wirkt, fühlt Eva sich beklommen. Sie biegt rechts ab und folgt einem langen Flur, von dem extrabreite Türen abgehen. An der dritten klopft sie kurz und tritt ein.

Das Einzelzimmer erinnert sie an ein Hotel. Hinter der Tür befinden sich ein Kleiderschrank und die Tür zum Badezimmer, das eigentliche Zimmer wird hauptsächlich von einem großen Bett eingenommen, in dem Sebastians Körper liegt.

Franka sitzt daneben und hält seine Hand. Sie blickt auf und lächelt. Ihre Augen sind rot gerändert und aufgequollen. Eva umarmt sie lange und versucht, ihr mental Kraft zu übermitteln. Zu beiden Seiten des Bettes setzen sich die Frauen hin und nehmen Sebastians Hände in die ihren. Ob er es merkt, kann Eva nicht einschätzen.

»Basti, Eva ist hier«, sagt Franka leise und streicht ihm liebevoll über das Gesicht. »Wir sind hier, um uns von dir zu verabschieden. Du darfst gehen.« Hastig wischt sie sich eine Träne weg.

Eva würde auch gerne weinen, um den einengenden Druck, den sie in sich spürt, zu lindern, aber die Tränen lassen sie im Stich.

Sebastian starrt an die Zimmerdecke. Er hat abgenommen, sein Gesicht ist eingefallen, und es scheint, als hätte sich sein

Geist ganz in sein Inneres zurückgezogen. Franka hat ihr in den letzten Monaten immer wieder von den Entwicklungen berichtet, und Eva kann nur erahnen, wie unendlich schwer diese Zeit gewesen sein muss. Die Pflegekräfte des Hauses haben sie ganz besonders unterstützt und nehmen großen Anteil an seinem Schicksal, da Sebastian vor einem Jahr noch seinerseits Menschen in diesem Haus beim Sterben begleitet hat. Nun geht er selbst den Weg.

»Hallo, Sebastian«, sagt Eva. Sie rückt näher an sein Gesicht.

»Ich lass euch allein«, sagt Franka. Sie bedenkt ihren Mann erneut mit einem Blick voller Liebe, dann nimmt sie ihre Handtasche und geht hinaus.

Eva wartet ein paar Sekunden. Sie fühlt sich in die Zeit versetzt, als ihre Mutter ihren Vater gepflegt hat und Eva regelmäßig mit ihm sprechen sollte, obwohl sie das sinnlos fand, weil er sie ohnehin nicht hören konnte.

Es fühlt sich seltsam an, diese Hülle anzusprechen, die nichts mehr mit dem Menschen gemein hat, in den sie sich verliebt hat. »Franka ist rausgegangen«, sagt sie ihm. »Sie kümmert sich rührend um dich. Wir alle sind bei dir. Ehrlich gesagt, weiß ich nicht, was ich sagen soll. Ich hoffe, dass du keine Schmerzen hast und bald gehen kannst.« Sie betrachtet sein Gesicht, die starr an die Decke gerichteten Augen, die verkrampften Hände und den dünnen Körper, der sich unter der Bettdecke abzeichnet. »Wir hatten eine großartige Zeit, oder? Und was sich seither alles getan hat! Ich bin froh, dass ihr eurer Ehe noch eine Chance gegeben habt und dass du den Mut hattest, Franka von der Krankheit zu erzählen. Manchmal frage ich mich, ob es richtig war, sie über uns im Unklaren zu lassen. Ehrlich gesagt, glaube ich, dass sie etwas ahnt.« Eva beobachtet Sebastians Atemzüge.

»Unfassbar, wie viel in den vergangenen Monaten passiert ist. Emilias Geburtstag kommt mir unendlich weit weg vor. Sie hat sich so über ihr neues Handy gefreut. Schade, dass du Willi nie kennengelernt hast, er ist mein Lebensretter. Aber vielleicht lernst du ihn ja da drüben kennen. Du musst ihm unbedingt von mir Danke sagen. Nur seinetwegen konnte ich meine Schulden bezahlen und bin endlich wirklich frei. Wobei ich aktuell sehr viel weniger Zeit habe als früher, denn ob du es glaubst oder nicht: Meine Praxis läuft endlich. Ich bin ständig ausgebucht, seit ich eine Fortbildung gemacht habe und mich traue, Werbung zu machen. Vor allem dieser Bericht im Fernsehen hat einiges bewirkt, und ich helfe jetzt vielen Betroffenen, denen es ähnlich geht wie mir mit Andreas.« Sie streichelt Sebastians Arm. »Es tut mir leid, dass ich lange nicht hier war. Ich wollte dir und Franka die Zeit gönnen, und ich hoffe sehr, dass ihr zueinandergefunden habt. Danke, dass du mir gezeigt hast, dass das Leben schön ist. Irgendwie hatte ich das vergessen. Und du hast recht: Ich liebe mein Leben. Und ich liebe mich. Ich glaube, das ist das größte Geschenk, das ich von unserer Zeit mitgenommen habe. Danke für alles. Ich werde dich sehr vermissen, aber es ist in Ordnung, wenn du jetzt gehst. Hörst du? Es ist okay.«

Sebastian atmet ruckartig ein, als hätte er sich erschreckt – woraufhin Eva zusammenzuckt. »Gott, hast du mich erschreckt«, sagt sie dann lachend.

Sie sieht nach draußen, wo die Julisonne auf die Terrasse scheint. »Möchtest du ein bisschen Sonne?«, fragt sie und steht auf. Sie öffnet die große Terrassentür, löst die Bremsen des Krankenbettes und versucht, das Bett hinauszuschieben.

Es klopft. Ein dunkelhäutiger Mann mit Stethoskop und weißem Poloshirt tritt ein. »Guten Morgen«, sagt er lächelnd.

Innerhalb von Sekunden erfasst er die Situation und hilft ihr, das Bett auf die Terrasse zu schieben. »Sie sind nicht Frau Schneider«, stellt er fest.

»Eva Lange-Albrecht. Ich bin eine gute Freundin von Sebastian.« Eva kann ihren Blick nicht von dem Arzt wenden.

Er lächelt, und plötzlich ist der Welpe wieder da und fängt Schmetterlinge. »Jetzt bin ich ein bisschen neidisch.«

Die Zimmertür wird geöffnet. Franka tritt mit einer Kaffeetasse in der Hand ein, sieht die beiden auf der Terrasse und ringt sich ein höfliches Lächeln ab. »Dr. Schatz, hallo.«

»Wie geht es ihm?«, fragt Dr. Schatz.

»Er geht bald.«

Der Arzt nickt.

Eva hat das Gefühl, überflüssig zu sein. »Danke, dass du mich angerufen hast, Franka.«

»Ist doch selbstverständlich.«

Eva geht wieder ins Zimmer, wo Franka noch mit ihrer Tasse steht. Sie wartet, bis der Kaffee sicher auf einem kleinen Tisch steht, und umarmt ihre Freundin dann innig. »Ich dachte, dass er vielleicht gerne Sonne hätte.«

»Gute Idee. Er liebt Sonne. Danke für alles, Eva. Nimm dir gern eine Aprikose mit, wenn du gehst.«

»Ich danke dir. Wir bleiben in Kontakt, ja? Wenn ich dich irgendwie unterstützen kann, melde dich. Egal, wobei.«

Franka nickt. Sie drückt Eva erneut und geht dann auf die Terrasse.

Eva nimmt eine der weichen Aprikosen in die Hand und kämpft mit den Tränen. *Freust du dich über das Fruchtfleisch, oder ärgerst du dich über den Kern?*

»Ich bringe Sie raus«, sagt Dr. Schatz überraschend.

Bereitwillig lässt Eva sich von dem Arzt begleiten. Sie laufen auf dem Flur nebeneinanderher. Obwohl Eva überrollt von tiefer Traurigkeit ist, spürt sie das Kribbeln in sich deutlich. An der Glastür bleiben sie stehen.

Wie ein nervöser Teenager steckt Dr. Schatz seine Hände in die Hosentaschen. »Wollen Sie vielleicht mal einen Kaffee mit mir trinken?«

Eva läuft rot an und lacht über sich. »Unbedingt.«

»Was für ein Glück!«, strahlt der Arzt. »Ich hatte Angst, dass Sie ablehnen, also … dass Sie vergeben sind.«

»Das ist eine lange Geschichte.«

»Ich freue mich drauf.« Wieder strahlt er sie an, und Eva fragt sich, wie seine Lippen schmecken. »Wie wäre es morgen?«

»Perfekt. Geben Sie mir Ihre Nummer?«

»Und ich bekomme Ihre. Ich heiße übrigens Djamal. Das Sie können wir uns sparen, oder?«

Sie notieren einander ihre Handynummern und verabreden sich für den nächsten Nachmittag.

»Dann bis morgen«, sagt Djamal lächelnd.

»Bis morgen.« Eva dreht sich um und geht beschwingt und gleichzeitig tieftraurig nach draußen.

Genau das ist es, was Sebastian ihr klarmachen wollte, denkt sie. Dass das Leben aus Freude *und* Leid besteht. Sie beschließt, dass heute die Trauer im Vordergrund stehen darf. Der Abschied von Sebastian tut weh, und sie wird die Gefühle zulassen.

Aber nur noch bis morgen.

Morgen entscheidet sie sich für Freude.

Sie lächelt.

Das Leben ist schön.

Beherzt beißt sie in die Aprikose.

Danksagung

Außer einem leisen Tastaturgeklimper ist nichts zu hören. Es ist frühmorgens, und die ganze Familie liegt schlafend in ihren Federbetten.

Die ganze Familie? Nein. Ein von einem unbeugsamen Geist bevölkerter Körper hört nicht auf, dem Schlaf Widerstand zu leisten. Martha sitzt mit einem heißen Kaffee auf der einen und einem Notizbuch auf der anderen Seite an ihrem Schreibtisch und tippt die letzten Sätze ihres Romans. Seit Tagen bastelt sie an diesen Seiten. Eine Danksagung soll es werden. Das klingt einfach: »Ich danke allen, die mich auf diesem Weg unterstützt haben.«

Aber so kann man das nicht stehen lassen. Wer sind alle? Wie sah der Weg aus? Wie schreibt man eine Danksagung, die nicht aus der Aneinanderreihung von Namen besteht, mit denen nur die Autorin etwas anfangen kann?

Wieder löscht Martha einen Satz, lehnt sich seufzend zurück und denkt nach. Der blinkende Cursor wird zu ihrem Sekundenzeiger. Sie kann förmlich hören, wie die Zeit verfliegt, ohne dass sie einen vernünftigen Text geschrieben hat.

Ich danke zuerst meiner Familie, die mich seit Jahren bei dem verrückten Unterfangen unterstützt, mit Fantasie Geld verdienen zu wollen. Danke auch an den Erfinder des Kaffees, ohne den dieses Buch wohl nicht entstanden wäre. Während der Pandemie mit zwei Kleinkindern und einem eigenen Unternehmen »nebenbei« auch noch einen Roman zu schreiben, war nicht gerade etwas, das mir leichtgefallen ist. Deshalb möchte ich aus tiefstem Herzen den Menschen danken, die dieses Buch aktiv begleitet haben – meiner Literaturagentin Simone Hasselmann für die Aufforderung, die Geschichte zu schreiben, der Programmleiterin Michaela Kenklies für ihre Engelsgeduld, wenn ich mal wieder die dritte Deadline habe vorbeirauschen lassen, und auch meiner Lektorin Antje Steinhäuser dafür, dass das Lektorat ein einziger Glücksrausch war. Zudem auch den Korrektorinnen, die eine Wagenladung Kommas beigesteuert haben. Und natürlich danke ich Ihnen, die Sie den Roman gelesen haben. Ich habe beim Schreiben unheimlich viel an Sie gedacht.

Als Martha den Text noch einmal liest, nickt sie und schlürft den kalten Kaffee. Eigentlich müsste sie noch mehr schreiben. Sie ist so froh über die reibungslose Zusammenarbeit zwischen ihr, der Agentur und dem Verlag. Dankbar, dass sie am gesamten Prozess beteiligt war. Ihre Gedanken gehen weiter zurück. Ihr fällt etwas ein.

Ich habe mich erst dagegen gewehrt, eine todbringende Krankheit in die Geschichte einzubauen. Dann habe ich mich aber mit diversen Schicksalsschlägen beschäftigt und Familien kennengelernt, die Angehörige durch die Creutzfeldt-Jakob-Krankheit (CJK) verloren haben. Da diese Erkrankung so selten ist, gibt es kaum Gelder zur Bekämpfung der Ursachen, und die Erforschung der Krankheit wird finanziell unzureichend unterstützt. Betroffene fühlen sich oft im Regen stehen gelassen. Ich danke an dieser Stelle all den mutigen Menschen, die Spenden sammeln, die nicht aufgeben und die offen darüber informieren, was es mit Menschen macht, diese Krankheit ertragen zu müssen. Ich wünsche mir, dass auch Sie, liebe Leserin, lieber Leser, die Forschung mental oder finanziell unterstützen (Infos unter http://cjd-goettingen.de).

Eine Person fehlt noch. Martha korrigiert sich in Gedanken. Vermutlich fehlen noch unzählige Menschen, die sie erwähnen sollte, aber eine bestimmte Person ist ihr besonders wichtig. Sie lächelt und schreibt den letzten Satz: *Ein besonderer Dank gilt meiner Oma, die mir das »Schreib-Gen« vererbt hat und die so gerne Autorin geworden wäre. Oma, du weißt, dass dieses Buch noch nicht »das Buch« ist, das ich für dich schreibe, aber ohne deine immerwährende Inspiration könnte diesen Satz heute niemand lesen. Danke für alles.*

Zufrieden speichert Martha das Dokument ab. Es ist ein beglückendes Gefühl, ein so großes Projekt wie diesen Roman endlich abgeschlossen zu haben. Mit glühendem Herzen schickt sie die Seiten an den Verlag – die dritte Deadline war schon letzte Woche.

Marthas Eva stand in dieser Geschichte vor schwerwiegenden Entscheidungen. Die Autorin ist unter ihrem Klarnamen als Lebensberaterin tätig und hilft Menschen dabei, die richtigen Entscheidungen für ihre Lebensfragen zu finden. Auf der Webseite https://freiundwunderbar.com/entscheidedich können Sie einen Leitfaden herunterladen, der Ihnen hilft, sich in Ihrem Leben richtig zu entscheiden und den Mut zu finden, neue Wege zu gehen.

Kleider, Flaschen, Schuhe –
alles kann man recyceln.
Warum nicht auch das Glück?

ANTONIA MICHAELIS

Die Wiedererkennung des Glücks

ROMAN

Einst war Madagaskar ein Paradies, heute ist die Insel fast komplett abgeholzt und bettelarm – und lebt vom Recycling. Vielleicht webt das Schicksal deshalb genau hier vier Lebenswege ineinander, um am Ende ihre Ketten zu sprengen? Da ist der Straßenjunge Biscuit, der sich einfach weigert, seine Träume aufzugeben. Doch dann ändert eine rote Fahrradklingel sein Leben für immer. Da ist die junge Maribelle, die nie gelernt hat, Träume zu haben – bis sie die Kraft ihres Willens entdeckt. Und da sind Terje und seine Tochter Nora, die gleich zwei Mal alles in Bewegung setzen werden.

DROEMER